婚約破棄をした令嬢は
我慢を止めました
2

登場人物紹介
シエル
教会の司祭。とある事情から、ファウスティーナの身の安全を人一倍気にかけている。
ベルンハルド
王太子。ファウスティーナが時折見せる奇妙な態度に困惑しつつも、その愛らしさに心惹かれていく。
ファウスティーナ
ヴィトケンシュタイン公爵家令嬢。以前の記憶を持ったまま、二周目の人生をやり直し中。破滅を避けるため、王太子ベルンハルドとの婚約破棄を画策する。

アエリア
ラリス侯爵家令嬢。ファウスティーナと同様に以前の記憶を持つ、謎めいた少女。
ヴェレッド
貧民街出身の飄々とした青年。シエルとは昔からの友人で、軽口を叩き合う間柄。
ケイン
ヴィトケンシュタイン公爵家の跡取り。ファウスティーナとエルヴィラを見守る聡明な兄。
エルヴィラ
ファウスティーナの妹。わがままな性格。ベルンハルドの妃になることを夢見ている。

登場人物紹介

■シトリン
ヴィトケンシュタイン公爵。子供達に分け隔て無い態度で接する。

■リュドミーラ
シトリンの妻。ファウスティーナに厳しく接する一方、エルヴィラには甘い。

■リンスー
ヴィトケンシュタイン公爵家の侍女。ファウスティーナの世話係。

■シリウス
国王。ベルンハルドの父。シエルの異母兄。

■アリス
王妃。フワーリン公爵家出身。穏和な人柄と優れた政治手腕の持ち主。

■ネージュ
第二王子。ベルンハルドの弟。美しい容姿の奥に底知れぬ感情を隠し持つ。

■メーヴィン
シリウスの配下。密命を受けて極秘調査を行っている。

■アーヴァ
シトリンの従妹。類い稀な美貌を持ち、人々を魅了したと言われる。

婚約破棄をした
令嬢は
我慢を
止めました
2
The lady who
broking off an engagement
stopped patience.

目次

プロローグ

幼い王子が何故、誘拐された婚約者の所へ駆け付けられたのか。

理由は数時間前まで遡（さかのぼ）る——


朝食はまともに喉を通らず、剣術の稽古も身に入らないせいで何度も教官から注意を受けた。普段なら絶対しないようなミスまでしてしまった。心配で仕方なかった。きっと怖い思いをしている、早く助けてあげたい。しかし、所詮（しょせん）は自分も庇護（ひご）される子供。一体何が出来るというのか。

従者が気を利かせて王妃に話をつけてくれたらしく、今日は始まってすぐに稽古は終わった。

ファウスティーナが無事保護されるまで、とてもではないが何に対しても身が入らない。

自分が出来るのは運命の女神に彼女の無事を祈ることだけ。

とぼとぼと王城を歩いているとベルンハルドは従者ヒスイに教会に行きたいと告げた。

「叔父上にお願いして、運命の女神に祈らせてほしいんだ」

「司祭様にですか……分かりました。王妃殿下に確認を……あれ？」

「どうした？」

「殿下。あちらにいる方ってひょっとして……」

ヒスイが目を丸くして遠くを見る方へベルンハルドも目を向けた。その先には、たった今話題に出した教会の司祭——シエルがいた。普段は司祭服を着ている姿しか知らない。白と青を基調とした貴族服を着こなす叔父は、甥の目から見ても凄まじい美貌を誇っていた。

茶髪を乱雑に切り揃えた、草臥れた容姿をした男性と真剣な表情で何やら話し込んでいる。普段は国王からの登城要請の手紙を無視して殆ど顔を出さないのに今日はどうしているのだろう。

何故か、ファウスティーナに関係していると思った。ベルンハルドは引き止める声を聞き流してシエル達の方へ行った。

茶髪の男性が紫水晶の瞳をベルンハルドへ向けたことでシエルも彼に気付く。おや、と柔らかい微笑を浮かべたシエルの足元まで来ると立ち止まった。

「やあベル。今日も好い天気だね。朝は剣術の稽古をしているんじゃないの？」

「今日はその……集中できなくて、無くしてもらいました」

「それはいけない。幼い内からの積み重ねは大事だよ。何か君の意識を妨げる事でもあるのかな？」

「それは……」

ファウスティーナが誘拐されたと知るのは極僅かな関係者のみ。厳重な箝口令が敷かれている今、不用意に話せない。

「シエル様」

草臥れた姿に似合わず、茶髪の男性から発せられた声は非常に若々しい。

「意地悪を言わないであげなよ。貴方は知ってる側なのだから」

「はは……違いない」

「……叔父上、もしかして」

静かにとシエルが左人差し指をベルンハルドの唇に当てた。

「どこで誰が聞いてるか分からないから」

「は、はい」

「まあでも、彼の言う通り私も知っている。だから今城にいるんだ」

「実は僕、叔父上の所に行こうとしていました。運命の女神に祈りを捧げて、早く見つかりますようにって」

運命の女神は気紛れに人間の願いを叶える。この国では割と有名な話だ。だからこそ、人々は女神を崇拝する。

「安心しなさい。君の願いはもう叶っている」

「え」

どういう意味だろう、と固まるベルンハルドから離れたシエルは茶髪の男へ振り向いた。

「メーヴィン。私は先に向かうから、腕利きの騎士を数人後から向かわせて」

「陛下には？　第一、信じるのですか？」

「はは、久しぶりに見たよ。父上や叔父上と同じ目を。ただ、あの子の場合は年齢がね……。陛下には後で君が報告しておいて」

「はあ、やれやれ。お小言を言われるのはボクなのに」

「慣れているでしょう。あと、その姿全然似合ってない」

「ほっとけ」

国王の異母弟相手に軽口を叩く茶髪の男性は何者なのか。草臥れた格好のせいで、どう見ても王城にいていい人じゃない。ただ、紫水晶の瞳だけが容姿と釣り合いが取れていない。

ハッと、先程からの会話を大雑把に脳内で整理したベルンハルドは既に歩き始めていたシエルを大慌てで追い掛けた。

「叔父上！」

追い付くとシエルの腰に飛びついた。「おっと」と驚いたシエルは苦笑しながら甥の頭を撫でた。

「ごめんよベル。ちょっと大事な用があるから、遊びたいなら今度教会に——」

「僕も、僕も一緒に連れて行って!!　行くんでしょう!?　知っているんでしょう!?　僕も行く!!」

彼等は一度だってファウスティーナの名前を出していない。だが直感で彼女の居場所を突き止め、シエルが今から向かうのだとは悟った。

「ベルンハルド」

普段はベル、と愛称で優しげに呼んでくれるシエルが名前で呼んできた。怖いくらい真剣味の増した声色で。ベルンハルドは離され、膝を折って目線を合わせたシエルを怖いと初めて感じた。でもここで引けない。

「君は頭の良い子だ。なら、君が行ったら却って足手纏いになるとは理解出来るね？」

「っ、解っています、でも僕も行きたいっ。叔父上達の邪魔を絶対にしません、勝手な行動もしないっ、危ない目にあっても僕自身の責任だから絶対に叔父上達のせいに」

「そういう意味じゃない。君は王太子、この国の次期国王だ。常時厳戒態勢で庇護するべき君を、誰が危険な場所へ態々送る？」

「っ……」

頭では理解している。

自分が行っていい場所じゃない、帰って来たファウスティーナを迎えてやるのが役割だと。

でも、でも、とシエルに訴えた。

「君のそのお願いで、周囲が被る迷惑の加減を……君は理解しているかい？」

「……全部、僕の責任にしてくださいっ。ヒスイ達は僕を必死に説得して止めました、でも僕が無理矢理叔父上達に付いて行った、たとえ僕に何があっても止められなかったヒスイ達には何の咎もありません。

僕の言っていることが通用しないのは覚悟しています。でも僕も……っ」

「……」

絶対に嫌だ、ファウスティーナが側を離れるなんて嫌だ。ま・た・あ・の・男・に・フ・ァ・ウ・ス・テ・ィ・ー・ナ・を・奪・わ・れ・る・……！

……また？

「……シエル様」

不意に脳裏に浮かんだ言葉にベルンハルドは強烈な引っ掛かりを覚えた。

またとは？

ベルンハルドとシエルのやり取りを眺めていたメーヴィンが間に入った。

「時間が惜しい。我儘殿下を連れて行ってあげなよ。陛下にはこっちから事情を説明しておくから」

「あのね……」

「君が一番知っていると思うよ。一度決めたら絶対に、意地でも自分の考えを曲げないと。それに、シエル様がいるならある程度は安心するよ。貴方戦場で活躍したい願望でもあるの？　ってくらい、強いんだから」

「自分で出来ることは何でも出来るようにならないと気が済まないものだから。分かったよ、メーヴィンの言う通り時間が惜しい。おいでベル」

「！」

ほんの少し、違うことを考えてしまったベルンハルドはシエルの声にハッとなった。ベルンハルドは随喜の情を浮かべシエルに抱き付いた。すると、急に体が浮いた。よく見るとシエルに抱っこをされていた。

「じゃあね。後はよろしく」

「お、お待ちください！　殿下を……」

ヒスイが慌てて止めに入るもメーヴィンが制止した。

「諦めなさい。君達はボクと一緒に陛下の所へ行こう。大丈夫、陛下に叱られるのはシエル様と殿下だから」

「そういう問題じゃありません！」

――ごめん……ヒスイ……

ヒスイがメーヴィンに食ってかかっている間にもベルンハルドはシエルに抱えられこの場を遠ざかっていく。王太子を抱っこした王弟を注目しない人はいない。

――無事でいて……ファウスティーナ……！

幼い王子が願うのは、婚約者の少女の無事だけ。

一 曲がり道を行く

下から届く怒号、激しい物音に伝わる緊迫した空気。八歳の誕生日も終え、後は寝て翌日の朝に起きるだけだったのが誘拐されているとは誰が思うか。目を覚ました先に見た天井は全然知らないもの、視界に入る情報を得ようと首を左右に動かすと見事な薔薇色の髪と瞳の青年が哀れんだ表情でファウスティーナを見下ろしていた。青年に事情を聞いて涙も出なかったのは、一つの予想もしていなかった展開だったからだ。ショックの限界値を越えて呆然とした。ファウスティーナの覚えている限り、誘拐された記憶はない。

しかし、覚えていないだけで実はされていたのかもしれない。八歳の時に。自身の誕生日の心配やフワーリン公爵家のお茶会の心配をしている場合ではなかった。覚えていたら、無理矢理にでも枕を持って私室以外の場所で寝ていた。

気を紛らわそうと青年と会話をしていると起きたこの騒動。恐怖のあまり、初対面の青年に抱き付いた。そっと背中に回された手が温かくて、安心感が宿るも乱暴に扉を開かれて覚悟を決めた。

「——ファウスティーナっ‼」

飛んで来た第一声に、何故？　と驚愕（きょうがく）した。今の年齢を考えると来るのは有り得ない相手。悲鳴とも取れる叫び声を上げた相手——ベルンハルドに、青年に抱き付いたまま顔を上げたファァウスティーナは恐る恐る振り向いた。

「……で……殿下……？」

大人の足下にいる八歳のベルンハルドの姿が――

『ファウスティーナ!!』

一瞬、嘗（かつ）ての姿と重なった……。

「こーら、ベル。私との約束を早速破ってくれたね？」

「うわっ」

ベルンハルドの紫がかった銀髪に大きな手が乗った。白と青を基調とした貴族服を着る貴族然とした男性とつい最近会っているファウスティーナは、ぽかんと「司祭様？」と口にした。

司祭の格好こそしてなくても、男性は教会の司祭だった。

何故？　約束？　それに王国の王太子を愛称で呼んでいいの？

様々な疑問がファウスティーナの思考を巡る。すると薔薇色の青年が意外な言葉を発した。

「シエル様」

この場にいる中で名前が判明していないのは薔薇色の青年と司祭だけ。

青年が紡いだのは人の名前。

ということは。

ファウスティーナが司祭――シエルを見ると青水晶の瞳が見開いた。

「ヴェレッド？　どうして君……」と言いかけた所で口を閉じた。数秒考えた後、いや、と首を振った。

ベルンハルドの首根っこを掴んで二人が座っているベッド付近まで来るとファウスティーナの頭を撫でた。子供を安心させる、不思議な手。

「無事で良かった。見た所怪我もないし、無理矢理拘束されている訳でもない……何かをされた痕跡もないね……」

「ああ、だってこの子、ついさっきまで寝てましたから」

「え」

「え」

ファウスティーナの様子を見ながら呟くシエルの疑問をヴェレッドが簡潔に答えた。シエルとベルンハルドの声が見事に重なった。

ヴェレッドから、自身が二日間眠り続けていたと聞かされファウスティーナは「道理で夢が長いと思った」と言った。

「夢？」とベルンハルドに訊ねられて大した夢じゃないと慌てて顔の前で手を振った。

ファウスティーナが見ていた夢は、多種類のパイを食べ終えて、目を覚まそうと思ったら食べているアヒルの間いなかったコールダックが急に現れて、追いかけ回されたり飛び蹴りを食らったりしたというもの。

絵本やぬいぐるみでしか見たことのない世界最小のアヒルは可愛い見目に反して凶暴だった。が、疲れてパイを食べようとしたら何もしてこなかった。

食べて、起きようとして、追いかけ回されて、疲れたらまたパイを食べての繰り返しだった。

誤魔化しの笑いを零すファウスティーナを訝しむベルンハルドだが「シエル様」と呼びながら部屋に入った騎士に意識が逸れた。

「人身売買の商人一味を全員捕らえました」

「分かった」

「ただ……」

騎士はシエルの耳元で囁いた。

聞き終えたシエルはふうー、と息を吐いた。

「逃げ足が速いのか、潔いのか分からないな。内々に処理しておいて。後、誰か至急城へ戻らせてファウスティーナ様の無事を確認したと陛下に報せて」

「はっ」

「後、ファウスティーナ様達は明日の朝に戻すとも。もうじき夜だからね。王太子と公爵令嬢を夜道に連れて馬を走らせるのは危険だ」

「承知しました」

騎士は一礼をして部屋を去った。

シエルは三人に振り向いた。

「一先ず此処を出よう。此処は教会から近い場所にある。ファウスティーナ様もベルも今日は教会に泊まりなさい」

「は、はい」

続いて、ヴェレッドへ視線をやった。

「君もだヴェレッド」

「うん」

ベルンハルドは首根っこを掴まれたままなので暴れるが「大人しくする」と叱られ、怒られた犬みたいな目でシエルを見上げた。が、シエルはヴェレッドからファウスティーナを受け取って片腕で抱いていた。ファウスティーナは保護された被害者なので扱いの差に不満を言うつもりはない。只、自分で歩くと言いたいだけ。

すると、急に持ち上げられた。ベッドに乗せられたと思いきや、ファウスティーナと同じように抱き上げられた。シエルを見上げても「二人共しがみついててね」と言われるだけ。

シエルは二人を抱きながら部屋を出た。ヴェレッドも後に続く。忙しく宿の中を走る騎士達はシエルが通る度に一礼していく。

ベルンハルドはシエルからファウスティーナへ向いた。

ファウスティーナも見ていたらしく、薄黄色の瞳と瑠璃色の瞳はぱっちりと合った。

口を開閉させ、言葉を探すファウスティーナより先に口を開いた。

「ファウスティーナ」

「は、はい！」

「身体に異常はないか？　二日間眠り続けていたということは、薬を盛られていた可能性もある」

「い、いえ、何処も異常はありません」

「そう、か」

「あの、殿下、聞いてもいいですか？」

「うん。何だって聞いてくれ」

「どうして殿下がいるのですか？　その、私が言うのはあれですが危険な場所に殿下が来るのは……」

尤（もっと）もな質問だろう。王太子といえどまだ八歳。婚約者の居場所を突き止めたからといって来ていいわけじゃない。護衛やシエルがいても、万が一ベルンハルドの身に何かあれば責任を取らされるのは同行している彼等。周囲に迷惑がかかる行動をした自覚があるベルンハルドは、ばつの悪そうな表情をした。

答えあぐねているベルンハルドの頭上から助け船が出た。

「そう言わないであげてファウスティーナ様。後で陛下に叱られるよって脅しても、君の無事な姿を見るまで絶対に私から離れないと駄々を捏（こ）ねてね。私より先に歩かない、側を離れないとかたーく約束して連れて来たんだ。すぐに破ってくれたけどね」

「うっ」

それは恐らく、ファウスティーナとヴェレッドがいた部屋のことを言っているのだろう。

「ファウスティーナが心配で……どうしても、早く助けてあげたくて……」

「城に戻ったらある程度は弁解してあげよう。後はベルがどうにかしなさい」

「はい……」

無謀な行動を取ったと、軽率な真似はするなと父である国王に叱られる未来がありありと浮かぶ。

沈んだ表情をしながらファウスティーナを見た。

　またぱっちりと目が合った。

　ファウスティーナは「でも」と切り出した。

「殿下が来てくれた時心の底から安心しました。殿下が助けに来てくれたんだと」

「ファウスティーナ……」

　あと、起きてずっと話し相手になってくれていたヴェレッドの存在もある。取り乱しもせず、落ち着いたヴェレッドのお陰でファウスティーナも下手(へた)に感情を乱したりせずにいられた。こんなすぐに助けが来るとは思わなくても。

　安堵しきったからこそ見たファウスティーナの笑み。瑠璃色の瞳を揺らし、微かに頬を染めたベルンハルドは恥ずかしさから、プイッと顔を逸らしてしまった。

（あ……私の馬鹿！　殿下はエルヴィラを好きになるのよ。婚約者だから、婚約者としての行動を努めようとする殿下に何をしてるんだか……）

　ファウスティーナが内心ショックを受けているとは知らないベルンハルドは……

「……可愛い……」と言いそうになったのを口を噤(つぐ)んだ。こんな時に思うのもどうなのかという気持ちだった。ファウスティーナを可愛いと思うのは今に始まったことじゃないのに。ただ、あまり自分には見せてくれない素の笑顔に胸が高鳴った。敬意を表す畏(かしこ)まった微笑みを浮かべられるのは、ファウスティーナの教育が進んでいる証(あかし)だ。が、身内に向ける笑顔と比べると……明確な差があって、羨(うらや)ましくなってしまう。

　急激にベルンハルドの顔の温度が上昇していく。鏡で見たら真っ赤になっているだろう。

幼い婚約者の二人の様子を眺め、笑いたいのを堪えるシエルの口は無理矢理引き締めるせいで時偶震えていた。微かに肩を震わせるシエルを、後ろを歩くヴェレッドは呆れたように見ていた。『ピッコリーノ』を出たシエルは前に停車させていた馬車に乗り込んだ。ヴェレッドも続く。出入口の扉を御者が閉めた。

シエルはベルンハルドとファウスティーナを左右に座らせると窓のカーテンを閉めた。向かいにはヴェレッドだけ座っている。

馬車に乗り込む際、大勢の野次馬が周囲を囲んでいた。ファウスティーナがいた部屋の下からも騒ぎの音は届いていたのだ、十分周りに聞こえても可笑しくない。

「あ、あの、司祭様」

「何かな、ファウスティーナ様」

馬車が走り出すとファウスティーナはシエルの話を聞きたがった。教会の司祭が王太子を愛称呼びすることは勿論、何故彼が此処に来たかが気になった。うーん、と腕を組んだシエルは暫しの沈黙の後。

「隠してもその内知れるし、絶対に隠さなきゃいけないことでもないから話そう。今じゃ教会で司祭をしているが、元は王族。今の陛下の弟だよ」

「弟……王弟殿下なのですか？」

「そうだよ」

道理でベルンハルドを愛称呼びする筈だ。

「弟といっても陛下は正妃の子。私は先代陛下が平民の母に生ませた子。片方しか血は繋がっていない」

先代の国王は、愛妻家の今の国王と違い女性関係が酷かったと聞く。何人もの側室や愛妾がいたらしく、今では封鎖されている後宮には沢山の美しい娘達が押し込められていたそうだ。

けど、女性関係は残念でも、王として国民の為に様々な政策を出し尽力した立派な王でもあった。

今の国王も進めている、平民の文官起用をする法案を作ったり、貧しくても十分な教育が受けられるように養護院に多額の寄付をしたり、最近では条件は厳しいが平民でも貴族学院に通える制度を作ったりもした。

「権力争いに巻き込まれるのはごめんだったからね。早々に王位継承権を放棄して教会に身を寄せたのさ。王族の暮らしより、教会でのんびりと暮らす方が私の性に合ってるからね」

「父上は叔父上に中々会えなくて、時折寂しそうにしてますよ」

「ふふ、ねえベル。大人には色々と事情があるんだ。相手の見せるものを全部信じるのはおすすめしない。たとえ身内であってもね」

「……」

何か言いたげなベルンハルドの頭を撫でてやる。訳ありな関係がぷんぷん匂う話しぶりだが深入りしては駄目。

ならば、とファウスティーナはヴェレッドを標的（ターゲット）にした。

「貴方と王弟殿下はどんな知り合いなの？」

「ファウスティーナ様。私のことはシエルか司祭で構いませんよ。今は王族籍から抜けておりますので」

「王族籍から抜けても、国王の弟である事実は変わらないでしょう」とヴェレッドが言う。

「王弟と呼ばれるのは好きじゃないのさ」

「あっそ。あとさ、どうでもいいけどシエル様王族籍から抜けてないよ。王様がそんなことさせる筈がないでしょう」

素っ気ない。その上、シエルも知らなかったらしい事実を暴露した。嫌そうに顔を歪めたシエルは「はあ……」と溜め息を吐いた。

二人の口振りからするに長い付き合いがあるのは感じる。が、素っ気ない。ファウスティーナでもこんな扱いをされたら凹む。

シエルは慣れているのか、気にした様子はない。

「私とヴェレッドは、私が子供の頃に出会ってね。なんとなく付き合いが続いてるって感じだよ」

「なんとなく?」

「シエル様がそう言うならそうじゃないの」

「そっか……」

ヴェレッドに不満がないならそれで良い。不満げではあるが無理矢理納得したファウスティーナ。ヴェレッドは貧民街で育った孤児だと言っていたが何処でシエルと出会ったのだろう。言っていいのかファウスティーナには判断出来なかった。

ピッコリーノを出発してから十分程経過後、馬車が停まった。御者が扉を開けると一行は降りた。

「ほーう」

夜に見る教会は冒険物の本でいう、黒幕の根城感満載である。

「ファウスティーナ」

「あ、はい」

ベルンハルドに声を掛けられ、大人組が移動し始めていたのを知り、手を引かれ後ろを付いて行く。

ファウスティーナが二日前入った正面ではなく、裏手に回り、木々に囲まれた道を暫く進んだ先に一軒の屋敷があった。

予め伝えていたのか、執事と数人の使用人が正面で待っていた。

「お帰りなさいませ、旦那様」

「うん。ベルンハルド殿下とファウスティーナ様に食事を作ってあげて。ヴェレッドは私と話をしよう」

「はーいはい」

どんな話か予想はついていても含みのある微笑を向けられると警戒してしまう。

中に入ると真っ直ぐに進んで行く。ファウスティーナとベルンハルドは客間に通されたが、シエルとヴェレッドは前を通り過ぎて奥の部屋へ進む。

執事は二人に飲み物のリクエストを聞くと部屋を出て行った。

ファウスティーナとベルンハルドは並んでソファーに座るが……

「……」

「……」

会話がない。

（あああああー！　話題、何か話題を！　明るい話題！）

内心悲鳴を上げていたファウスティーナの願いは届いた。

「ファウスティーナ」

「はいっ」

ベルンハルドは何故か不安げな表情をしている。ファウスティーナは肩から力を抜いて待つ。

「その……誕生日プレゼントに贈ったリボン……気に入ってくれた……？」

「はい。殿下の瞳と同じ、とても綺麗な瑠璃色でした」

「そっか。……良かった」

「？」

安堵の息を大きく吐いたベルンハルドの最後の声は小さくてファウスティーナには聞き取れなかった。

表情から不安が抜けたベルンハルドはそれから色んなことをファウスティーナに聞いた。

「そうか。誕生日パーティーが開けなかったのは残念だけど、事情を考慮した結果なのだから仕方ないよ」

「でもその代わり、今年は今までで一番良い誕生日になりました」

「そうなのか？」

前の時も、記憶を取り戻す前も、嬉しいのは嬉しいが今年は一味違った。自分なりに理由を探ってみた。

で、答えに辿り着いた。

（きっと、ベルンハルド殿下やお母様に貰ったプレゼントが今までと違った、からかな）

そして、素直に嬉しいと感じられた自分自身も前とは違ってきているのだろう。ベルンハルドとの婚約破棄を願う時点で大きく異なるのだが。

欣然（きんぜん）としたファウスティーナにベルンハルドも釣られて笑みを零す。

「ああでも、お兄様やエルヴィラの誕生日は例年通りパーティーは開きます」

「そういえば、ファウスティーナ達は一ヶ月違いだったな」

「珍しいですよね」

ベルンハルドは一瞬目を上へ向けるもすぐにファウスティーナに戻った。

「ファウスティーナは公爵にどんな誕生日プレゼントを貰ったの？」

「今年は私からリクエストをしまして。ぬいぐるみと平民に人気のアップルパイをお願いしました」

「アップルパイ？」

「はい。リンゴがゴロゴロ入った、食べ応えのある甘くて美味しいアップルパイでした」

「平民の店、か。僕もその内食べてみたいな」

「殿下は偏見はないのですか？」

「ないよ。彼等の生活を知りたいと、前に言ったでしょう？　ファウスティーナを見てると美味しかったのが伝わる。大きくなったら一緒に街に降りて食べに行こうね」

「はい！　（あ……）」

返事をして、自分の考えの無さに後悔した。その時自分はもうベルンハルドの婚約者ではなくなっているかもしれないのに。

私の馬鹿ー！　と内心叫びつつ、他にどんなお店を知っているか尋ねられたので、リンスーから聞くお店の話をしたのだった。


――ファウスティーナとベルンハルドが仲良く談笑している一方。

シエルの私室で向かい合って座る二人。

シエルとヴェレッドだ。

使用人は葡萄酒(ぶどうしゅ)をグラスにそれぞれ注ぐと部屋を出て行った。

「ヴェレッド」

晴天のように澄んだ青は閉ざされ、覗いた者を暗闇の底へ墜(お)とす絶対的支配者の瞳がそこにあった。

「あの子をこんな危険な目に遭わせた理由を聞かせてくれるね？」

目も口元も笑っているのに――

「……いいよ」

怒りを極限にまで抑えた青の瞳が拒否権は一切無いと告げていた。

二　誰の為？

拒否権は一切存在しない。

互いが気を許した者同士でも、元々の身分は天と地程離れていた。

王族と貧民。

頂点と最底辺。

そんな二人が友人となったのは、二十年以上前の話。平民の振りをして貧民街に迷い込んだシエルが浮浪者に襲われそうになった所を、眺めていたヴェレッドが気紛れで助けたのが切っ掛け。

ヴェレッドはシエルから目を逸らさず、表情も変えず、背凭れに体を預けた。

「可笑しな言い方。まるで、俺があの人身売買の商人と手を組んでいたみたい」

「そうだね。実際は、君が手を組んでいたのはヴォルト＝フックスだね」

「……」

ヴェレッドは黙る。事実を言い当てられても顔色を変えない。普通は些細な変化でも見せるものなのに。

「ねえヴェレッド。君の口から、最初から話してくれないか」

「最初？」

「そう。君がヴォルトと手を組んだ理由。抑々、どういった経緯でヴォルトと会ったのかを」

「手を組んだと勝手に思い込んだのはあっち。あの令嬢を攫ったら、間違いなく公爵家だけじゃなく王家も動くと思った。ヴォルトもそれは分かってた。けど分かってないこともあった。

——貴方だよ、シエル様」

「……」

「教会が、いや、シエル様が動くとはきっと思わなかっただろうね。公爵家や王家には、王弟であるシエル様を崇拝しているのが紛れている。そいつらに常に情報を流させているから、いち早く誘拐事件を知って公爵邸か王城のどっちかに駆け付けると思った」

母親が平民でも、父親は紛れもなく本物の王族。

後ろ盾がないに等しいシエルを都合の良い傀儡にしようと企んだ貴族は大勢いた。面倒で無駄な継承争いに巻き込まれる前に、早々と王位継承権を放棄したのもその為。

その前は、王太子の予備として育てられた。王太子以上に厳しい教育を課せられながらも、予想を上回る速さで知識を吸収していくシエルに王太子派の貴族達は戦慄した。順調に育てば、何れ王太子を超える器となる。早急に手を打つ必要があると彼等が判断した頃には、シエルは彼等の思考が手に取るように解っていた。なので、王位継承権を自分の意思で放棄した。

この件に関して当時王太子であったシリウスから反応は無かった。冷たく澄ました表情で話を聞いていただけ。シリウスとシエルの仲は氷のように冷たかった。シリウスの母は公爵令嬢、シエルの母は平民。公爵令嬢としてのプライドが許さなかった当時の正妃は、繰り返しシリウスにシエルと関わりを持つなと言い聞かせた。

馬車での移動中、ベルンハルドの言った——

『父上は叔父上に中々会えなくて、時折寂しそうにしてますよ』

今更会って、何を話すというのか。元々無いに等しい会話を無理矢理行う必要性が見出せない。

毎年毎年、何回か話し合いの場を設けたいと使者が伝言をしに来るもシエルは一蹴している。

扉を叩かれた。ノック音のすぐ後に扉が開いた。使用人の女性が葡萄酒の肴をカートに乗せて運んで来た。数種類の品をテーブルに並べて退室した。シエルは葡萄酒を飲み、ヴェレッドはバゲットを一つ手に取り半分に千切った。中のふんわりとしたクラムを抜いて食べた。クラムがなくなったバゲットの皮を皿に置いた。

「君のパンの食べ方は独特だね。食パンでも、パンの耳だけ綺麗に残して食べるのだから」

「放っておいてよ。俺の好きな食べ方なんだから」

「はいはい。で、話の続きだ」

シエルの促しにクラムを飲み込んだヴェレッドは頷いた。

「公爵家が掴んでるヴォルトの情報って、多分こんなんでしょう。両親がいない独り身で、恋人もいない、黒い髪を年中同じ髪型にして眼鏡をかけた仕事一筋で寡黙で真面目な執事」

「『ピッコリーノ』で捕らえた一味に、ヴォルトの姿はなかった」

「なくて当然だよ。七年間公爵家に仕えたヴォルトは——俺だよ」

「……」

驚きもしないシエルにやっぱり、とヴェレッドは納得した。目の前の男の冷静さは普通と違う。たとえ自身の命が狙われようとも、この男が冷静さを失って取り乱したことは一度だってない。

——たった一つの例外を除いて。

シエルは無言のまま、また葡萄酒を一口飲んだ。グラスを置くとヴェレッドは続きを話した。

「ヴォルト(あれ)に会ったのは八年前。俺が変装が得意だっていう噂を何処で聞き付けて来たか知らないけど、俺にある話を持ってきた。ヴィトケンシュタイン公爵家の執事になってくれないか、って」

「……」

「手回しは全部こっちがする。お前は執事の振りをし続けろって」

「君はその話を受けたんだね。何の為に？　その時点で彼の目的を知っていたのかい？」

「まあね。半年前に生まれた公爵令嬢を時を見て誘拐する、なんて聞いた時には頭のネジが飛んだ奴だと思った。実際、人身売買の商人に売りつける振りをして俺に連中の始末をさせ、余った金と連中が持っている金を奪って、令嬢を連れて国を出ようとしてる時点でイカれてる。更に、その令嬢を手籠めにしようとしてたんだから余計にね」

「……」

苦々しく眉間に皺(しわ)を寄せたシエルは深い溜息を吐いた。どんな所にも特殊な性癖を持つ輩(やから)はいる。幼女を好む幼女趣味に目を付けられたファウスティーナが不憫(ふびん)でならない。だが、ファウスティーナがヴォルトに目を付けられたのはもっと別の理由がある。

「ヴォルト(あれ)はアーヴァとかいうのにご執心だった」

ヴェレッドが口にしたアーヴァの名にシエルは「そうみたいだね」と肯定した。

「正確には、アーヴァの妄信者だ」

「……」

「内気で植物や動物が好きで外に出てよく花を眺める、普通の子だよ。ただ、アーヴァ本人にその気がなくても、彼女には魔性の魅力があった。当時は大勢の令息がアーヴァに夢中になった。私もそうだ」

記憶の中にしかいないアーヴァの姿が鮮明に蘇る。流麗で魅惑的な赤い髪、垂れ目がちな青水晶の瞳、いるだけで人を惑わせてしまう魔性の美貌を持ちながら性格は内気で常に姉の背に隠れている気の弱い令嬢だった。大きくなっていくにつれてアーヴァの魅力は増していき、デビュタントを迎える歳になると絶世の美少女とまで呼ばれた。婚約者のいる令息でさえアーヴァの魅力に夢中になり、当時は婚約破棄騒動が多発した。そこでアーヴァの両親は、娘を遠い領地へ送った。煌びやかで華やかな王都よりも、自然に囲まれた田舎でのんびりと過ごす方がアーヴァの精神状態を見ても得策だと考えたからだ。

「貴族学院を中退することにはなっても、アーヴァに気にした様子はなかった。寧ろ、のびのびと過ごせると安心していた。……けどねえ」

アーヴァの妄信者、と呼ばれる者がいる程人気は異常だった。遠い領地にまで追い掛ける者がいた。大抵はアーヴァの両親が追い払ったが、中には巧妙に姿を隠してアーヴァに近付こうとする者もいた。貴族ともなるとその家々が処理したのである程度の問題は浮上しなかった。

しかし――

「貴族学院は、能力次第では平民も入学出来るようになっている。平民の妄信者の中にモルテ商会会長の子息が一人いた。それがヴォルト＝フックス。君が手を組んだあの男だよ」

「ああ、道理で金がある筈だ。けどさ、フックスって何処の名前？」

「フックスの名は母方の姓だ。モルテと名乗ったら、アーヴァの従兄である公爵が気付かない筈がない。因みにこれ『ピッコリーノ』にいた顔が残念な男から吐かせた」

「それ、本人だよ」

「うん。ぺらぺらと吐いてくれたからね。そうだとは思った」

テーブルにあるバゲット半分をクラムだけ食したヴェレッドは葡萄酒を一気に呷(あお)った。シエルも残り少なかった葡萄酒を飲み干すとワインクーラーに置かれているボトルを持つと、互いのグラスに葡萄酒を注いだ。

ヴェレッドは『ピッコリーノ』で抱いた疑問をシエルに放った。

「俺と令嬢が捕まってた部屋でシエル様はさ、駆け付けた騎士に何を聞かされたの？」

「君達がいる部屋に行く前に、一味を先に捕縛してね。自死させないよう、猿轡(さるぐつわ)を噛ませていたんだが……ヴォルトが奥歯に仕込んでいた毒薬を噛んで死んだんだ」

「ああ、あれ」

「知ってたのかい？」

「仮死状態になる薬と偽って仕込ませたんだ。騒ぎが起きたら、落ち着くまで死んだ振りでもしてろってね」

「だが実際は毒薬、か」

「俺も執事の振りをするのは楽しかったし、衣食住に困ることなかったから不満はなかった。面白いものも沢山見られたしね」

仮に。

仮にである。

シエルにファウスティーナが四歳からの話をしたら、どんな顔を見せて、どんな反応をするのか。

想像しただけで得体の知れない快感が生まれ、全身がぞくぞくと震える。

八年前に接触し、七年前に公爵家の執事として潜り込んだ。一年の空白期間は謂わば準備期間。貴族に仕える者として必要な振る舞いを叩き込まれたのもある。

面白おかしく、思い出し笑いをしたいのを堪えるヴェレッドを呆れた眼で見やるシエル。

「一人笑いって、見てて不気味だよ」

「しょうがないでしょう。面白いんだから」

「そう。私に教えてくれないのは読めてるから聞かないよ」

「それがいいよ。ろくでもないから」

そう。ろくでもない。

「俺からも聞かせてよ」

「何かな」

「シエル様を崇拝している連中が情報を流したにしてもさ、来るのが早すぎるんだよ」

「……」

「俺の予想じゃ、もう一日掛かると践んでいた。それが今日だ」

「私が来た時、君に驚いた様子はなかったが？」

「来るのは予想出来てたから。問題なのは、その早さだよ。どうして？」

触れればヴェレッドが痛がるだろう薔薇色の瞳。

薔薇の花には棘がある。触れてはならないとはよく言う。

美しさの中に秘められた凶暴性がその奥から垣間見えていた。

シエルが予想を越えて早く駆け付けられたのは、朝王城で出会ったネージュの助言のお陰だ。当時の関係者しか知らない事実を子供の彼が知っているかがずっと疑問であった。戻ってネージュに訊ねてみようと考えている。素直に話してくれるかどうかは別として。

苦悩して導き出した答えは――

「優秀な崇拝者がいるお陰だよ」だった。苦し紛れの言い訳だ。ヴェレッドも見抜いている。それ以上は追及してこなかった。長年の付き合いから、互いの性格は熟知している。

シエルはブルーチーズをフォークで切って口に運んだ。何気ない動作も無駄が一切ない。王子として育てられた教育は意識しなくても発揮される。

不意にシエルは呼び鈴を鳴らした。直ぐ様使用人が来ると「他に何かある？」と訊ねた。

「クリームスープでしたら」

「持って来て」

「畏まりました」

使用人が部屋を出て行くとヴェレッドに向いた。

「中身のなくなったパンの皮にスープを入れて食べるの好きだったよね」

「ブレッドボウルみたいになるでしょう」

「食べたいなら作らせるよ？」

「要らないよ。クリームスープがあるんでしょう？　それで十分だよ」

「そう。今頃温め直してる最中だろうから、話の続きをしよう」

葡萄酒を飲み干し三杯目を注ぐ。

「今回の誘拐事件であの子とベルンハルドの婚約継続は難しくなった。何故か解るね？」

「さあ？　貴族の事情にはこれっぽっちも興味ないよ」

やれやれと肩を竦(すく)めたシエルは「婚約解消、だよ」と平淡な声で紡いだ。

非常に幸いな事にファウスティーナは極短期間で救出された。犯人から暴行も暴力も受けていない。綺麗なままだ。

綺麗なままでも、実際に証拠を見せられる物はない。ヴェレッドがいるが元々貧民街で育った孤児であり、一緒に捕まっていたといっても彼自身尊い人じゃない。証言をしても無いものと同等だ。

王家や公爵家が隠匿(いんとく)しても必ず何処かで漏れる。そこを突かれてしまえばあっという間に噂は広まり、ファウスティーナの公爵令嬢としての地位は崩壊する。事実を知っていながらファウスティーナを婚約者のままにした王家や公爵家にも不信は集まる。

幸か不幸か、ファウスティーナとベルンハルドの婚約は公にはされていない。今解消すれば、どちらも傷は浅く済む。

「ただねえ……」

シエルは苦々しい表情をした。

「陛下のことだ。どんな手段を用いても婚約を継続させるだろうね。王家が長年待ち続けた女神の生まれ変わりだ」

「それ」

「うん？」

「ヴォルト(あれ)はアーヴァにそっくりだから、としか言わなかったけど、人身売買の商人も同じこと言ってた。お伽噺(とぎばなし)が現実になるのがこの国だけど、あの令嬢に拘(こだわ)り続ける必要はある?」

ヴィトケンシュタイン公爵家の令嬢はファウスティーナだけではない、妹のエルヴィラもいる。眺めてるだけなら将来愉(たの)しませてくれる性格であるが、彼女も女神の血は引いている。

うーん、と顎に手を当てて考え込むシエル。すると、ノックの後に使用人がクリームスープを持って入室した。スープボウルを二人の前に置くと静かに出て行った。

ヴェレッドは熱々のスープに皮(クラフト)をつけそのまま食べた。ブレッドボウルにするのではなかったのかと言いかけたシエルだが、底に近付くとスープを皮(クラフト)の中に入れ出したので何も言わなかった。熱いブロッコリーとグリーンピースを見て若干顔を歪めるも、文句を言わず口に入れた。

「分かりやすく言うとね、血の濃さだよ。王族が代々、瑠璃色の瞳(め)を受け継ぐように、ヴィトケンシュタイン家に生まれる娘は女神の血が濃ければ同じ容姿となるんだ。少量じゃ意味もない」

「女神の生まれ変わりは絶対に王族と婚姻を結ばなくてはならないって、公爵が言っていたけどさ、例外はないの?」

「女神の生まれ変わり自体、殆ど生まれないんだ。長い歴史の中でほんの一握りの数しか生まれてない。あの子で数百年振りなんだ。例外があるとしたら、王太子じゃない王子と結婚することくらいかな」

「要は、王家の血が必要ってこと?」

「そういうこと。それも直系のね」

「ふーん。王太子じゃ駄目って訳じゃないんだ」

「その辺は何とも」

本来は王太子と婚姻を結ぶのが基本。王太子に婚約者がいた場合は下の王子と婚姻を結ぶ。

ベルンハルドとは何時か婚約破棄になるとファウスティーナが信じていると、シエルに伝えて信じるだろうか。ヴェレッドは味の染み込んだジャガイモを皮の中に入れた。理由を問われるのは確実。相手をすっきりさせられる答えを持たないヴェレッドでは、この話は荷が重い。

黙っておこう、と口に入れた。

「さて、これを食べたら二人の様子でも見に行こうか」

「聞いていい？」

「なに」

「シエル様は俺を罰する？」

最終的にはファウスティーナを助ける気だったと言っても、誘拐が現実となったのは元を辿ればヴェレッドのせい。ヴェレッドが七年間執事と偽って公爵家を欺き続け、確実な日と時間でファウスティーナを攫った。

貴族令嬢――それも王太子の婚約者――を誘拐した罪は重い。良くて楽に殺されるくらいか。

ヴェレッドの発言で場の雰囲気が一変。重力が掛けられたと錯覚する程重く、苦しく、息をするのさえ忘れてしまう。

「いや、しないよ」シエルは空気を和らげあっけらかんと答えた。

「ヴェレッドを突き出しても私が得しない。ああ、でももう仕事の復帰は無理だね。もう此処にいなよ。ヴェレッドがいてくれた方が私も色々助かるから」

「俺に神様に仕えろって？」

「私の友人である君なら出来る。なんて嘘だよ。適当にしてくれたらいい。時折私の頼みを聞いてよ」

「はーいはい」

こき使われる未来しかない。

面倒臭そうに了承したヴェレッドに「最後にいいかな」とシエルは、真剣さが増した青の瞳で問い掛けた。

「もし、私が来なくて、君がヴォルトや商人一味を殺したとしよう。君は、あの子をどうした？」

ヴェレッドはシエルの瞳と真っ向から向き合った。

これを言われたら、答える台詞は最初から決めていた。

「貴方に、シエル様の所へ届けていた。

だって、そうしたら……――」

「……」

シエルは黙った。天上人のような美貌に翳りができた。

「そうなっていたら、夢の続きを、見られていたかもしれないね」

誰に聞かせるでもない、自分自身に聞かせるように紡がれた声は……悲痛で、何かを切望していた。

三　誰かの掌

――同時刻、王城内執務室にて。

「はあ……」

紫がかった銀の髪を右手でぐしゃりと握り、先程騎士が大慌てで知らせた報告を聞き終えた国王――シリウス＝ルス＝ガルシアは、疲れたように大きな溜め息を吐いた。騎士を下がらせ、他の者も退室させた執務室にはシリウスしかいない。騎士の報告によると、王太子の婚約者ファウスティーナ＝ヴィトケンシュタインを南方の宿『ピッコリーノ』で発見し、保護したというもの。また、ファウスティーナを誘拐した一味も捕らえたとも。肝心のヴォルト＝フックスは見当たらず、また、一味の一人が自死したとも受けた。

公爵令嬢が誰にも知られず誘拐された事件はスピード解決した。それはいい。問題と謎は山程あるが無事なら取り敢えず良い。

シリウスが問題とするのは一つ。見つけたのが異母弟のシエルということ。

異母弟ではあるが年齢は同じ。生まれた日がシリウスより遅かっただけ。自身の父である先王の女性好きはとても酷いものだった。多数の女性を後宮に押し込めていた割に、王妃以外との子供はシエルだけなのが幸運だった。それ以上いれば、余計な継承者争いが勃発した。シエルはそれを悟って早々に王位継承権を放棄した。

シリウスの母である先代王妃は、異母弟であるシエルとシリウスが交流を持つのを恐れた。元公爵令嬢として、正妃としての矜持が許さなかったのだろう。母の言い付けを守ったシリウスはシエルと関わろうとしなかった。

もし、過去に戻れる術があるなら使いたい。

母の目を盗んででも、シエルと交流を持てば良かったと。

「……今更後悔した所で過去には戻れない、か」

自身がシエルに取ってきた態度はとても誉められるものじゃない。

毎年、何度も城に来るように使者を送っても全て拒否の返事を貰って戻って来るだけ。王の要請を撥ね付けて不興を買わないのは彼だけだろう。

シリウスは最初を誤ってしまった。

母が嘆く姿が痛々しく、言い付けを守るだけで平静を装えるならと思っての行動が後々になって永遠に後悔の種となると誰が思うか。

そこから修正する方法が分からなかった。自分なりに探って答え探しをしようにも、シエルは最初のシリウスが望んだ通りの態度を取り続けた。

大人になった現在も同じだ。

「止めよう……」

これ以上シエルのことを考えると、抜け出せない迷宮をぐるぐる回るばかりとなる。思考から振り払うように頭を振ると引き出しを開けた。中から上質な洋紙を取り出し、ペンの先にインクを付けて手早く文字を書いた。三つ折りにすると「誰か」と外で待機していた者を呼んだ。

入室した騎士に手紙を至急ヴィトケンシュタイン公爵に届けるように伝えた。騎士は手紙を受け取り、礼をして部屋を出て行った。

再び一人となったシリウスは、椅子に凭れた。

シエルは明日の朝ファウスティーナを連れて来ると言った。ということは、無理矢理付いて行ったベルンハルドもいる。

ベルンハルドがファウスティーナの居場所を突き止めたシエルに無理矢理付いて行ったと報せが来た時頭を抱えた。事後連絡なのはシエルの嫌がらせだ。あと、時間の短縮。シリウスにお伺いを立てれば当然時間が掛かる。それ以前に連れて行かせる筈がない。王太子であり、まだ八歳の子供が犯罪者の巣に行くことを、何処の国の王が許可すると言うのか。

シエルも重々それは承知している筈。それでもベルンハルドを連れて行ったのは、婚約者の居場所を知り、意地でも自分の目で無事を確認したかったのであろう強い気持ちがあったから。

今回ファウスティーナを攫ったヴォルト＝フックスがアーヴァの妄信者と知った時は戦慄した。アーヴァはヴィトケンシュタイン公爵シトリンの従妹（いとこ）。幼少の頃から人間離れした魔性の魅力は、多くの異性を虜（とりこ）にした。デビュタントを迎える頃には更に磨きがかかり、婚約者がいながら多数の令息が婚約破棄騒動を起こした。アーヴァ本人は、内気で常に姉の背に隠れている気の弱い性格ではあったが、他の令嬢からの嫉妬は尋常ではなかった。

また、アーヴァに夢中になっていたのは貴族の令息だけじゃない。平民にも絶大な人気を誇った。アーヴァの両親が彼女を遠い領地に送った後はある程度騒動は収まった。アーヴァ自身も、自分のせいで王都を騒がせた罪悪感や生まれ付いての魅力に惑わされて言い寄る異性を怖がっていたので丁度良い機会だった。

領地に送られた後をシリウスは知らなかった。

――八年前のあの日までは……。

「っ……」

苦しげに息を吐いたシリウスは椅子から立ち上がると後ろの窓へ移動した。無数の小さな星が夜空を染めていた。

ちょっとだけ、明日の早朝馬を走らせて教会へ向かおうか考えていた。それなら、否が応でもシエルはシリウスと会わないとならない。

が、止めた。きっと自身の考えを読んで、更に早く出発するだろう。

そうなってしまえば、行き違いとなってしまう。

朝には来ると騎士に伝えたのだ。シエルの言葉を信じようとシリウスは無言のまま夜空を眺めた。

――まさか、この思考までも彼に読まれているとは知らず……。

すると、扉が小さく叩かれた。入室の許可を出すと入ってきた相手を見、シリウスは顔を歪めた。

相手は苦笑をしながらシリウスに近付いた。ベルンハルドがシエルに無理矢理付いて行ったと報せたのが彼。昼間の姿とは全く違っていた。

乱雑に切り揃えられた茶髪と草臥れた姿は何処へやら。手入れが行き届いた白金色の髪をハーフアップにし、麗しい顔を披露する男性が同一人物だと思う者は誰もいない。妖艶な雰囲気を惜しみなく曝け出す男性はクスリと笑った。

「酷い顔。おれが王太子殿下を止めなかったことを未だ根に持ってるのですか?」

「当たり前だ。シエルもシエルだ。何故連れて行った」

「あのまま、殿下を説得するよりかは連れて行った方が時間の節約になったので。無理に引き剥がしても殿下は諦めなかったでしょう。そういう部分は陛下に似ましたね。お顔は王妃殿下似なのに」

「……要件を聞こう」

人の癪に障る会話をするのは男性の得意分野。すぐに気持ちを切り替えたシリウスは執務机に戻った。メーヴィンは数枚の書類を出した。

「まずはシャルロット子爵家についてですが……後二、三回寝たら夫人は陥落出来そうです」

「簡単に堕ちると思ったのだが……案外手強かったな」

「欲に忠実でも馬鹿ではないのでしょう」

「服毒しているらしいがちゃんと解毒はしているな？」

「勿論」

二ヶ月前からシャルロット子爵家の夫人に接近し、愛人となって極秘調査を行っているメーヴィンの報告を聞き終えたシリウスは次の報告を促した。

「ファウスティーナ嬢を誘拐したヴォルト＝フックスの生家、モルテ商会会長を尋問した。勿論夫人も」

「どうだった」

「二人共通するのは、一人息子は八年前から行方を眩ませていたと言います。ただ、騎士団に捜索願いは出していません」

夫妻は息子が学生時代にやらかした様々な事に腹を立てていたらしく、卒業後は勘当同然に家か

ら叩き出したのだとか。ただ、モルテ商会前会長、つまりヴォルトの祖父は孫を大層可愛がってお
り、秘密裏に援助をしていたと話していた。
「どうやって公爵家の執事に潜り込めたかは……恐らく、前会長の力があったのでしょう。彼の紹
介状を作ったのも前会長らしいです」
「前会長から話は聞けるのか？」
「かなりの歳なので……おれの尋問に耐えられるかどうか。なので、優しい子に頼んでおきまし
た」
国王直属の騎士である彼の仕事は、洗脳・尋問がメイン。特に催眠を用いた洗脳は大得意。自身
の容姿を生かして異性を虜にする房事技術もかなりのもの。あの草臥れた茶髪姿は偽り。本来の姿
が今シリウスに見せているもの。
他にも報告を聞き終えたシリウスは背を椅子に預けた。
「分かった。ご苦労だったな。引き続き、シャルロット子爵家の調査は頼むぞ」
「はい」
優雅に一礼して見せ、執務室を出ようとした時「メルディアス」と本名を呼ばれた。
「今度シエルに会ったら言っておけ。次に私が呼び出した時は、必ず来いとな」
「どうせ明日来ると思いますよ。さすがのシエル様でも」
誘拐された公爵令嬢の居場所をいち早く突き止め、更に連れて行ってとせがむ王太子を本当に連
れて行ってしまったのだ。色々と話す必要がシエルにはある。
では、と美しい微笑みのままメルディアスは執務室を出て行った。

一方、ヴィトケンシュタイン公爵邸では――

「はあああああぁ……」

「だ、旦那様……！」

王城からの使者が持って来た書簡を読んだシトリンは、全身の力が抜けたように執務室の椅子に座り込んだ。執事が慌ただしく執務室に入って行くのを見たリュドミーラは何かあったのだと悟り、執事に続いて執務室に入った。

そして今。

リュドミーラは慌ててシトリンに駆け寄った。二日で出来た濃い隈はシトリンの疲労を物語っている。ファウスティーナが誘拐されたと判明した瞬間から二十四時間ずっと動き続けていたのだ。まだ若いと言えど人間限界はある。シトリンも酷い顔をしているがリュドミーラもほぼ同じだ。ケインやエルヴィラを不安がらせない為に、自分だけでも化粧を厚くして隠していた。だが、化粧でも誤魔化し切れていない疲労の色がある。

リュドミーラが恐る恐る書簡の内容を訊ねると、シトリンは二日振りに穏やかな表情を見せた。

「ファナが無事保護されたらしい」

「!!」

途端リュドミーラは座り込んで口元を両手で覆った。

視界は溢れ出る涙でぼやけるもどうでも良かった。涙が流れ落ちる度に化粧が落ちて悲惨なことになっているのもどうでも良かった。

予想もしていなかった早さのファウスティーナの発見と保護。更に聞くと怪我もなく、健康である。

二日前のファウスティーナの八歳の誕生日で、やっと母親らしいことが出来たと安心した直後の誘拐。

最初聞いた時は何かの間違いだと思った。屋敷には警備の兵がいる。二十四時間三勤交代制で見張りをし、定期的な巡回をしている。夜間も例外ではない。寧ろ、邸内の人々が寝入った夜間は最も警戒心を持って警備に当たらないといけない。兵は何をしていたのか、何故簡単にファウスティーナが誘拐されたのか。ファウスティーナの部屋が荒らされた形跡はなかった。寝ている所をそのまま連れ去られたのだ。不審者の目撃情報もなければ、屋敷や門に不審な細工をしている痕跡もなかった。また、貴重品部屋の物に一切手が付けられていなかった。誘拐犯の目的はファウスティーナだけ。ファウスティーナがいなくなったと判明した時点から一人の執事がいなくなった。

猛烈に嫌な予感を抱いた。

そして、それは当たった。

いなくなった執事ヴォルト＝フックスは、七年前から公爵家に仕える執事だ。寡黙だが真面目で熱心な仕事振りはリュドミーラ自身も高評価を与えていた。他の使用人達の手本となるような彼が何故誘拐を？

当初は誰もが思った。しかし、彼の情報を集めていると慄然とした。

ヴォルトはアーヴァの妄信者だった。彼の住んでいる部屋にあった日記に、アーヴァへの熱意とも取れる内容が多数記されていた。

そして、ファウスティーナを攫う方法や日程等も事細かく書かれていた。

ファウスティーナはアーヴァに似ている。容姿だけの話じゃない、花を眺めるのが好きなところも、どんなに綺麗な宝石や花も勝てない輝かしい笑顔も。

生まれた時から王太子の婚約者と決められた、というのもあるが、この事実を知っていたから、ファウスティーナはエルヴィラと違ってお茶会にはあまり連れて行かなかった。外にも最低限しか出さないようにした。

庭でどれだけ花を眺めても良いが外に出るのだけは避けたかった。将来王太子妃になるのだから、と心を鬼にして普通以上に厳しく接し続けた。

それを最近になって非常に後悔した。娘に無関心な目を向けられるだけで、心が動揺し、激しい痛みとなって襲い掛かってくるとは想像もしていなかった。

今は何とかギリギリのラインを保てているが、また何時間違えてしまうかリュドミーラ自身分からない。

「リュドミーラ」

シトリンは肩を震わせ良かった、良かったと泣くリュドミーラの肩にそっと触れた。

張り詰めていた物が崩壊して一気に押し寄せたのだろう。シトリンは側で涙目になって片眼鏡を拭く自身の執事長クラッカーに「この事を知らせてあげてくれ」と告げた。誰に、とは聞かなくても心得ているクラッカーは「は、はいっ！」と直ぐ様部屋を出て行った。

てしまう。

……しかし、シトリンはあることは伝えていない。同時に、言ってしまえば要らぬ疑惑が生まれてしまう。

妻にはファウスティーナの無事だけを知ってほしい。

沢山の可愛らしいぬいぐるみや小物が置かれている室内のベッドの上で、今お気に入りのシロクマのぬいぐるみを抱き締めて座るエルヴィラの顔色は頗る悪かった。姉が二日前に誘拐されたから、じゃない。二日前から、時折見ている悪夢がより酷くなったからだ。

『ねえ、どうして助けを求めるの？　ちゃんとしてあげてるのに』

『——が——に、残った君に出来ることってこれくらいしかないんだよ？』

『大丈夫だよ。君みたいな、頭が空っぽの子の方が適任だから』

相手の顔は分からなくても、自分が何をされているかよく理解出来なくても、感覚で想像を絶する何かをされている、という事は感じられた。

ぎゅっとぬいぐるみを抱き締める。

ファウスティーナが誘拐されてからこの調子で怖がってしまっていると周囲は判断した。その方がエルヴィラも有り難かった。理由を聞かれてもどう答えたら良いのか。

悪夢の相手は最後必ず、エルヴィラにこう言い放つ。

『君が悪いんだよ？　君が最後まで繋ぎ止めないから、こんなことになるんだよ』と。

自分が何をしたの、と相手に叫びたくても悪夢の中の自分は何も喋れない。否、声は出ていた。だが、何を言っているのか全く聞き取れない。

「ベルンハルド様……」

ベルンハルドのことを考えると、不思議なもので悪夢で感じた恐怖が和らぐ。実際に会えたら、更に安心感がエルヴィラを包み込む。

二度も倒れ、今回は誘拐。

ファウスティーナとベルンハルドの婚約継続は難しいと、シトリンがリュドミーラと話していたのをこっそり聞いたエルヴィラは仄暗い喜びを感じた。このままファウスティーナがいなくなればベルンハルドとの婚約は解消されて、自分が次の婚約者になりたいとシトリンにお願いしたらいい。けれど、同時にファウスティーナがいなくなったらとてつもない何かが自分に襲い掛かってきそうな予感も抱いた。

相反する二つに挟まれ、更にあの悪夢。

もうファウスティーナとベルンハルドの婚約継続が難しいなら戻っても同じ。なら、早く戻って胸に巣食うこの予感を消し去ってほしい。邸内の雰囲気も元に戻る。

しかし、もし自分がファウスティーナと同じ立場になったら……。

「っ……！」

恐怖に支配され、冷静な思考なんて持たない。ひたすら泣き喚いて、暴れて、逃げようとする。

そんな状況に八歳の誕生日を迎えた日の夜に置かれたファウスティーナ。いざ自分が同じ立場になって、自分の立場にファウスティーナがなって同じことを考えていると知ったら――考えるだけでゾッとした。

こんなことを考えるのは駄目だとぬいぐるみに顔を埋めた。

早く戻って来て欲しい。

きっとベルンハルドはファウスティーナの救出の報せを聞いて必ず来る。ベルンハルドに会える。会って、この悪夢から解放してほしい――

――部屋を覗いたシエルとヴェレッドは、ソファーに並んで座るファウスティーナとベルンハルドが眠っているのを見つけた。食事は済ましてあるようで、食後のジュースでも飲んだのか空のグラスが二つテーブルに置かれてある。

やれやれと苦笑したシエルは、室内に入り二人を器用に抱き上げた。誘拐されていた二日間、ずっとファウスティーナが眠り続けていたのを知っているヴェレッドは「よく寝るな……」と若干呆れていた。

呟きを聞き取ったシエルは「寝る子は育つってよく言うでしょう」と幼い二人を寝室まで運んで行った。

「いや、寝過ぎだろう」

四　二つの香り

熱い湯船に身を浸し、今日の疲れを洗い流したシエルは濡れた髪を拭きもせず、タオルを頭に掛けた格好で部屋を出ようとした。

「シエル様」

眠そうに欠伸（あくび）をしたヴェレッドの髪は濡れていない。シエルの前に入浴を済ませた彼の髪は既に乾いていた。

「まだ暗いよ。というか、風邪引かない？」

「暗いから様子を見に行くんだ。寝付きがいいのは相変わらずでホッとしたよ。無駄に頑丈だから、滅多に風邪は引かないよ」

「あっそ」

話し合いが終わり、ファウスティーナとベルンハルドを別の部屋に運んで寝かせた後、自身も眠った。が、気分が高揚しているせいか途中起きてしまった。仕方なくヴェレッドを起こした。二人は時間潰しという名目で遊んでいた。中途半端にシャツを開（はだ）けたままの服装でシエルは部屋を出た。

片手にキャンドルランタンを持って暗い邸内を歩く。あの子が眠っている姿を見たいのだ。絶対に起こさないから、そのくらいは許してほしい。

迷いない足取りでファウスティーナの眠る部屋に着いた。ドアノブに手を掛けようとした時——シエルが動かすより早く、勝手にドアノブは下に動いた。

そっと扉が開けられると、キョトン顔で自分を見上げるファウスティーナがいたのだった。

八歳の誕生日を迎えた夜、就寝中に誘拐され。

起きると自分の部屋ではない別の場所で寝かされ、一緒に捕まっていたらしいヴェレッドの説明で誘拐された上に二日間眠りっぱなしと聞き。

これからどうなることかと不安一杯になっている所に助けが来た。

「濃い一日だったわ……」

明かりが消えた客室のベッドの上――

ベルンハルドと遅い夕食を取り、食後のジュースを貰って会話をしたところまで覚えている。ふと目が覚めると質のいいベッドに寝かされていた。

ファウスティーナなりに今回の誘拐事件について考えてみた。

自分を誘拐したのが長年公爵家に仕えてきたヴォルトなのがまず驚きだった。彼を知る人なら、誰もが誘拐を企てる人ではないと口を揃えて言うだろう。ファウスティーナだってそうだ。

「金銭目的なら、私を攫った後お父様宛に身代金を要求する手紙を送ったって可笑しくないよね。一緒にいたお兄さん曰く、私は珍しいから売られそうになったって言ってたよね」

他にも仲間はいて、ヴォルトはいなかったが他は既に逮捕されている。幼女趣味の連中に売られるかもね、って普通に言われたがよくよく考えると普通に言われていい台詞じゃない。

「仮に売られていたら、私どうなっていたんだろう……」

最も可能性が高いのが奴隷。見目が珍しいから観賞用？　又は子供でも厭らしい目で見てくる大人もいるのでそういう理由？

結局考えても碌でもない末路しかなかった。

この国では人身売買を行っただけで重罰に課せられ、奴隷を得ただけで処刑されてしまう。

ヴォルトは何処に行ったのだろう。

ファウスティーナ、ケイン、エルヴィラ。三人の味の好みをバッチリ把握し、知識が豊富な為知らないことはなさそうなくらい何でも知っていて、時に驚かせても全く動じず常に一定の感情を保っていた。

「……こういうの、本来なら駄目なんだろうけど」

ヴォルトが捕まったと一報を貰ったら、父にお願いして一度だけ会わせてほしい。どうして誘拐なんてしたのか。

あ……とあることを思い出した。

「そういえば……誕生日の夜、ヴォルトが部屋に来てハーブティーを持って来てくれたのだっけ」

誘拐されている間ずっと眠り続けていたのは、あのハーブティーに睡眠薬の類が入っていたから？　不眠症の人間には効果があると言っていたから、眠りやすい成分があったのは明白。

ファウスティーナは誘拐事件について考えるのはまた明日にしようと瞼を閉じた。

——全然寝れなかった。二日間眠り続けた反動か、ずっと瞼を閉じていても眠れないファウスティーナは今日の出来事を頭の中で繰り返し思い出していた。

貴族の子が誘拐されれば、大抵の未来はろくでもないものばかり。その中でスピード救出されたファウスティーナは奇跡に近いレベルで運が良い。誰かに言われなくても自分自身そう思う。ファウスティーナは上体を起こしてベッドから降りた。暗闇の中苦戦しながらも靴を履き、両手を前方へ突き出し確認しながら歩いた。

　壁に手が触れた。ゆっくり、両手を上にして歩いていくと手が固い物に触れた。握って下ろすと扉が開いた。

「……」

「……」

　外への扉を開くと、キャンドルランタンを持ったシエルが目を丸くしてファウスティーナを見下ろしていた。揺れる赤い光に照らされたシエルの銀髪は水分を含んでいた。凝視すると肌も若干赤い。着ている服も眠る前見た白と青を基調とした衣装ではなく、黒いスラックスと白いシャツを着ている。ボタンを外し過ぎではないかと感想を抱いたのはスルー。

（お風呂に入ってたのかな）

　呼吸をした拍子に入った花の甘い香り。間違いなくお風呂に入っていた。きょとんと見上げるファウスティーナと目線が合うようにシエルは膝を折った。開けたシャツの間から窺える肌が白いなーと感想を抱くもこれも置いておく。

「どうしたの？　眠れない？」

　こくりと頷く。

「ヴェレッドによれば二日間眠り続けていたと言っていたしね、十分眠ったから睡眠は必要とされていないようだ」

「どうしたら眠れますか？」

「人間、疲れていないと案外眠れないものだよ」

外はまだ真っ暗。昼間みたいに外で遊び回って体力を使用する術がない。

シエルと距離が近いからか、甘い香りは更に強くなった。とても良い香り。ファウスティーナが言うとシエルは「あげようか？」と訊ねた。

「え」

「特別高価な物でもないから、あげるよ」

「で、でも、私に香水はまだ」

「ああこれ、入浴剤だから好きな時に使ったらいいよ」

「入浴剤……」

やっぱりお風呂に入っていた。銀糸の先から雫（しずく）がぽたりと落ちる。タオルできちんと拭かれてないのか。

「風邪引きませんか？」

「うん？　ああ、髪が濡れてるから？　これくらいで風邪を引く程繊細な身体じゃないよ。そうだファウスティーナ様。眠れないなら、私と一緒に来るかい？　どうせ後一、二時間で朝日は昇る」

朝がくるまで遊ぼうと誘われた。瞼を閉じて横になっても眠れないなら起きていようと、ファウスティーナは差し出された手を握った。

シエルは立ってファウスティーナの手を引いて、キャンドルランタンの灯（あか）りを頼りに屋敷内を歩き出した。

「あの、司祭様はずっと起きていらしたのですか？」

「二時間程前に目が覚めたんだ。目を閉じても寝れないから、ヴェレッドを起こして遊び相手になってもらっていたんだ」

「……起こしたんですか？」

「起こしたよ」

寝ていたのを叩き起こされたヴェレッドが気の毒になった。

キャンドルランタンを頼りに歩き、途中階段を降りて広間に出た。右の廊下へ進み、ある部屋の前に止まった。ファウスティーナの手を離したシエルが扉を開けた。

「あ」

室内は明かりがついていて、中央に置かれている二人掛けのソファーの肘掛けに頭を乗せてヴェレッドは寝ていた。王国でヴェレッドと同じ髪や瞳を持つ人は多分いない。魅惑的な薔薇色の髪に見入っていると白い瞼が震えた。重たい動きで開かれた奥には、髪と同じ色の瞳があった。ファウスティーナと寝惚けた眼で見つめ合い、視線が後ろへいくと面倒臭げに上体を起こした。小さな欠伸をしてシエルへ向いた。

「寝起きの人間になんて顔するの」

「うん？　何のことかな？」

「はあ、すっとぼけるならそれでいいよ。で、君は何？」

急に話題を振られ、心の準備をしていなかったファウスティーナは慌てた。必死に言葉を探せば
「困らせないの」とシエルがヴェレッドを窘めた。はーいはい、とどうでも良さげに返事をし、自

然の香りが漂いそうなウッドテーブルへ手を伸ばした。ガラスのポットを引き寄せ、蓋を開けて中のクッキーを摘まんだ。

眠そうな顔でクッキーを食べるヴェレッドからは清潔な石鹸の香りがふわりと舞った。ヴェレッドと遊んでいたとシエルが話していたので、彼もそれでお風呂に入ったんだろうと納得した。

ヴェレッドにクッキーを差し出された。

「食べる？」

「うん」

クッキーを貰い、パクリと食べた。

甘さが控え目で普通のより固いクッキーだった。固い分サクサクとした食感が楽しめる。ファウスティーナの綻ぶ顔を美味しいと読み取ったヴェレッドは「はい」とまたクッキーをファウスティーナに差し出した。

部屋の隅で紅茶の準備をしていたシエルは、ティーポットとティーカップを三つ、トレイに載せて二人の元に来た。

「気に入った？」

「はい！　とても美味しいです」

「そう。良かった」

トレイをウッドテーブルに置き、ファウスティーナの背中をそっと押してヴェレッドの隣に座らせた。シエルは向かい側に座った。慣れた手付きで紅茶を注ぐシエルを不思議そうに見上げた。

「司祭様は自分で紅茶を淹れるのですか？」

「大抵のことは自分でやりたいからね。はい、ファウスティーナ様」

「ありがとうございます」

差し出されたティーカップをソーサーと共に受け取った。

何不自由なく育った公爵令嬢の自分が紅茶を淹れる機会はない。

ふと、こんな事を考えた。

（ベルンハルド殿下と婚約破棄をして、家を出たら自分で生活しなきゃいけないのよね？　だったら私も紅茶くらい淹れられるようにならないといけないよね！）

屋敷に戻ったらリンスーに紅茶の淹れ方を教わろうと上機嫌で紅茶を飲んだ。

口に含んだ瞬間広がるフルーツの甘い味。深く味わうことでフルーツの甘さだけではなく花の仄かな甘味も感じられた。

「美味しい！　口にお花畑が出来たみたい！」

何処の銘柄か聞いて、お父様にお願いして取り寄せて貰おうと決めた時だった。

室内の空気が変わった気配を感じ、訝しげに前を向いて――ぎょっとした。

「……」

シエルはティーカップを持ち上げた体勢のまま、呆然とファウスティーナを見つめていた。青の瞳は固定されたように、ただ一点――ファウスティーナだけを見ていた。様子が変わったシエルにファウスティーナは困惑する。

「……シエル様」

シエルを我に返らせたのはヴェレッドの静かな声色。ハッと、意識が違う世界へ飛んでいたシエルはファウスティーナに困った笑みを浮かべ見せた。

「あー……何でもないよ。気にしないで」

「は、はい」

「そんなに気に入ったの？　この紅茶」

「は、はい、屋敷でも飲んだことのない味だったので」

「そう……。……じゃあ、帰る時この紅茶も持たせよう」

「良いのですか？」

「いいよ」

先程の様子を気にしつつ、戻ってからも口内にお花畑が広がる紅茶が飲めて喜ぶ。

幸福な表情で紅茶を見つめ、味わうファウスティーナは、シエルの吃驚なクッキーの食べ方に目を剥いた。ガラスのポットから取り出したクッキーを半分に割り、それを紅茶につけて食べていた。

自分がしたら間違いなく叱られる。いる相手によって怒り方は様々だろうが怒られる。

瞬きを繰り返せば、隣の彼は「相変わらず変な食べ方」と少量の毒を吐いた。慣れているシエルは気にせず、もう半分のクッキーも紅茶につけて食べた。

「意外に美味しいんだよ、これ。子供の頃、何気なくやってみたら存外合うんだよ」

「お行儀が悪いって言われないの？」

「ふふ。こういうのは、目を盗んでやるのが良いのだよ」

「あっそ」

（確かに）

今よりももっと幼い頃から毎日厳しい淑女教育を受けているファウスティーナも、教育係や侍女達の目を盗んではちょっとした悪戯をしていた。バレては怒られていたが楽しいので止めなかった。その内、悪戯の話が母リュドミーラの耳にまで入り大説教をされた。自分が悪いと分かっていたので反論しなかったが、家庭教師が止めていなければ、大説教は長時間コースへと進んでいただろう。

その点、エルヴィラが家庭教師との勉強をサボっても黙認していたのだから、名前のない虚しさとどうでもいいという感情が芽生える。

嫌な予感を抱いた。

(今回の誘拐でベルンハルド殿下との婚約は解消されるだろうけど、そうなったら何を言われるだろう。私は寝てたのを誘拐されたから、お小言とかなしがいいなあ)

私室で寝てて、起きたら誘拐されていただけでベルンハルドとの婚約が消えたと怒りまくられないか心配になってきた。それだけじゃない。スピード救出されたとは言え、世間に知られてしまえばファウスティーナの経歴に傷がついて良縁が無くなる可能性だってある。

(情報操作とかは、お父様が抜け目なくやってくれそうだけど万が一があるもの。どうせ家を出る予定だから気にしないでおこうっと)

家は兄ケインが継ぐので心配は無用。アエリアから、ケインはファウスティーナがいなくなった後無事シトリンの跡を継いで公爵になったと聞いている。ベルンハルドとの婚約が解消となったら、次の婚約者はアエリアになる可能性が高い。まだファウスティーナとベルンハルドの婚約は公にされておらず、王家とヴィトケンシュタイン家だけの話になっている。アエリアは王太子妃になるつもりはないと言っていても、だ。

ラリス侯爵家は、侯爵ながらも公爵家に匹敵（ひってき）する強い力を持つ貴族だ。また、ラリス侯爵夫人が防衛の要である辺境伯家の出身というのも大きい。王家と言えど無理強いは出来ない。

となると、前と同じでエルヴィラが王太子妃になるのは難しいのではと悩む。二人は〝運命の恋人たち〟なのだ。必ず——結ばれないといけない。

（？）

自分で考えたのにファウスティーナは疑問を抱いた。

何故？　運命によって結ばれているから？

『——と——の間には〝フォルトゥーナの糸〟によって結ばれた強固な絆があるからだよ』——頭の中で誰かが言う。知っている筈なのに、分からない誰か。

『だから最初から、君が入り込む隙間なんて無かった。言い方は悪いけど、——は体（てい）の良い当て馬だったのさ』——これも同じだが、分からない誰か。

当て馬……そうだろう。ファウスティーナという悪役令嬢がいたから、ベルンハルドとエルヴィラは結ばれた。〝運命の恋人たち〟と称される程に。

前の自分は絶対に見ていないであろう二人の結婚式が何故か脳裏に浮かんだ。特大の刃物が今か今かとファウスティーナの心を刺そうと表面に先端を突き付けている。

これ以上思い出して、耐え難（がた）い痛みを感じるくらいなら、と紅茶を一気飲みした。温度は少し下がっていたのであまり熱くはなかった。だが、突然の行動にシエルとヴェレッドの視線はファウスティーナに向いた。

「どうしたの？」

「え、な、なんでもありません。えへへ」

笑って誤魔化し、紅茶のお代わりが欲しいとシエルにティーカップを渡した。

「ところで、この紅茶の生産地は何処ですか？　今まで飲んだことがないので気になって」

「これ？　私が懇意にしている紅茶店で茶葉を調合してもらっているんだ」

「だから紅茶馬鹿なんて言われるんだよ」

「うるさいよ。文句なら、紅茶の文化を広めた先王陛下に言って」

「え？　紅茶は昔から王国にあるんじゃ……」

王国に紅茶の文化が広まったのはほんの三十年以上前で、以前から飲まれていたのは主にコーヒーだった。お茶の文化が発達している隣国を野蛮人が住む国と卑下していた当時の国民にとって、今では親しまれるお茶も、飲むと野蛮な血が生まれると大層騒いだそうな。早くから隣国との関係改善を望んでいた先王が目を付けたのがお茶。

「それまでは父上もお茶に興味はなかったのだけど、隣国との関係改善の為に調べたら本人がハマってね。初めて隣国に行った時は、向こうが驚く程お茶好きになっていたんだ」

「コーヒーと違って香りのバリエーションが豊富だしね。あと苦くないし」

「淹れ方や種類によっては苦いよ。今がお茶を普通に飲む時代で良かった。紅茶派だから私」

「王様はコーヒー派だよね。前の王妃様と同じ」

「先王妃様はコーヒー派だったのですか」

初耳だ。

先代国王夫妻の評判というと、民と国の為に尽くした賢王と名高い反面女性好きが酷い先王、夫に顧みられず苛烈な女性で最後は病によって亡くなった先王妃というもの。

　ファウスティーナは紅茶のお代わりをシエルから受け取って口に含んだ。

「同情はしないけど、前の王妃様も可哀想な人だよね」

「さあ？　興味がない」

「知ってた？　お嬢様。前の王妃様は、王様とシエル様が接触するのをとても恐れていたんだ。何故だと思う？」

「うーん……」

　正妃腹の王子と平民腹の王子。

　ファウスティーナから見てもシエルはとても賢そうな人。彼が王位に就いても現王と同じく、平和な国を築いていそうだ。

「ヴェレッド」

　答えを探しながら紅茶を飲んだら、鋭利な色を多分に含んだ声でシエルがヴェレッドを呼ぶ。機嫌を悪くしたらしい本人に反省の色はない。へらへらと笑っているだけ。何を言っても反省しないと悟ったらしいシエルは、名前を呼んだだけで以降は何も言わなかった。

　代わりに「ファウスティーナ様」と違う相手を選んだ。

「一々、ヴェレッドの言うことを真に受けなくていいよ。この子は人をからかって反応を楽しむ悪趣味な子だから」

「酷い言い草」

「事実だよ」

会話は殺伐としていながらも、ファウスティーナが普通に紅茶を飲めるのは雰囲気まで同じじゃないから。

「将来は、自分好みの紅茶を一から作りたいよ」

「それは、茶葉から育てるということですか？」

「そうだよ」

「本物の紅茶馬鹿じゃん」

「ほっといて」

「あはは……」

――約二時間後、朝日が昇り屋敷の使用人達が起き出す時間になった。サロンで早くから寛ぐ三人に執事は苦笑した。シエルは執事の後ろにいる侍女にファウスティーナの支度を命じた。ベルンハルドのことを聞くと、もう起きて支度しているとの事。

「そう。じゃあヴェレッド」

「行ってらっしゃい。俺は良い子にして寝てるよ」

「何言ってるの。君も行くに決まってるでしょう。私のお願いを聞いてくれる約束じゃない」

「あーはいはい、シエル様がズルして一本取ったあれね」

「失礼だな。ズルなんてしてない」

「俺が猫が好きだと知ってて、猫だ、って気を逸らしたのは誰？」

「あっさり信じて負けたのは誰かな？」

「……」

口の争いならシエルが何枚も上手だ。幼い頃からの付き合いであるヴェレッドはよく理解している。こんなことなら、初めて会った時、貧民街に迷い込んで浮浪者に襲われ掛けていたシエルを助けないでどうなるか眺めていたら良かったと過去の自分を恨んだ。

が。

「シエル様は無様(ぶざま)にやられないからね」

「何の話？」

「独り言」

「大きな声で独り言を言うんだね」

「どうでもいいでしょう」

「はいはい。さあ、君も来るんだ。それ相応の格好をしてね。元々顔が良すぎるから、それっぽい格好をしたら、誰も君が貧民街の孤児とは気付かないだろうね」

「どうでもいいよ。シエル様に会ったのが俺の運の尽きだよ」

「酷いな」

言う程ショックを受けていない。軽口を叩き合いながら互いを熟知している二人ならではの会話なのだ。

それぞれ支度を終え、外に用意された馬車に乗り込んだ。侍女から朝食の入った大きめのバスケットを受け取ったシエルは、御者に「城へ向かえ」と言い放った。

ファウスティーナもベルンハルドも急遽用意された子供用の服を着ている。服装だけなら二人が公爵令嬢と王太子とは気付かない。漂う気品から貴族であることだけは窺えた。

――同じ頃、王宮では朝になったばかりだと言うのにシリウスが落ち着かない様子だった。寝室で窓の外を見ながら、左の頬を左手で触っているのを見たアリスは「シエル様が絡むとこれだもの」と額に手を当てて呆れていたのであった。

「……アリス」

急に動きを止めたシリウスに呼ばれたアリスは、先に部屋を出るよう言われた。そしてシリウスはシエルが何時来るかと待つそわそわとした様子から一変、為政者としての顔に即座に切り替えた。アリスは「分かったわ」と世話役の侍女達を連れて部屋を出た。

「どうだった？」

シリウスの呼び掛けに答えたのは、出て行ったアリスでは勿論ない。バルコニーへと続く窓が開かれ、中に入った相手は数枚の書類を差し出した。

「誘拐されていたのはファウスティーナ様ともう一人いた」

「誰だ？」

「陛下もよく知っている坊や君」

「は……？」

普段は冷徹で感情を滅多に乱すことがないシリウスの唖然とした姿は滅多に見られない、レアだと相手は笑う。白金色の髪をハーフアップにした男性――メルディアスは固まっているシリウスに報告を続けた。

「陛下に言われて、念の為ファウスティーナ様以外に誘拐された子がいないか調べろと言われ、出てきた結果がこれ。おれも吃驚したよ。あの子どんなドジを踏んだのかな」

「ふざけるな。あの小僧が……」

途中、言葉を切ったシリウスはふと、何かを思考する。仮に今、自身の考えが当たっているのなら納得がいく。異常な速さでシエルがファウスティーナの居場所を突き止められたのも、あの生意気な男がたかが誘拐犯に遅れを取った理由も。

ギリ、と歯を噛み締めた。

「シエル……あの子の公爵令嬢としての立場を危うくするつもりなのかっ」

「シエル様がそうする理由がありますか？　教会側だって、女神様の生まれ変わりは待ち望んでいた筈でしょう」

「……」

仮にシエルが誘拐を目論(もくろ)んだ黒幕だとして、何が理由で凶行に走らせたか。

シリウスは答えを持っていながら、決して言うつもりはない。

「他の報告はなんだ？」

急に話題を変えてもメルディアスは不服とせず、淡々と結果を伝えていくのであった。

五　小さな嫉妬と近付く不協和音

三日前通った道を、家族ではない人達と通るのは新鮮だなと、膝立ちをして窓越しに外を眺めるファウスティーナは感じた。侍女が持たせてくれた朝食は数種類のサンドイッチだった。レタスとハムを挟んだだけの、シンプルでありながら素材の味を味わえるサンドイッチは美味しかった。

「ファウスティーナ様」

紅茶が冷めないように布できつく縛られたティーポットもあったので、食後は人数分のティーカップに紅茶を注いでもらった。きちんと座り直しティーカップをシエルから受け取った。

馬車の席順は奥からファウスティーナ、ベルンハルド、シエル。ヴェレッドは向かい側の席を一人で座っている。

一人なのをいいことに席を丸々利用し、壁に背を預け寝ている。

「司祭様が起こすから眠り足りなかったのですよ」

「私がヴェレッドを起こすのは昔からだよ？　文句を言いながら付き合ってくれるから」

母親が平民でも、父親は王族の頂点だった人。王族の血が流れている第二王子に文句を言える人はほぼいないだろう。況してや、彼は貧民の孤児。シエルの言う通りにしないと不敬だと罰せられることだってある。

が、シエルは気にしない。気に入った相手がどんな性格だろうと見た目だろうと、彼が面白く楽しいと感じられる相手なら誰だろうと構わない。

「……」

真ん中に座るベルンハルドはティーカップで顔を隠しながらも、不満げな顔をしていた。

叔父であるシエルは、常に気難しく、冷たく澄ました顔をしているシリウスと違って、物腰が柔らかく誰に対しても人当たりの良い笑みを浮かべているので接しやすい。ベルンハルドもシリウスよりもシエルと会話をする方が気が楽で、年に一回誕生日に教会へ行った時、短時間でも話をしたがる。特殊な事情があって先代司祭の代わりを務めているシエルの過去をベルンハルドは詳しく知らない。強いて言うなら、知っているのはそれくらいなのだ。

何故彼が教会に身を寄せているのか、一度シリウスに問うたことがあった。

その時のシリウスは、苦虫を噛み潰した表情をした。長い時が流れたと錯覚させる重い空気が漂う中、重い口を開いたシリウスが発したのは――

『……お前が知る必要はない』だった。

ベルンハルドが生まれるずっと前に何かあったと乳母や周囲の者は言うが誰も詳細な話をしてくれる人はいない。口を噤むだけ。

自分はまだ知っちゃいけないのだと幼いながらに悟った。

自分を間に挟んでシエルとファウスティーナは会話をする。シエルが話を振って、ファウスティーナが答えるだけなのだが……自分と話す時より会話が弾んでいるのが少し悔しい。しかも、早くから起きて三人でお茶をしていたと聞いて疎外感を味わった。寝ているから起こされなかった。ただそれだけなのに（無理矢理起こされたのが一名いるが）

「へえ、じゃあファウスティーナ様は虫を見ても驚かないいんだ」

「はい。でも幼虫や足の多い虫は駄目です。あ、でもミミズは大丈夫です」

花をじぃっと眺めることが多いファウスティーナは虫と遭遇する回数もまあまある。花の蜜を集める蜜蜂、木の上にいる蝉、花畑に必ずいる蝶々等一般的に見られる虫は大丈夫だが、やっぱり見た目に問題がある幼虫や足の多い虫は駄目。ミミズも見た目の色や姿は中々エグいのに平気なのは珍しいと、隣で話を聞いているベルンハルドはティーカップから顔を上げた。

「ミミズが見れるなら、幼虫も見れるんじゃないの？」

「初めて見た時は腰を抜かしましたけど、後から農家の人達にとってミミズは土壌の改良をしてくれる益虫だとお兄様に聞いたので、それ以来ミミズは見ても平気になりました。寧ろ、我が家の庭の土を良くしてもらう為に沢山いてもいいのではないかと」

「それはそれで驚く人が増えそうだな……」

「そうですね。ミミズじゃないですけど、去年、お兄様と蝉の脱け殻を庭で沢山取ってお母様に見せたら失神されましたから、虫が苦手な人は駄目ですよね」

一緒にいたシトリンに「程々にね二人とも」と苦笑された。エルヴィラもいたら大泣きして事態は更に面倒になっていただろう。

他にも、気付かない間にてんとう虫がドレスにくっ付いてワンポイントになっていたり、かくれんぼで掃除小屋に隠れていたら小さいクモが天井から糸を垂らして現れて吃驚した話をした。

「クモは害虫を食べてくれるって言うし、殺すと縁起が悪いと聞くからそのままにしておこうね」

「はい。殿下は平気なんですね虫の話」

「ネージュがずっと部屋にいる分、図鑑でしか見られないのは可哀想だと思ってね。庭園で見つけた蝶々なんかを捕まえてネージュに見せていたんだ。後、僕もファウスティーナ達みたいに蝉の脱け殻を集めたことがあるんだ」

ベルンハルドも蝉の脱け殻をネージュに見せてあげようと沢山集めたことがある。ただ、その時ネージュの部屋には王妃アリスもいて、大量の蝉の脱け殻を見てリュドミーラと同じように失神してしまったらしい。目が覚めたアリスはベルンハルドを叱りはしなかったが「苦手な人もいるから、今度からは気を付けるのよ」と苦笑したとか。因みにネージュ本人は喜んでいた。

「王妃様ですか？」

「苦手な人が多いのが普通だからね」

「貴族の令嬢の苦手な物の代表だからね」と優雅に紅茶を飲むシエルが言う。令息でも苦手な子はいる。要は個人の問題。

ティーポットをティーカップに傾けたシエルは「おや、もう無くなった」と中身の無くなったティーポットを席の間に設置された小テーブルに置いた。クッキーの入った瓶もある。

「途中停車して紅茶を淹れてもらおうか」

「で、ですが父上が待っているのでは」

「いいのいいの。陛下は待つのが好きだから」

良いのだろうか？

王弟がいいと言うのだから良いのか。

宣言通り、途中、街の紅茶店の前に停車した。

「二人も来る？　特にベルは街の店に入ったことないでしょう？」

「はい！」

「行きます！　私もないです！」

「そうなの？」

頻繁にお茶会に連れて行ってもらっていたエルヴィラやエルヴィラ程ではなくても参加するケインとは違い、あまりお茶会に参加させてもらえず外にも連れて行ってもらえないファウスティーナも街に出た回数は二人と比べると極端に少ない。先に降りたシエルに降ろしてもらったベルンハルドとファウスティーナ。教会の司祭だが今は貴族服を着ているシエルもいるので、貴族の家族がお忍び……にしては派手だが来ているイメージだ。

紅茶店の扉を開いた。カランコロンとドアベルが鳴る。ファウスティーナもベルンハルドも初めて見るらしく、興味津々だった。立ち止まる二人の背をシエルが優しく押して店内へ。

「わあ……」

ファウスティーナは入ってすぐ鼻に広がる香ばしい紅茶の香りに頬を綻ばせた。店内には大きな棚が並んでおり、そのどれも小さな収納スペースが多数あった。茶葉が入った瓶が置かれていて、札にどんな茶葉の名前かが書かれている。

「これに紅茶を入れてもらえる？」

「し、司祭様⁉　は、はい！　すぐに！」

司祭服を着ていなくても、街の人ならシエルが誰か知らない者はいない。ファウスティーナはとある名前を見つけた。

エリザベートフラワー。

誘拐された当日、ヴォルトが眠る前にと淹れてくれたハーブティーに使った材料と似た名前。あのハーブと名前が似ているだけなのに、とても気になってしまう。手に取ってみたいのに背が足りない。頑張って背伸びをしても手は掠（かす）りもしない。

ヒョイっと後ろから伸びた手がエリザベートフラワーの瓶を取った。

「これ？」

シエルだった。

「はい！」

シエルから瓶を受け取ったファウスティーナはマジマジと中を眺めた。

「エリザベートフラワーか。高級紅茶の一つなんだ。フラワーって名前にあるのは、葉っぱが咲いた花のような形をするからなんだ」

「どんな味ですか？」

「そうだね……極東の島国で飲まれる緑茶っていってね、薬草茶と味が似ているのだけどそれと同じかな」

「薬草って……ことは苦い？」

「そうだね」

甘い物は大好き。

でも苦い物は得意じゃない。

緑がかった茶葉が余計シエルの言う緑茶とイメージが繋がる。淹れるとお茶の色は淡いオレンジ色になるらしい。

「ファウスティーナ？」

違う紅茶を眺めていたベルンハルドがファウスティーナ達の元へ。ファウスティーナが手に持つ瓶に興味を示した。

「それは？」

「エリザベートフラワー、という紅茶みたいです」

た。

「女性みたいな名前だな」

「この茶葉を使った紅茶を生み出したのがエリザベートという女性だったからだよ」

エリザベスフラワーも発見したのが女性学者だったからとヴォルトが教えてくれた。

瓶を開けて香りを嗅いだファウスティーナは「ん?」と首を傾げ、確認するように深く息を吸った。

あの時飲んだハーブティーは、エリザベスフラワーの他に数種類のハーブも混ぜられていた。ただ、鼻腔を通った香りがそれと似ていた。名前が似ていると香りも似るもの……な訳がない。聞くと生産地は同じ南国。胸に引っ掛かりを覚えるとずっと置いておくほど我慢したくない。

「これが欲しいの?」

ファウスティーナの心中を読んだみたいなタイミングでシエルが問うた。頷くとシエルに瓶を持って行かれ、店主の元へ。

「良かったな」

「はい(でもこれ、正直に言わない方がいいよね)」

ヴォルトが眠る前に淹れてくれたハーブティーに使った材料と似た名前と香りが気になったとは口を引っ張られても割れない。シエルの注文した紅茶作りを外で待つことにしたファウスティーナとベルンハルド。すると、一人なのを良いことに席を丸々利用して寝ていたヴェレッドが馬車に凭れて待っていた。

「あれ? シエル様は?」

「まだ時間が掛かるみたいです」

「そう」

「もう眠くないのですか？」

「眠いよ。ただ、シエル様待ちならお嬢様とおう……坊ちゃん達はその内店から出て来るかなって待ってた」

王太子と呼びそうになったのを慌てて言い換えたヴェレッド。此処は街中。ほぼお忍び同然な道中、王太子と無闇に呼ぶと要らぬ騒ぎを起こしかねない。ヴェレッドは二人を暫し見つめた後、馬車の扉を開けて中に戻った。ゴソゴソと何かを探すと手に帽子を持って戻った。

「坊ちゃんはこれ被ろうか。君の顔は知られてなくても、髪の色が目立つ」

「それを言うなら、ファウスティーナはもっと」

「はいはい被る」

無理矢理ベルンハルドの頭に帽子を被せるとヴェレッドは「はい」とファウスティーナに手を差し出した。

「お嬢様は髪長いし、教会のあるこの街にいても変じゃないからそのままでいようか」

王国でただ一人しかいない女神の生まれ変わり。空色の髪と薄黄色の瞳は目立つが教会と関係の深いヴィトケンシュタイン公爵家の娘がいてもヴェレッドの言う通りなので、今はこのままでいることになった。ヴェレッドの手を握ったファウスティーナは目に付いた場所を示した。

「ねえ、あそこに行ってみたい！」

「うん？」

人の出入りが多い大きな建物。ああ、と頷いたヴェレッドに連れられて歩く。ベルンハルドもヴェレッドに背を押され歩かされる。

「行くよ坊ちゃん」

「……」

ベルンハルドは不満げに頬を膨らませるとファウスティーナの横に移動し、空いている手を握った。ファウスティーナは、へ、と声が出そうになるも堪え瑠璃色の瞳を覗いたら拗ねた気持ちを滲ませていた。

「僕だってファウスティーナと手を繋いで歩きたいんだ」

今世では何度か手を繋いでいるが前回の人生では経験零だった。理由は単純明快。実の妹を虐める性格最低最悪な嫌われ者だったから。何気ないことでも前と比較してしまう。エルヴィラを虐めないだけで正反対に過ごせるなら、前の自分ももっと早く反省してやり直すべきだったのだ。

内心落ち込みつつ、気になった建物のある場所まで。

近付くと感嘆の声を漏らした。ベルンハルドも同じ。

「王都には、これよりもっと大きなのがあるよ」

「王都にあるのも知っていますが来たことがないんです」

ファウスティーナ達が立つ目の前には、立派な歌劇場があった。名を『テゾーロ座』と言う。設立者の名前が由来だと伝えられている。重厚な石造りの建物には、王国が崇拝する姉妹神が至る所に描かれている。

「観たい劇でもあるの?」とヴェレッドに訊ねられ首を振った。

「いいえ。歌劇場を見るのが初めてだったので気になって。今の時期、どのような劇があるのです

か？」

「知らない」

「ですよね……」

「あー……以前、クラウドに会った時何か言ってた気がする……」

ベルンハルドの小さな呟きを拾ったファウスティーナは振り向いた。クラウドとは、ベルンハルドの従兄にあたるフワーリン公爵家の長男である。

「クラウド様ですか？」

「うん。何だったかな……あ……そうだ、思い出した。フワーリン夫人にルイーザと連れられて王都の『アルカディア劇場』へ劇を観に行ったと教えられたんだ。その時クラウド達が観たのが今話題のものらしいんだ」

名のある劇作家が世に送り出した最新の物語が国民の心を鷲掴みにし、今年大繁盛間違いなしの人気作だと言う。内容を聞こうとしたら、体に気持ちの悪い擽（くすぐ）ったさを感じたファウスティーナは口を閉ざした。得体の知れない感覚。

（何これ……とても気持ち悪い。こんなの初めて）

正体を見つけようと劇場の周囲に目を凝らしていると建物内から一人の女性が出て来た。紫の髪、黒い瞳、で年齢は三十代後半。着ているドレスは肌の露出が多く、色合いも派手で目立つ。気持ち悪さの正体を探すのを止め女性に注視する。

当然、ヴェレッドやベルンハルドもファウスティーナの視線の先にいる女性を気にする。

「知ってるの？　ファウスティーナ」

「いえ……全然知らないのですが気になってしまって」

「あんな格好をして恥ずかしくないのかな……」

「ふふ……坊ちゃんもお嬢様も成人したら嫌ってくらい見る羽目になるから、今の内に慣れておくのも必要だよ」

貴族絶対参加の行事を除き、成人と同時に社交デビューを果たすと様々な夜会に呼ばれる。参加する度に着用するドレスも変わってくる。

「ファウスティーナはどんなドレスがいい？」

「私ですか？」

ベルンハルドの突然の問いに首を傾げつつ、そうですね、と考えを口にする。

「露出は必要最低限に抑えて、シンプルなデザインのドレスがいいです」

「シンプル……宝石とかは？」

「それも邪魔にならない程度で」

綺麗な宝石は見るのも触れるのも好きだが、どうしても手を伸ばしづらい。

ベルンハルドに好かれようと似合いもしないドレスや宝石等を欲しがる前のファウスティーナはもういない。

「でも、どうせだったら自分に一番似合うデザインを着たいです」

王妃主催のお茶会で着るドレスをデザインしてもらう際、公爵家お抱えのデザイナーはファウスティーナの意見を悉く却下してくれた。リュドミーラやエルヴィラの意見は取り入れるのに。今度から別のデザイナーにしよう。

女性が歌劇場から遠のいていくとファウスティーナは自身の目を疑った。間違いではないかと掌で目を擦り、再度女性を慎重に見た。

最初にはなかった。首に黒く太い糸が巻き付いていた。同時にあの気持ち悪さが襲った。正体が見つかっても今度は別の謎が浮上した。

「何やってるの」

紅茶のお代わりを貰っていたシエルが戻らないファウスティーナ達を気にしてやって来る。女神を祀る教会の最高責任者である彼なら黒い糸を知っているかも、と期待しつつも王都を目指す今余計な話をしてこれ以上遅れるのもだめだとファウスティーナは「何でもないです」と笑った。

「……」

ベルンハルドは心配そうにファウスティーナを見つめた後、後ろ姿が遠くなった女性へ視線をやった。服装が派手な以外変わった所はなかった。

紅茶店の前に停車している馬車に戻った一行は車内に入る。

新しい紅茶を淹れてもらって再び出発した。

「司祭様は本当に紅茶が好きなんですね」

ファウスティーナが新しい紅茶をシエルに入れてもらっていると「違うよ」と、変わらず席を一人丸々利用するヴェレッドが否定した。小さい欠伸をし、眠そうな薔薇色の瞳でシエルを睨んだ。

「楽しんでるだけだよ」

「人聞きが悪い。紅茶が好きなんだよ」

「じゃあ、八割は楽しんで残り二割は紅茶って解釈するよ」

「楽しんでる？」

ベルンハルドが訝しげに反芻すれば、二人は黙る。シエルは微笑を浮かべて紅茶を飲み、ヴェレッドはまた欠伸をし、小テーブルに置かれている瓶を引き寄せ、中のクッキーを摘まんだ。食感を楽しむ固いクッキーを咀嚼する。嚥下し、再びクッキーを摘まんだ。

二人から発せられる名前のない雰囲気にベルンハルドもファウスティーナも何も言えず、ティーカップの縁に口を付けたまま黙りとなった。

不意に窓を見たファウスティーナが「あ」と漏らした。ベルンハルドも釣られて見た。

見慣れた王都が見えてきた。

もうすぐ帰れる。といっても、誘拐されたという実感がどうしても湧かない。起きて割とすぐに救出されたのと冷静沈着だった彼がいたからか。自分一人だったら、不安と恐怖に押し潰されて頭を抱えていた。

ティーカップで口元を隠しながらヴェレッドを盗み見た。

眠そうな顔でクッキーを食べ、時折シエルを睨んでいた。ファウスティーナの視線に気付いて一瞥をくれたのでにこりと笑んで見せた。

「……」

無反応で目を逸らされ、欠伸をされた。

「……」

心なしか、地味に悔しい。

「ファウスティーナ？」

ティーカップで口元を隠しながら面相を変えるのを怪しく思われた。ベルンハルドに慌てて何でもないですと誤魔化した。

馬車も王都に入った。王城へはもう間も無く到着する。段々とベルンハルドの表情が緊張して強張っている。

「殿下……？　大丈夫ですか？」

「うん……大丈夫だよ。ファウスティーナは心配しなくていい」

戻って、シリウスに会って、開口一番謝罪しよう。王族、王太子としての自覚があるかと問われれば答える言葉も用意した。誉められたものじゃなくてもシリウスに偽りは出来ない。

ファウスティーナの無事を見たかった。シエルが誰よりも早く居場所を突き止めた理由は知らなくても、シエルに付いて行けばファウスティーナに会えると確信したからこそ、無理矢理連れて行ってもらった。

ベルンハルドの緊張を余所に馬車は王城前に到着した。

御者が扉を開けた。

外には報せを聞いて待っていた多数の騎士や侍女、高級な衣装を着込んだ若い男性が立っていた。

奥から外を窺ったファウスティーナは彼が誰か知っていた。前の時ほぼ関わりがなかった相手だ。

王国の宰相を務めているマイム＝ヒューム。マイムは先に降りたシエルに頭を垂れた。

「お久し振りで御座いますシエル殿下」

「やあ宰相殿。昔みたいにマイム・マイム君って呼んでいい？」

「それは異国の踊りの名前です」

「じゃあカタツムリ君って呼ぶよ」

「止めてください。お断りします」

「そうだね。此処にカタツムリいないしね」

「……」

マイムの眉間が苛立ちでピクピク動いていた。幼少の頃より次期国王であるシリウスの右腕たれと育てられたマイムは、母親の違うシリウスとシエルの確執の被害に遭っていた。主にシエルに関わりたいシリウスにはシエルの元へ遣いに出され、シエルにはカタツムリとは仲良しでしょって嫌がらせの如くカタツムリとセットにされた。そして毎回追い払われた。カタツムリは夏の風物詩と言われたが嬉しくない。

マイムがカタツムリと仲良しと思われるのは、夏の時季花を見に行くと高確率でカタツムリと遭遇していたから。で、カタツムリを見て悲鳴を上げる場面をよくシエルに目撃されていたから。

気を取り直すように咳払いをした。

「陛下が執務室にてお待ちです。王太子殿下とヴィトケンシュタイン公女をお連れするようにと」

「あっそ」

素っ気ない返事。二人の関係性を表しているかのよう。

シエルは様子を窺っていたベルンハルドとファウスティーナを馬車から下ろした。

「こおらヴェレッド。君も降りる」

一人降りてこないヴェレッドに外から声をかけた。嫌々とした様子でヴェレッドは降りた。げえっとマイムを見て発した。

マイムも顔が引き攣った。貧民街で拾ったとシエルが後宮の隅で彼を一時的に住まわせていた時期があった。シリウスの遣いとしてシエルに会いに行くと彼もいて。彼はマイム・マイムくん、と嘘の名前を紹介され、そしてその時もカタツムリと遭遇していたのでカタツムリとセットにして紹介された。未だにヴェレッドの中でマイムの名前はカタツムリくんにされている。

「ねえ帰っていい？　このまま子供達と王様の所まで行くんでしょう？」

「いいや」

含みのある笑みを浮かべ見せたシエルはこう言い放った。

「陛下の所に行くのは私と君だけ。王太子殿下とファウスティーナ様は休ませてあげて」

ヴェレッドの首根っこを掴んでそのまま歩き出した。シリウスからはベルンハルドとファウスティーナも連れて来るよう命じられたマイムは「しかしっ」と口を開くが――

「先に大人の話し合いを済ませたいんだ。……この意味、君なら解るだろうマイム」

「っ……！」

明るさが消えた非情な青で射抜かれ息を呑んだ。声色も表情も変えていない、瞳に宿る感情を変えただけで豹変した。

表面上は穏やかに見せながら相当腹を立てているとすぐに悟った。ファウスティーナを誘拐したのがアーヴァの妄信者だったせい、そして〝八年前の約束〟を守れなかった公爵家と王家に対する憤り。

シリウスとの話し合いが終われば次はヴィトケンシュタイン公爵と会うだろう。シリウスよりもあっちの方に対する苛立ちが強そうだ。

「……承知致しました」

掠れた声でシエルに一礼したマイムは、顔色が悪いまま驚いて声が出ないベルンハルドとファウスティーナへ振り向いた。

「王太子殿下、ヴィトケンシュタイン公女。お部屋まで案内致します」

「……」

引き摺られるようにして連れて行かれているヴェレッドは、段々と近付く修羅場に重たい溜め息を吐いたのであった。

六　悪趣味なのはどちら？

重苦しい。

全身に鎖を巻かれ、海の底へ沈められたような感覚に陥らせる、圧倒的威圧感と他者の発言を決して許さない支配者の空気を纏った人間が二人。言い争うでもなく、対峙しているだけで室内の酸素を根刮ぎ奪っていく。

国王の執務室の隣室に設けられた簡易休憩室のカウチに座るシリウスとシエル。シリウスの後ろにはベルンハルドとファウスティーナを王妃の元へ連れて行った後に此処へ来たマイム。出入口付近の壁に凭れるのがヴェレッド。

此処にいるのは四人だけ。後は人払いがされた。執務室には誰もいない。会話を聞かれない為に。

シリウスの冷たく澄ました表情とシエルの微笑を張り付けた表情。同じ父親の血が流れていても、母親が違うだけでこうも印象が違うのは二人の間にある確執が主な原因だろうか。顔立ちは似ているのに。

「シエル」

先に口火を切ったのはシリウス。

「ファウスティーナ嬢の救出ご苦労だったな」

「ええ」

「王家や公爵家が必死に捜索していたものを、どうしてお前があっさりと見つけられた？」

「運が良いだけですよ」

「……」

シリウスの表情に鋭さが増す。空気の重圧も増した。後ろに控えるマイムは冷や汗を流し、壁に凭れるヴェレッドは二人を注視していた。

「そんな戯れ言が通用すると思うか？」

「そう言われても、こう言うしかないのですよ」

「……だったら此方も単刀直入に言おう。

——此度の誘拐、お前が仕向けたものじゃないのか？」

「……」

誰かが内心「陛下あぁー！」と叫びたくなった。シエルは微笑を浮かべたまま——だが笑みを深め、ふふ、と穏やかにわらう。

「私が？　自分で仕向け、最後は後片付けをしたと？」

「ヴォルト＝フックス。成る程、奴の計画は確かに完璧だった。七年にも渡って正体を隠し、水面下で計画を進め、絶好の機会を狙ってファウスティーナ嬢を攫った。奴は痕跡を一切残していない。王家や公爵家が必死になってヴォルトの次の行動を探っている間に、お前が簡単にファウスティーナ嬢の居場所を突き止め、助け出した事自体が有り得ないんだ」

「私には優秀な崇拝者がいるみたいです。その内の一人に手掛かりを聞いてあの宿に目を付けただけですよ」

　実際は、登城した際何故かファウスティーナの居場所を知っていたネージュに教えられたから助け出せただけ。あの子が当時のことを知っている且つ、ファウスティーナの居所を知っている理由を聞いてみたいものの、聞いてはいけない気がしていた。

　シリウスが何故ファウスティーナを短時間に救出出来たかを問うてくるのは予想出来ていた。用意していた適当な理由でのらりくらりと逃れようとするも、伊達に王位を継いでいないらしい。簡単に逃がしてくれない。

　更に追及しようとするシリウスの前にシエルは発した。

「私からも言いたいことがあるのですよ、陛下。今回の誘拐、そもそも公爵家がきちんと使用人の素性を調べていれば起きなかったのでは？　アーヴァの妄信者が、アーヴァに似ているあの子を狙うことだって容易に考えられるのに」

「……確かにそうだ。だが、ヴォルトは一切悟らせなかった。皮を何重にも被った狸の化けの皮を剥がすのは並大抵じゃない。奴は素性すらも巧妙に隠していたみたいだからな」

「……」

「しかし公爵も愚かじゃない。アーヴァに似て、王太子妃になる可能性がある娘の周囲には最大限配慮していた」

「じゃあ、七年間騙し通したヴォルトが何枚も上手だった。要はそういうことじゃないですか」

シリウスとシエルの言葉はどちらも刃だ。相手を一切気遣わない研がれた鋭い刃。一太刀浴びれば多量の血を流し、言葉を失う。刃を仕舞う鞘がこの二人にはない。

正確には、相手が目の前にいる異母兄弟になるとなくなる。

「……あくまで白を切るつもりか？」

「……決定的な証拠を見せてくれるなら、私だって認めますよ」

「っ……」

シエルが今回の誘拐を仕向けた黒幕だったとしても、シエルがそうしたという証拠が無ければシエルは無関係な人間。悔しげに表情を歪めたシリウス、普通の微笑を浮かべるシエル。

マイムは冷や汗を流しすぎてハンカチで顔を拭いている。ヴォルトとして七年間公爵家を欺き、ファウスティーナを誘拐した張本人のヴェレッドは心の中で悪趣味と呟いた。

「行こうか、ヴェレッド」

話は終わったとばかりにシエルはヴェレッドへ顔を向けた。

「いいの？」

「私の話は終わった」

「待てシエル！　私の話はまだ終わっていない！」

煩わしげにシリウスへ振り向いたシエル。

「何ですか。貴方忙しいでしょう。忙しい人が何時までも話し込んでもしょうがないでしょう」

「シエル様だって忙しいでしょう」

「私は手を抜いて程々でやってるから」

「生臭じゃん」

「物臭と言いなさい」

「似たようなものでしょう」

「似てても言葉のニュアンスというのは大事なのだよ」

「あっそ」

「っ……！」

マイムは軽口を叩き合うシエルとヴェレッドを憎々しげに睨むシリウスにハラハラとした。

この異母兄弟の、主に兄側の面倒臭い執着を身を以て知っているので噴火しないか心配なのだ。

シリウスの言葉を受けず、カウチから立ち上がったシエルは出入口に近付きヴェレッドの頭をポンポン撫でた。

「陛下を煽らないでー！」とマイムは叫びたかった。が、シエルは知っていてやっているのか不明。

ヴェレッドは面倒臭そうな顔をシエル、シリウスに向け。ジェスチャーで此方に何かを必死に伝えようとしているマイムには口パクで「知るか」と告げた。

シエルはシリウスに一礼した。

「では国王陛下。私共はこれで」

「待てシエル！　人の話を聞け！」

　荒々しく立ち上がったシリウスへ張り付けていた微笑を剥がし、無機質で灯りのない青の瞳を見せた。

「……これ以上苛つかせないで下さい。只でさえ〝八年前の約束〟を破ってくれた公爵に腹を立てているというのに」

「確かに今回の誘拐は公爵家側に不備があった。だが、初動から公爵は必死にあの子を探していた。決して無下に扱ってはいない、大事に育てているのはお前だって知っている筈だ！」

「だから？　大事に育てるのは当然でしょう。王太子の婚約者に決められた娘を大事にしない貴族が何処にいます？　私が言いたいのはそういうことじゃないのですよ。はっきり言いましょうか？今ここで」

「っ」

　苛立ちは増し、声色が段々殺意にも似た憎悪に染まっていく。側にいたので肌で苛立ちが頂点に達しかけていると察したヴェレッドは「シエル様」と呼び掛けた。

「あのお嬢様って、もしかして、このまま王太子様の婚約者のままになるの？」

　ヴェレッドの意外な疑問に苛立ちが下降したのか、シエルは目を丸くした。

「どうして君がそれを気にするの？」

「……」

　ヴェレッドは左の襟足の髪を左手で触って口元へ運び、耳元で何事かを囁く。

　シエルの瞳が微かに震えた。

「そう……」

シエルは先程の苛立ちが吹き飛んだのか、普通の微笑を張り付け、再びシリウスに一礼すると今度こそ部屋を出て行った。

ヴェレッドも続こうとしたのをマイムが呼び止めた。

「待ちなさい。君はさっき、シエル殿下に何を言った？」

「マイマイくんに言わなきゃいけない理由が見つからない」

「誰がマイマイだ！」

「だって、マイム・マイムくんは長いし、カタツムリくんはカタツムリが可哀想だし」

「言い方を変えただけで結局はカタツムリ呼びじゃないかっ！」

「あ、ホントだ。まあどうでもいいや。

じゃあねマイマイくん、王様。王様も、嫌ってるくせに変にしつこくするからシエル様は嫌がるんだよ。突き放したなら、最後までその道を通しなよ」

最後に特大の皮肉をシリウスに放ったヴェレッドは一礼してそのまま退室しようとドアノブに手を掛けた時。

「……待て、小僧」

感情を極力抑えたシリウスの低い声がヴェレッドを呼び止めた。

「なに」

面倒臭げに応えるとシリウスはある事柄を問いかけた。

「今回のファウスティーナ嬢誘拐……彼女の他にもう一人、捕らわれている者がいた」

「へえ、そうなんだ。誰それ」

「しらばっくれるな。……お前が一番よく知っているだろう」

「……」

嘘を紡いでも確信を持っている男の瞳からは逃れられない。優秀な影をお持ちだと皮肉たっぷりに言ってやれば、それが答えだと言わんばかりにシリウスの顔は険しさを増した。

「何故だ」

「何が」

「お前の実力はよく知っている。たかが誘拐犯如きに遅れを取るお前じゃないだろう」

「はは。買い被り過ぎだよ。俺だって偶にはヘマをする。今回がそうだったんだ」

「通じると思うか?」

油断させようと戯けて見せてもシリウスからの追及を逃れる力は弱い。ずっとシエルと張り合い続けたシリウスといい、何でも自分で出来ないと気が済まないシエルといい、二人揃って共通するのは騎士団にでも所属すれば間違いなく頂点に立てる実力を持っているということ。

剣術や体術は勿論、国内や周辺国の地理にも詳しく、超越した記憶力や他者の心をコントロールする術は暗部が欲する能力。王位継承権から程遠い王子だったら、二人共が優秀な騎士になれていただろう。

左袖に隠したナイフの出番が無いことを祈りつつ、不敵な微笑を作った。

「だから? 俺が捕まっていたら何? まさか、俺とシエル様が共謀して公爵令嬢の誘拐を企てたとでも言いたいの?」

「へ、陛下……」

マイムが不安を隠せない様子でシリウスの出方を窺う。シリウスはヴェレッドを睨んだまま。軀(やが)て、白い瞼を閉じ深く息を吐いた。

「どうしても事実を言うつもりはないのか」

「しつこい。第一、仮に俺とシエル様が共謀したとするよ、なら、もっと上手に……王様に怪しまれないようにするよ。王様だってシエル様が公爵令嬢を見つけられた時間が早すぎるって言ってたでしょう？　俺も同感。シエル様に聞いてもはぐらかされるだけだもん」

優秀な崇拝者がいる。

シエルはそう言っていたが、それにしたって早すぎるのだ。

「まあでも……」この後に続いて放たれた台詞にシリウスは非常に苦い顔をした。マイムも同じ。

これ以上のお小言はごめんだと、ヴェレッドは今度こそ出て行った。

執務室も出るとシエルが待っていた。シエルが歩き出すと斜め後ろに付いて歩く。

「何を話していたの」

「うん？　うん。カタツムリ呼びはカタツムリが可哀想だなって話してた」

「じゃあ、今度からマイム・マイム君と呼んだらいいよ」

「長いからマイマイくんでいい」

「結局はカタツムリだね」

「そうだね。……ねえ、シエル様」

「うん？」

上で。


「夜中話したアレ、本気？」

「本気だよ。それが私が君に対するお願い」

「お願いねえ……」

ヴェレッドはシエルの〝お願い〟に対し面倒くさげに溜め息を吐く。シエルが来ずとも、時を見てファウスティーナをシエルの元へ連れて逃げる予定だった。本物のヴォルトや他の連中を殺した上で。

道行く人々は、王弟であるシエルが通る度に頭を垂れる。

二人が向かうのは王妃がよく使うサロン。

サロンの前に着くと見張りの騎士が二名。中に誰がいるか確認すると扉を開けてもらった。

「あ、司祭様！」

王妃アリスに静かに叱られているベルンハルドと、オロオロしているファウスティーナと、心配げにベルンハルドとアリスを見比べているネージュがいた。ファウスティーナはシエルの所へ嬉しそうに駆け寄った。

アリスはベルンハルドへの説教を終了した。最後はしゃがんで頬を撫で、幾つか言葉を紡いだ。

シエルへと向き直った。

「お久し振りですシエル様」

「やあ、王妃殿下」

「陛下は……ああ、言わなくて良いです。いないということはこてんぱんにされたのですね」

「さあ、なんのことだか」

態（わざ）とすっとぼけるシエルに今頃部屋で落ち込んでいるシリウスを慰めに行こうと決めた。

「私は陛下の所へ行きます。ネージュは部屋に戻りなさい」

「やだ！　ぼくだけ除（の）け者にしないで！」

「なら、朝のお薬を飲みなさい」

「うぐっ」

「あはは……苦いですもんね、あの緑色の薬」

ファウスティーナも飲んだ覚えのある栄養は高くても味は苦く大人でも顔を歪ませる薬。朝食の後飲まないといけないのをネージュは嫌がって飲まなかったのだ。痛い所を突いてくる母にガックリと首を落とした。

「はあい……」

「よろしい。ラピス、ネージュに薬を飲ませて」

「はい。さあ殿下、お部屋に戻りましょう」

「うん……」

専属侍女ラピスに促され、諦めの表情をしたネージュは頷く。

「じゃあね兄上。後で一杯お話ししようね」

「うん」

「ファウスティーナ嬢もゆっくり休んで。また会ったらお話ししよう」

「はいネージュ殿下」

一瞬ベルンハルドはファウスティーナに不満そうな目を向けるも「ベルンハルド」とアリスに呼

ばれたのですぐに元に戻した。

「私と陛下の所に行きましょう」

「はい……」

母親の次は父親に叱られる。胃が重たくなるとはこのことか。

ヴェレッドがそっとシエルに耳打ちした。不思議そうに見上げるファウスティーナと目が合った。

「ねえ」

「は、はい」

「君も王太子様に最後までお見送りされたいよね？」

「へ」

「王太子様だって、折角王様や王妃様に叱られるのを覚悟でシエル様に付いて行ったんだ。公爵邸まで送り届けたいでしょう？」

「そ、それは……そうだけど」

ベルンハルドは窺うようにアリスを見上げた。頬に人差し指を当てて「そうねえ」と考えたアリスはふわりと笑った。

「今陛下は、シエル様にこてんぱんにされた後だから元気がないでしょう。ファウスティーナちゃんと送り届けてから叱られなさい」

「は、はい……」

内心、元気がない今がいいな……と思っていたりするベルンハルド。

シエルに二人をよろしく頼みますと告げ、アリスはサロンを出た。

意外な人からの助け船にファウスティーナはヴェレッドの服の裾を引っ張った。

「ねえ、さっき司祭様に何を言ったの？」

「君に言う必要ある？」

「……」

そう言われればない。

不服そうな顔をするファウスティーナに、懐からある物を取り出したヴェレッドは「あげる」とファウスティーナに渡した。

カブトムシの幼虫である。

「！！！？」

声にならない悲鳴を上げて幼虫を宙に投げベルンハルドに抱き付いた。

ベルンハルドは抱き留めたものの、急激に顔を赤く染め。ファウスティーナもハッと我に返ると顔の体温が急上昇した。

お互いどうしたらいいか分からず固まった。

宙に放り出された幼虫をキャッチしたシエルは「良く出来てるねえ」と感心した声を漏らした。

ヴェレッドが渡したのは、カブトムシの幼虫を真似たぬいぐるみだ。リアルに近く作られたそれを本物と勘違いしたのだ。

互いを見つめ合ったまま固まるベルンハルドとファウスティーナを後目に、シエルは幼虫をヴェレッドへと返し。

「何を企んでるの？」と疑問を呈した。

「ふふ、面白いものが見れる期待」と答えた。

「悪趣味」

普段ヴェレッドに言われている台詞を今度はシエルが紡いだ。

固まった二人を抱き上げたシエルはサロンを出た。ヴェレッドも続く。

シエルに抱っこされているベルンハルドとファウスティーナに通り過ぎる人々は驚く。

馬車の停留所まで戻って乗り込んだ。ファウスティーナを自分の隣に、ベルンハルドをヴェレッドの隣に座らせると。

「ヴィトケンシュタイン公爵邸へ向かえ」

御者に言い放った。

七　やっと実感しました

「ほーう……」

普段一緒にならない人と同じ馬車に乗るだけで、前回の十八年を合わせて合計二十六年見慣れた光景を新鮮な気持ちで眺められる。膝立ちして窓に手を当てて過ぎ行く外を見つめるファウスティーナと、その隣ベルンハルドも釣られて一緒に見ている。彼も基本城から出ることがないのでやはり新鮮なんだろう。ファウスティーナのように声は漏らさないが幼い顔には好奇心が浮かんでいた。また紅茶が無くなったからと、馬車は平民街まで降りた。シエルの紅茶好きは筋金入りだ。

馬車が平民街から貴族街に入った。高位貴族になる程、上へと行く。平民街と比べると道は綺麗に整理され、馬車の揺れは格段に少なくなった。後はひたすら待つだけ。平民街を眺めるのは楽しいのに、貴族街になると楽しみが無くなるのはどうしてか。

ちゃんと席に座ったファウスティーナの前、ベルンハルドも座り直した。

「やっと屋敷に戻れるね」

「はい。でも、誘拐されてたって実感があまりないです」

「ファウスティーナは運が良かったんだ。ずっと早く起きていたら、きっと今みたいに冷静じゃいられない」

ファウスティーナ自身そう思う。となると、自分が起きなかったのは夢に出てきたあのコールダックのお陰となる。見た目可愛いのに中身は凶暴とは誰に似た。

ふと、ファウスティーナは斜め前に座るヴェレッドに話し掛けた。

「そういえば、私が眠っている間、どうやって運んだの？」

「配達人を装っていたから、寝ている君を箱に仕舞って運んでた」

「よく警備兵の検問に引っ掛からなかったね」と皮肉を込めて言うのはシエル。ヴェレッドは面倒くさそうに「実際に配達する荷物も宵積みしてあったから。君を入れた箱は別段特別扱いしてなかったけど、一番最後に運ぶからって奥に仕舞ってた」と欠伸を交えて話した。

「あと、王太子様のこれからの為に教えといてあげる。小さい子供を扱う人身売買の商人はね、このお嬢様の時みたいに箱に詰めて他の荷物に紛れ込ませて運ぶんだ。難点は大人数を運ぶのには向いてない。一人とか二人なら、子供を入れてある分だけ最後に届けるとか誤魔化せばいい。普通は伝票を確認して、中身を確認する時は緊急時だけ。今回みたいに、秘密裏の捜索じゃ逆に何かあったと怪しまれて全部は見られない」

「……」

ベルンハルドは俯いて、何も言えない。

女性好きを除けば賢王と名高い祖父やその才能を引き継いだ父シリウスのおかげで王国の治安は、大陸中最も安定している。しかし、必ず手が回らない部分がある。犯罪が激減したと言えど零じゃない。必ず隙間を狙って犯罪者は手を伸ばす。貧民街が良い例だろうか。昔よりは幾らかマシになっただけでまだまだ解決しないとならない問題は山積みだ。今回みたいに公爵令嬢を攫える程の誘拐犯がいるとは予想外だが。

ヴェレッドに呆れた眼をやるシエル。まだ八歳の子に聞かせる話じゃないだろうと言いたげだ。

「後は自分で考えなよ」

「……」

俯いていたのを少しずつ顔を上げた。言葉を失ったさっきとは打って変わって、重要な考え事をしている面(かお)になっていた。

「……」

そんなベルンハルドを見たファウスティーナは……気付かれないようそっと視線を外へ移した。

子供でも、前の面影はある。本人なのだから当たり前だが。

ヴェレッドが言いたいのは、子供を扱う人身売買の商人の手口を教えた、対策を考えてみろ、そういうことなのだろう。八歳の子供にどんな考えをさせるんだ、と言いたいがベルンハルドは王太子、余程の理由がない限り次期国王の座は決まったも同然の人。

顔を上げたベルンハルドのそれは嘗ての姿と同じ。貧困に喘ぐ貧民の為に次々に政策を打ち出し、時間はかかるがそれでも貧民街の改革は良い方へ進んでいった。『ピッコリーノ』でヴェレッドに語った、遠くない未来今よりも貧民街が良くなるというのはこのこと。未来を知っているファウスティーナだからこそ、確信を持てる事実。

だが――

（私は？　殿下が貧民街の改革に奔走している間、私は何をしていたの？）

その時の年齢は確か貴族学院に入学していた筈。

自分が何をしていたかの記憶がない。

はっきりと覚えているのが、ベルンハルドの隣に常にいたエルヴィラを虐げていた部分だけ。

思い出せない。

『じゃあさ、協力してあげるよ。君と――の――』

「？」

一瞬、誰かの声が響いた。一瞬だったので誰か全然分からない。

誰だろうと首を傾げれば――

あっ、と声が出そうになったのを慌てて抑えた。南街にある紅茶店で紅茶のお代わりを貰おうと立ち寄り、時間潰しで歌劇場『テゾーロ座』で見かけた女性を見つけた。彼女も同じタイミングで王都に戻って来ていたようだ。

あの時見えた黒く太い糸はあるまま。

紫の髪に黒い瞳、派手なドレス姿の女性に心当たりがあるかシエルに尋ねてみた。

「それなら、シャルロット子爵夫人のことかな。でもどうして？」

「『テゾーロ座』で見かけた時、気になってしまって……」

「『テゾーロ座』に？　……そう」

ファウスティーナ個人としてはシャルロット子爵夫人に接点はない。『テゾーロ座』の名を出すと青の瞳に一瞬疑問が滲むも、シエルはすぐにいつもの雰囲気に戻り。

「着いたね」と発した。

ハッと、ファウスティーナは窓を見た。

気にしていた間にも、毎日目にしていたヴィトケンシュタイン公爵家の屋敷があった。

「……帰ってきたって実感がやっぱりない」

遠出し、日帰りしたような感じしかしない。

うーん、と悩むファウスティーナにシエルは苦笑し、空色の髪を優しく撫でた。何故だろう、誰に撫でられるより一番安心してしまう手付き。シエルを見上げ、満面の笑みを浮かべた。シエルもふわりと微笑んでくれた。寧ろ、今浮かべている微笑みは別格と言って良い。

これがシエルを慕う令嬢であれば卒倒していた。

御者が出入口の扉を開けた。

前方には見慣れた屋敷。シエルが先に降り、ファウスティーナに手を差し伸べた。その手を取り馬車を降りた。

外からでも伝わる緊迫した空気。ごくり、と唾(つば)を飲み込んだ。

「な、なんだかいつもと雰囲気が違う」

「違うに決まってるでしょう。ファナが誘拐されて大騒ぎになってたんだから」

「ですよね……。……ん？」

はて、誰と喋っているのか。

ファウスティーナは横を向いた。

三日振りに会った兄ケインがいつも通りの態度で立っていた。

「お帰り、ファナ」

「はい、ただいま帰りました。……うん？」

再度疑問符を語尾に付けた。元からケインが大人びた冷静な少年なのを二十六年付き合いのあるファウスティーナは理解している。しかし、誘拐され戻ってきたファウスティーナに対する態度が普段通り過ぎて逆に疑問を抱いてしまった。ヴェレッドからベルンハルドを受け取ったシエルは彼を下ろし、ファウスティーナとケインのいる方へと距離を縮めた。

ベルンハルドは自分で降りれるのに……と不服顔をしていたがスルーした。

「やあ、ヴィトケンシュタイン公子」

「……何で司祭様？　王太子殿下がいるのも何で？」

「え、ええっと、なんと言うか……」

チラッとケインは眠そうに欠伸をする彼にも目を向けるも一瞬だったので誰も気付かなかった。

ファウスティーナは伝えられる限りの情報をケインに伝えた。そう、と素っ気ないが納得した声色で返事をしたケインにファウスティーナは安堵の息を吐いた。

シエルに父の居場所を聞かされ、案内役を買って出るも――

「――あ、あああああああ⁉　お、お嬢様あああああぁ――っ⁉」

外へリュンが出てきた。

「あ、リュンだ」

「ただいまー」

「はいお帰りなさい――じゃないですよー‼　何でケイン様普通にいるんですか⁉　そこは普通お嬢様のお帰りを知らせるところですよ⁉　お嬢様もお嬢様で、もっとこう……‼」

「大声出すのは苦手」

「こういう時くらい大騒ぎしてくださいよ！　すぐに旦那様達を呼んで来ますね‼」

かと思えばまた邸内へ戻って行った。

よく見ると普段外で掃除をしている使用人達がいない。ケイン曰く、ファウスティーナが誘拐された日から誰も殆ど寝ずに起きていたので皆限界が来て倒れているとか。外にいた使用人達は交代で外にいたが丁度今が時間。次の人を起こしに行っているのだ。

二日間寝ていたせいで誘拐された実感が皆無に等しかったファウスティーナは、此処に来て誘拐の事実が重石となってのし掛かった。途端に顔を青ざめさせたファウスティーナを心配したケイン。

「あ」

ファウスティーナは逃げるようにシエルの後ろに隠れてしまった。

「ファナ？」

ケインがファウスティーナを呼んでもシエルの後ろから出て来ない。

シエルは苦笑いをした。

「公子。事情は後程ご説明致します。今はそっとしておいてあげてください」

「だけど……」

尚もファウスティーナの真っ青な表情を不安に感じ、誘拐犯に何かされたのではと心配するケイン。

「あのさ」

ケインの不安をヴェレッドが吹き飛ばした。

「その子、助け出される直前までずっと寝てたから心配することは何もないよ」

「は？」

「っ～～～」

真っ青だった顔色が真っ赤に変わっていく。

キョロキョロと視線を泳がせるファウスティーナを見て悟ったケインは深い溜め息を吐いた。

「驚かせないで……怖い思いをしてそんな反応をしたと思っていたのに」

「ご……ごめんなさい。皆が大変なことになっている時にずっと寝てたって知られたらどうしようと思いまして……」

「寧ろ、そっちの方が安心したよ。ファナらしくていいけどさ」

シエルの後ろから出てきたファウスティーナに近付き、頭をポンポン撫でた。

「早く父上達に会って安心させよう」

「はい……！」

実感はない。

誘拐され、帰って来た実感は。

けど、こうしてケインに頭を撫でられると帰って来たと心の底から思えてしまう。

ケインとファウスティーナの様子を眺めるベルンハルドも安堵した。冷静と言えど、ケインも内心とても心配していたのだろう。初めて笑っている顔を見た気がする。

大きな音を立てて扉が開かれた。そちらへ目を向ければ、リュンに知らされたシトリンとリュドミーラが大慌てで出てきた。ケインにぼそっと「リンスーは無理に起きていて寝込んでるから、後で会いにいってあげなよ」と耳打ちされたファウスティーナは頷いた。今すぐに行きたい衝動に駆られるも今は我慢だと。

他にも出ては来ないがファウスティーナの無事を確認しようと使用人達が集まって来ていた。

おーい、とファウスティーナが手を振ると無事で良かったと泣き崩れる一同。

「ファナ！」

「ファウスティーナ！」

「あ、お父様、お母様。ただ今戻りました」

目前まで距離が近くなっていたシトリンとリュドミーラに駆け寄って行った時だった。

シトリンとリュドミーラの動きがピタリと止まった。二人はシエルを見て固まっている。

特にリュドミーラは顔を真っ青にしている。

怪訝(けげん)を抱いたファウスティーナがシエルを見上げても、変わった様子はない。

「な、何故王弟殿下がここに……」

「……さてね。公爵は知っているんじゃないのかな?」

「……」

リュドミーラの問いには答えず、シリウスから連絡が届けられている筈のシトリンに問うた。

両親の異変。戸惑いがちに両親とシエルを見比べるファウスティーナ。

シトリンと目が合った。シトリンはしゃがんでファウスティーナの頬を撫でた。

「お帰りファナ。無事で、本当に良かった」

「はい、お父様」

「戻ってすぐでごめんね。少しシエル様と大事なお話があるから、部屋で待っていてくれるかい?」

「そ、それは構いませんが……」

「うん。ケイン、ファナと一緒にいてあげてくれ。王太子殿下のことも頼んだよ」

「はい」

行こう、とケインに手を引かれ側を離れた。

「殿下、此方へ」

「う、うん」

ベルンハルドも公爵夫妻のシエルに対する不自然な態度を訝しげに思っていた。気にしながらもケインの案内に付いて行く。あ、と足を止めたファウスティーナはヴェレッドを見上げた。

「一緒に来る?」

「……行かないよ。見てみなよ、シエル様のあの顔」

「？」

言われて見てもファウスティーナには分からない。微笑を貼り付けた表情としか。

「行って来なよ。君を心配している人達に顔、見せないといけないでしょう」

「うん。そうだね、行って来ます」

「はーいはい」

バイバイ、とヴェレッドに手を振り、ケインとベルンハルドと共に邸内へ入って行ったファウスティーナを見届けると――

「ヴェレッド」

笑いを堪えるような声色でシエルに呼ばれた。

「面白い冗談だね。逆に笑えないくらいだ」

「……どうだっていいでしょう」

「そうだね。さて公爵。馬車の中で話すかい？」

「……いいえ、応接室で話しましょう。ご案内します」

「そう」

固い表情のまま、シトリンは真っ青な表情のリュドミーラの肩を抱いて歩き出した。

シエルも続き、ヴェレッドは少し遅れて歩き始めた。

「……悪趣味」

ぽそりとヴェレッドは呟いたのだった。

八　女神の生まれ変わりだったから

内心深い溜め息を吐きつつ、表ではその周辺だけ異様な雰囲気を醸し出す三人に注視した。

ヴィトケンシュタイン公爵夫妻に応接室に案内されたヴェレッドとシエル。ヴェレッドはこっそり抜け出そうとしたが気配を察知したシエルに首根っこを掴まれて此処まで連れて来られた。

今から展開される光景に誰が好き好んでいたいと思うか。公爵夫人は真っ青な顔をしてカタカタと震えている。公爵が安心させるように声を掛けるが何の助けにもならない。何故彼女がここまで脅えるのか、単純に怖いからだ。

「さて、どんな話をしようか」

天上人のような美貌には微笑が張り付いているのに、彼が纏う気配が一言でも間違いを紡げば容赦しないと物語っていた。こんな時のシエルは非常に危険だ、と長年の付き合いであるヴェレッドはまた溜め息を吐いた。いざという時、止められるのはヴェレッドだけ。左袖の中に隠しているナイフの出番がないのを祈る。

シエルの切り出しに公爵――シトリンが戸惑いを浮かべた。

「どんな……ファウスティーナを誘拐した一味の話でしょうか？」

「そんなどうでもいいことを言うと思うかい？」

ヴェレッドはまたまた溜め息を吐く。駄目だ、完全に頭にきている。異母兄のシリウスの会話の時から限界値を越えてはいたが……実際にヴィトケンシュタイン公爵邸を訪れ、見当違いな問いをした公爵に余計苛立ちが増した。

早くも自分の出番となるか――……三人の表情が窺える位置の壁に凭れているヴェレッドは三者を黙って見続ける。

「あの子を誘拐した連中の調べはついている。宝石や金銭を奪うよりも子供を奪う方が容易かった。……どういうことだろうね？　公爵」

「警備に不備はありませんでした。ただ」

「ただ？」

「……、……彼が、ヴォルトが、七年間忠実に公爵家に仕えてきた彼がアーヴァを慕っていた内の一人だと、見抜けなかったのです」

実際にヴォルト＝フックスとしてヴィトケンシュタイン公爵家に仕えていたヴェレッド自身、アーヴァがどんな女性か知らない。見たことすらないのだ。昨日のシエルの話と八年前本物のヴォルトから聞かされた人物像しか知らない。

ファウスティーナが誘拐されたと知ってすぐ、警備の者に聴取をした。だが、誰も不審者も不審物も、それどころか不審な形跡も発見していないと答えた。

警備の裏をかき、誰にも知らされずファウスティーナを誘拐した張本人は、苦しげに話を進めるシトリンやずっと真っ青な顔をして震えているリュドミーラを見ても何も感じなかった。

シエルの苛立ちが頂点を突破しないかという心配しかない。

「そう……。まあ、あの子の誘拐事件の話は後日陛下から聞いたらいいよ。必要な報告は、私も戻ったら書類に纏めて陛下に届けさせる」

問題は別にあると暗に言うシエルは公爵夫妻に更なる緊張を与えた。

「公爵は〝八年前の約束〟を覚えておいでですか？」

「も、勿論です。一日たりとも忘れた日はありません」

「そう。……じゃあ、この後私が言いたいことが何か分かるね？」

「お、お待ちください！　ファウスティーナが誘拐されてしまったのは、確かに我が家の落ち度です。ですが、ファウスティーナがいなくなったと知った時すぐに捜索を――」

「だから？」

シトリンの訴えをシエルは綺麗さを奥へ引っ込めた暗い青をぶつけ、一蹴した。

「捜すのは当然でしょう。あの子は数百年振りに生まれたリンナモラートの生まれ変わり。更に〝王太子の運命の相手〟だ……ヴィトケンシュタイン家の当主である貴方が、あの子がどれだけこの国に必要な存在か知らない筈がない」

「っ……」

「……全て、貴方や陛下が八年前私に言った台詞ですよ？　忘れましたか？」

「っいいえ……決して」

八年前の真実。これがシエルとシリウスやヴィトケンシュタイン公爵家の確執の原因。

ヴェレッドは詳しい事情を昨日聞かされた。

アーヴァという女性を知らなくても、シエルにとってアーヴァは大切な宝物だったのは確か。

そして……

「……八年前、あの子を引き取る際、貴方は言いましたね。

〝絶対に不幸にさせない。危険な目にも遭わせない。必ず幸せな子に育てる〟と……その結果が、これ——誘拐ですか」

「……」

ファウスティーナを誘拐した真の犯人が斜め後ろにいると知りながらの台詞。

シエルに聞かされた。毎年誕生日の日に教会で祝福を受けに来るファウスティーナの様子を。

毎年表情から笑顔が消えていき、ファウスティーナにだけ飛び切り優しい司祭を演じるシエルにも笑顔を見せてくれなくなったと。俯いて両親の後ろを付いて歩くファウスティーナを何度抱き締めて連れて逃げてあげたかったかと。今年は両親、特にリュドミーラは何も言わず、ファウスティーナも終始ご機嫌な様子だったので公爵を脅すことはしなかった。と聞かされた。

「未婚、まだ子供ですが貴族の令嬢が誘拐などされて無傷のまま社交界に出られるとは思っていませんよね？」

「……陛下との協議次第ですが、恐らくこのまま王太子殿下との婚約継続を強行するつもりです」

「だろうねえ……」

やっと生まれた女神の生まれ変わり。それも〝王太子の運命の相手〟である彼女を、王家——シリウスが逃す筈がない。また、理由はそれだけじゃない。

「シエル様にも原因があるんじゃないの」

不意にヴェレッドが会話に割って入った。応接室にはお茶を運んで来た使用人も退出しているので、公爵夫妻とシエル、ヴェレッドしかいない。突然声を発したヴェレッドに三者の視線が集中した。

「王様はシエル様が大好きで大好きで仕方ないからね。もしあのお嬢様と王太子様の婚約を解消したら、シエル様に関われる正当な理由がなくなる。それを恐れてるんじゃないのかな」

「鳥肌が止まらない冗談は止めて」

「冗談？　よく言うよ。本当はシエル様が一番気付いてる。気付いてて無視をしてるんだ」

だって――

「心底どうでもいいからね」

絶対零度の言葉を吐き出すようにシエルは紡いだ。シトリンまでリュドミーラと同じ顔色に染まった。この場にシリウスがいれば、同じ顔色になっていたことだろう。シエルを揶揄したヴェレッドでさえ、背筋が凍りついた。

「どうでもいい話は終わり。ヴェレッド、当分黙っててね」

「はーいはい」

次会話に入ったらヴェレッドもタダでは済まない。

人の上に立つのに必要な冷酷さは、シリウスよりもシエルの方が何倍も持ち合わせている。

「話を戻そう」

絶対零度の微笑みを浮かべ、シエルは出されたお茶を一口飲んだ。

「公爵。君はどうなんだい？　あの子と王太子殿下の今後の婚約を」

「……僕は、出来ればこのまま継続でいてほしい。だが、王家や我が家がどんなに隠していても、バレてしまえば両家にとって取り返しのつかない痛手となる。勿論、ファウスティーナや王太子殿下にも言える」

何時爆発するか不明な爆弾を抱えているよりかは、どうにかシリウスを説得してファウスティーナとベルンハルドの婚約解消をするしかない。

そう答えたシトリンに「そう」とシエルは変わらぬ微笑みを浮かべ続けていた。

だが――

「……え、いいえ……！」

「リュドミーラ？」

ずっと顔を青く染めて震えていたリュドミーラが不意に声を上げた。

「ファウスティーナは、まだ未熟とは言え、王太子妃となるべく必死に頑張っていました！　それだけではありません！　あの子は公爵令嬢としての教育にも必死に励み、王太子殿下の婚約者として相応しくあろうとしました！　今婚約が解消されれば今までのファウスティーナの努力が……」

その先をリュドミーラは言う勇気がなかった。

表情から一切の色が抜け落ち、深海の暗闇を映す青が自分を視界に入れていた。血の気を失った状態で更に震えが強くなったリュドミーラを、シエルから庇うように抱き締めたシトリン。よく見ると彼も更に顔色が悪くなっている。

これはヤバイ――ヴェレッドは即座に判断。シエルが口を開きかけたのと同時に瞬く間に距離を詰めて、背後から左袖の中に隠していたナイフをシエルの頸動脈に当てた。

「シエル様って、見かけによらず短気だよねえ」

「……はいはい、怒らないからナイフを離して。君のナイフは生き物みたいで怖いから」

ヴェレッドの邪魔で苛立ちを無理矢理抑えたシエル。言われた通りナイフを退けたヴェレッドは移動することもなく、そこに居続けた。

「やれやれ……一気に苛立つことがあるとこうだ。終わったら、あの子の笑顔でも見て癒されたい気分だよ」

「それくらいしても良いんじゃない？　だって、シエル様がお嬢様を助けたんだから。ねえ？　公爵様」

「それは構いませんが……」

シトリンはリュドミーラを痛ましげに見ると、呼び鈴を鳴らした。使用人が入室すると「部屋で休ませてあげてほしい」と任せた。フラフラと覚束ない足取りで使用人に支えられる形で退室したリュドミーラ。

リュドミーラがいなくなるとシトリンは再びシエルに向き直った。

「リュドミーラを責めないであげてください。彼女も必死なんです」

「私は何も言ってはないけどね」

「シエル様の顔だけで迫力十分だったからね」

「はいはい、そこ茶化さない」

「……シエル様。僕もリュドミーラも、決してファウスティーナを蔑ろにしていません。特に妻は、ファウスティーナが王太子妃として、公爵令嬢として相応しい令嬢になる為に厳し過ぎる面もありました。ですが全てファウスティーナの為です」

お嬢様の為ねえ、とヴェレッドはちらっとシエルを盗み見た。もう何を聞いても表情を崩さなかった。怒髪天を衝いて無の境地に達したらしい。張り付けた微笑があるだけ。

ファウスティーナがリュドミーラの厳しい態度に隠れて泣いている時、確かにシトリンはファウスティーナを探して慰めていた。何度かファウスティーナへの態度を軟化してあげなさいと言う場面も見た。が、最終的にはファウスティーナの為と力説されてそれ以上何も言えず。ファウスティーナが泣く回数も増え、更に妹のエルヴィラにだけ甘いから母親に対し噛み付くようになっていった。

リュドミーラが異常な程シエルに怯えていたのは、シエルの纏う気配から尋常じゃない殺気じみたものを感じ取っていたからだ。これ以上この場にいさせるくらいならとシトリンが退室させたのも頷ける。

「……ねえ、公爵」

川に流れる水のような静けさを持つ声でシエルは紡いだ。

「君があの子を大事に思っていても、夫人は実の所どう思っているんだろうね？」

「ど、どういう意味ですか」

「夫人にとってあの子は、夫の従妹が生んだ娘。自分の娘じゃない。たとえ大事な女神の生まれ変わりでも……」

シエルの言いたいことを理解したシトリンが「そんなことは決して！」と否定するも、ヴェレッドから聞いた話、前年までの教会でのファウスティーナに対する態度が全てを物語っている。

シエルは座っているソファーから立ち上がった。

「今回の誘拐、運良く私の耳に素早く情報が入ってくれたお陰で大事にはならなかったが、もしなっていたら……」

横にいるヴェレッドにも意味ありげに視線をくれると──

「──私は君や陛下を……殺していたかもしれないね。……奪った君や陛下を憎まない日はないよ」

アーヴァが命を懸けてまでお腹の中で守り続けて生んだ私の娘を、……奪った君や陛下を憎まない日はないよ」

八年前……当時を思い出したシエルの横顔があまりにも痛々しくて、……揺れる青の瞳からは後悔と怒りの感情が溢れ出そうであった。

何も言えないシトリンにもう話は終わったと言わんばかりに、シエルは「行くよ」とヴェレッドに声を掛けた。

「……うん」

ヴェレッドはアーヴァがどんな相手か知らない。

だけど、ファウスティーナのことは公爵家にヴォルトとして仕える前から知っていた。

──生まれたばかりの女の子を抱いてシエルが泣いていたのを……見ているから。

九　三兄妹は通常運転

使用人に支えられる形で私室に戻ったリュドミーラ。使用人にカウチに座らされると、落ち着くまで部屋を出る様促した。心配した様子ながらも使用人は「失礼します」と一礼して退室した。

真っ青な表情のまま、リュドミーラは先程までのシエルの冷酷な顔(かんばせ)を思い出し更に震えた。

ファウスティーナが誘拐され、それをシエルが救出した。シエルがファウスティーナを連れて公爵家へ来ると知っていれば表へ出なかった。今頃シトリンは必死にファウスティーナを取られまいとシエルに抵抗しているのに、自分は何も出来ない。不甲斐(ふがい)ない。

「ファウスティーナは私の娘……私の娘よ……」

八年前、夫シトリンに従妹であるアーヴァの娘を引き取りたいと相談された。自分達の子は自分達の手で育てたいというシトリンの気持ちと、産後の肥立ちが少し良くなかったリュドミーラを気遣って、ケインが生まれてすぐ領地で暮らしていた。のんびりとし、澄んだ空気の田舎だが非常にゆったりとした時間はリュドミーラの身体を予想より早く回復させた。また、本来なら世話を乳母に任せる所をシトリンの希望もあって、乳母の手を借りながらリュドミーラは自分でケインの世話をしていた。

詳しい事情は聞かされていない。貴族学院を中退して以来音沙汰のなかったアーヴァが半年前女の子を出産したが同時に亡くなってしまい、また、父親が王弟であるシエルなのが問題となり、親戚であるシトリンが引き取る話となった。引き取る前に話してくれた夫の誠意を嬉しく思いながら、何も知らない赤子の内に引き取った方がケインにとっても女の子にとっても良いだろうとリュドミーラも賛成した。この頃、既にエルヴィラがお腹に宿っていた。

その際――

『リュミー。アーヴァが生んだ子を、君が生んだ子として思ってほしいんだ。ケインと同じように、これから生まれてくる子と同じように、自分の子として愛してやってほしい』

立場が立場だけに、女の子がシエル――王弟の娘と知れれば色々と面倒なことになる。リュドミーラは決してシエルとアーヴァの子と口にしないよう、夫と自分の間に生まれた子と自分に言い聞かせた。

リュドミーラなりに大事に育てていたつもりだ。女神の生まれ変わりは必ず王族に嫁ぐ。輝かしい未来を守る為に、また、未来の王妃を育てた母親としてある為に、必要以上に厳しく接した。跡取りであるケイン、王妃になると決められているファウスティーナとは違い、末のエルヴィラはゆっくりと将来を決めたいと思っていた。婚約者もエルヴィラが一緒になりたいと願った相手と出来れば結ばせてやりたい。ただ、相手がエルヴィラに釣り合った場合のみだが。

ファウスティーナへの厳しさは全部ファウスティーナの為。優しくして、甘やかしてやりたい気持ちはある。それを押し込め、与えられない分をエルヴィラに注いだ。エルヴィラも可愛い娘なのだから。

シエルに怯える必要は何処にもない。ちゃんとファウスティーナの母親として、シトリンは父親としてあの子を立派に育てている。

そう自分に言い聞かせたリュドミーラは、多少顔色が回復した。まだ話し合いは続いているだろうか。だが、まだ立つ力がない。胸の前でぎゅっと手を握り締めた。

——…………あぁぁ……！

——……い、……ィラ！

「……エルヴィラ？　ケイン？」

正確には聞き取れなかったが遠くからエルヴィラとケインの声が届いた。どうしたのだろうと、リュドミーラは震える足を叱咤し、部屋を出た。

●○●○●○

——一方、両親がシエルと話し合いがあるからとファウスティーナはケインに連れられ客室へと来た。ベルンハルドもいる。中に入るとファウスティーナとケインは先にベルンハルドを席へ案内し。彼が座ると自分達も向かい合うように座った。

呼び鈴をケインが鳴らすとエルヴィラ付きの侍女トリシャが入った。

ファウスティーナを目にすると「お嬢様！」と駆け寄った。

「よくご無事で……！」

「うん。ただいまトリシャ」

「はい、お帰りなさいませ」

「トリシャ。殿下にお茶の用意をして」

「はい」

ファウスティーナの頬を涙目で撫でるとトリシャはお茶の準備をするべく一旦退室した。

(トリシャにも前は迷惑かけたなあ……)

前の人生、エルヴィラ付きの侍女は、どうもエルヴィラに甘いのが目立った。何かあるとすぐにリュドミーラに泣き付くせいもあったのだろう。その中でトリシャは多少甘い部分はあれど、エルヴィラを甘やかしたりしなかった。叱り方は甘かったが……。前のファウスティーナはリンスー以外の使用人からは腫れ物扱いをされていた。一番の被害者であったエルヴィラに仕える侍女からは天敵扱いをされていた中、トリシャは――

『お嬢様。ファウスティーナお嬢様があぁ仰有られるのも、お嬢様にも原因が御座います』と暗にベルンハルドに近付くからこうなるのだと語っていた。

(エルヴィラには届かなかったけどね……)

前の回想を終え、ファウスティーナは意識を現実へと戻した。

「殿下、司祭様とお父様達との話し合いが終わるまで此処で待っていましょう」

「うん」

「ねえファナ、本当に大丈夫？　というか、寝てたの？　ずっと」

「う……は、はい」

ケインの心配は本心。ファウスティーナも感じられる。だからこその気まずさがある。皆が必死になって自分を捜索している間、当の本人は夢の中でコールダックに追い掛け回されていたのだから。ただ、疲れてパイを食べている時は何もしてこなかった。

じぃーっと凝視されていただけ。

ファウスティーナの頭をポンポン撫でつつ、ケインはもう一つ聞いてみた。

「司祭様がいるのはどうして？　殿下がいるのは……先にお城に行ってからだったから？」

「あ……そういえば」

普通、一番気にする所なのにとても肝心なことを聞くのを忘れていた。

ファウスティーナはベルンハルドへ何故シエルが居場所を突き止められたのか訊ねた。

「僕にも分からないんだ」

ベルンハルドは二人に困ったように苦笑した。

「昨日、剣術の稽古の後部屋に戻ろうとしたら叔父上がいて。とても急いで帰ろうとしてたから、何かあったのかなって。気になって話し掛けて、ファウスティーナの居場所が分かったって聞いて……」

「王妃様も言っていましたがどうやって知ったのでしょう……」

どちらも突き止められなかったファウスティーナの居場所をシエルが簡単に知れた理由。ファウスティーナとベルンハルドが疑問を紡ぎ合う最中、ぽそりと「……シエル様に言わなくてもファナは助かったのに」とケインが意味深な呟きを零すも、考えるのに夢中な二人には幸い届いていない。

するとノック音と共に扉が開かれた。カートにお茶の用意を乗せたトリシャが戻った。ベルンハルド、ケイン、ファウスティーナの順に飲み物を置いていく。ベルンハルドとケインが紅茶なのに対し、ファウスティーナはオレンジジュース。

「ファウスティーナはオレンジジュースが好きなの？」

「はい。とっても」

「そっか。……オレンジジュース……」

「？」

ぼそぼそと何かを言っているベルンハルドを見つめていれば、視線を察知され、何でもないよと慌てて紅茶に手を付けた。

ベルンハルドの様子を気にしつつ、ファウスティーナもオレンジジュースに手を伸ばした。トリシャは三人分のイチゴタルトとオレンジジュースの入ったピッチャー、ティーポットを置くと再び退室した。

不意にぽつりとファウスティーナは「不謹慎ですけど美味しいホットココアがもう飲めないのが残念です」と零した。意味を理解したケインは顔色を変えず「そうだね」と応じた。一人分からないのはベルンハルドだけ。

「どういうこと?」とベルンハルド。

「ヴォルトです。ヴォルトの作るホットココアは絶品で、他の人にホットココアを作ってもらってもすっかり舌が肥えてしまって美味しさが微妙になってしまって……」

「ファウスティーナにしたら、ずっと眠っていたから相手にあまり恐れを抱かなかったのかもね」

誕生日当日の夜、眠る前に飲んだエリザベスフラワーを使用して作られたハーブティー。飲んだ直後眠くなり、目を覚ましたらあの宿の一室だった。

ハーブティーを飲んだと証言したら、薬を使われ強制的に眠らされていたと心配を大きくしてしまう。

思うにヴォルトなりにファウスティーナが目を覚まさないように長く眠れるようにしてくれたのでは、と勘繰る。気持ちを言葉で表現したら、複雑そうな瑠璃色の瞳と目が合った。

「仮にそうだとしても、ファウスティーナを売り飛ばそうとした奴等だ。やっぱり碌でもない」

「そうですけど……」

犯罪者の肩を持つ発言は宜しくないが、ヴォルトに負の感情を抱ける要素が何一つないせいである。

「ファナ」冷静なケインの声色がファウスティーナを呼ぶ。

「ファナの気持ちも分からないでもないよ。俺が同じ立場でもヴォルトを悪い人間とはきっと思えない。だけど周囲の見方は違う。公爵令嬢、しかも女神の生まれ変わりという、王国に於いて最重要人物を誘拐するのは捕まれば死刑は免れない重罪だ。あまりヴォルトの肩を持つ発言はしないようにね」

「はい……」

冷たく、理性的なケインの正論に言い返す余地もないファウスティーナは力なく項垂れた。気持ちを紛らわせようとオレンジジュースを口に含んだ。

「そういえば」とベルンハルドが不意に。

「エルヴィラ嬢の姿がないようだけど」

（キタ……！）

空気を転換させようとエルヴィラの話題を出したので、ファウスティーナの目がキラリと光った。ファウスティーナが喋るのを遮るようにケインが「エルヴィラは部屋で過ごさせています」と答えた。

「ファナの誘拐があって、エルヴィラも狙われていたら危険ということで、必要のない時は部屋にいるようにと言い付けられているので」

「ん？　でも、お兄様は普通に部屋を出ているではありませんか」

「知ってたファナ？　令息よりも令嬢の方が狙われやすいんだよ。貴族の令嬢って、基本的に容姿が良い子が多いから」

ふと、誘拐されている間ヴェレッドが言っていた――

『……大抵は、幼女趣味の年寄りとかに売り飛ばされるんじゃない？』

（幼女趣味……）

つまり、幼女を好む特殊な性癖を持つ男性……。ブルブルブル、と鳥肌が立った。

「ファウスティーナ？」

「な、なんでもありません」

ベルンハルドに心配されるも平静を装う。

ファウスティーナはケインに食ってかかった。

「で、でも、それを言うなら貴族だけとは限りません！　あのお兄さんも顔が良いせいで脅されていたんですよ！」

「あのお兄さんって、司祭様と一緒にいた？」

「そうです！　顔が良いと苦労するんです！」

「……やけに顔に拘るね」

「私だって女の子ですから。顔の良い人は好きです」

「顔……」

訂正しておくが前のファウスティーナは決してベルンハルドを顔だけで好きになった訳じゃない。顔が良いだけなら、何時まで経っても自分を見てくれないベルンハルドから他の相手に切り替えていた。恋、という感情は一言では言い表せないものである。顔も好きという感情には入っていただろう。だが、それよりももっと別の何かでベルンハルドに惹かれていた。

面食いなのをケインに少々引かれ、向かい側に座るベルンハルドは「顔……あの人より叔父上は更に上だよね……父上と似てるから……」と少々違う方向へ思考がいって落ち込んでいる。

「お兄様だって、性格の割に顔は良いんですから、狙われていてもおかしく、あいたっ⁉」

「性格の割に顔が良くて悪かったね。ファナもおっちょこちょいで百面相する割に可愛いよ」

「それ、喜んでいいんですか⁉」

「勿論。褒めてるよ」

「全然褒められてる気がしません……！」

おでこをでこぴんされてからの台詞。刺々しいのにケインは微笑を浮かべたまま言うので、却って恐ろしい。

ケインとのやり取りも日常と変わらない。

この調子なら、すぐにでも普通の日常が戻って来るだろう。


ファウスティーナがオレンジジュースを飲む傍ら、紅茶を楽しむケインは無表情を貫いたまま内心——

(さて……今までのファナが誘拐された年を考えると随分早い。これから先どうなるか……)

まるで今回誘拐が起きずとも、何れは起きていたと知る口調振り。起きた年は違えど同じ部分はある。

紅茶を飲み干したケインがティーカップをテーブルに置いた時——控え目に扉がノックされた。

ケインが「どうぞ」と返事をした。

「エルヴィラ……？」

てっきり、話し合いが終わったのを知らせに来てくれた誰かと思ったが、予想は外れエルヴィラだった。

薄桃色のフリルのついた可愛らしいドレスを着て、ドレスと同じ色のリボンでハーフツインにした髪型がエルヴィラの愛らしさを全面的に押し出していた。

紅玉色の瞳が見る見る内に見開かれていく。

「ベルンハルド様……?」

だよね、とファウスティーナは言いたくなった。誘拐されて、帰って来たファウスティーナには反応せず。

こっちもいつも通りで逆に安心した。

「エルヴィラ」とケインが発する前に、瞳を潤ませたエルヴィラがベルンハルドへ一直線に駆けた。

ソファーに座っているベルンハルドに抱き付いた。

え、え、と困惑するベルンハルドに構わずエルヴィラはぎゅうぎゅうと更に密着する。予想以上の大胆な行動にファウスティーナは口をあんぐりと開け、ケインは直ぐ様エルヴィラを引き剥がすべく動いた。

ケインに引き剥がされたエルヴィラは不満顔で声を張った。

「何をするのですかお兄様!」

「それはこっちの台詞だよ。エルヴィラ、王太子殿下にいきなり飛び付くなんて無礼にも程がある。ファナはいいけど」

婚約者なので。

「お姉様……？」

ケインに言われてやっとファウスティーナがいると気付いた。瞳を大きく見開くもすぐにまたケインに噛み付いた。

「お姉様が犯罪者に攫われて、わたしずっと怖かったのですよ……！」

「それと王太子殿下に飛び付くのと、何がどう繋がるの？」

「ベルンハルド様を見た瞬間とても安心しましたの！　わたしも攫われるかもしれない怖い気持ちはベルンハルド様にしか消せませせん……！」

ベルンハルドとファウスティーナは、エルヴィラの力説にただただ呆然と瞬きを繰り返す。ケインは「はあー」と深い溜め息を吐いた。

ファウスティーナは内心、以前考えた、今のエルヴィラは前の自分の人格が乗り移った説が現実味を帯びてきて戦慄する。

仮に当たっていたとして、果たして今の自分に前の自分を止められるか？

（無理……！）

自信がない。

「あのねエルヴィラ。誘拐犯の狙いはファナだけ。仮に、狙いがヴィトケンシュタイン家の姉妹だったら、エルヴィラも漏れなく連れ去られてたよ。相手は誰にも気付かれず、痕跡すら残さずファナを連れ去った凄腕だ。三日経ってもエルヴィラが無事なのは、最初からエルヴィラは標的にされていなかっただけ。まあ、怖がるのは当然だよ。でも、それを王太子殿下に押し付けようとするなんて馴れ馴れしいにも程がある」

「お、お兄様落ち着いて」

「ケイン、僕は平気だから」

珍しく苛立ちを隠さないでエルヴィラを叱っているケインに、叱られていないファウスティーナが恐る恐ると止める。ベルンハルドもケインにオロオロとしながら落ち着かせようとしている。

「王太子殿下に無礼を謝罪して、部屋に戻りなさい」

「っ～～～!!」

悔しげに、悲しげに頬を膨らませ、大粒の涙を大量に流し、エルヴィラは泣きながら部屋を出て行った。

ただ「お母様あああぁぁぁ……!!」と叫びながら。

はあ、と違う溜め息を吐いたケインはベルンハルドに謝りを入れてエルヴィラを追い掛けて行った。

台風が過ぎ去った静けさが室内を包む。

「……」

「……」

二人は何を発して良いか分からず固まったまま。何か喋らなくては、とファウスティーナはベルンハルドへ向いた。

「殿下、妹のご無礼お許しください」

姉として、代わりに謝罪するしかない。

「あ、うん。ファウスティーナは気にしなくていいよ。エルヴィラ嬢も不安で仕方なかったんだよ」

「それでも殿下に対して」

「驚いたけど、ケインがあれだけ叱っていたんだ。僕から言うことは何もないよ。ただ」

「ただ？」

「三人は兄妹なのに、性格が全然違うんだね」

「血が繋がっていると言えど、性格が同じとは限りませんから。あ、でも、見た目はそっくりですけどね。お兄様とエルヴィラ」

母リュドミーラ譲りの黒髪と紅玉色の瞳を受け継いだ二人が並ぶと兄妹だと見える。

ファウスティーナは父シトリン譲りの空色の髪と薄黄色の瞳を受け継いでいるのでパッと見兄妹とは見えない。

「殿下やネージュ殿下はそっくりです」

「……そう？」

「はい」

ネージュの名前を出すと不満そうにそっぽを向かれた。あれ？　とファウスティーナが首を傾げた時だった。

「――ねえ」

話し合いの場に同席していたヴェレッドが開かれたままの扉に凭れていた。

……ニヤニヤとした顔をしているのは何故。

十　不敵な微笑み

面白いことでも起きたのか。ニヤニヤとした顔で扉に凭れているヴェレッドは、瞬きを繰り返すファウスティーナとベルンハルドへ近付いた。

ファウスティーナの隣に座った。

「王太子様。シエル様と公爵の話が終わったから、帰る準備をしてね」

「う、うん。それより、ファウスティーナの隣に座らなくてもいいだろう！」

「うん？　どうでもいいでしょう。お嬢様は俺が隣にいるの嫌？」

「嫌じゃないけど、顔がにやけてるよ」

「ああ、うん、面白いことあったからね」

ヴェレッドの指す面白い。嫌な予感がする。

「面白いこと？」

ベルンハルドが訊いた。

「そう。面白いこと。王太子様やお嬢様も見たら良かったのに」

「何を見たの？」

「内緒。君のお兄さんに聞けば？」

「……」

絶対にエルヴィラとケインだ、とファウスティーナはがっくりと肩を落とした。お母様、と泣き叫びながら部屋を飛び出したエルヴィラだ。リュドミーラの所へ行ったのは明白。リュドミーラに泣き付き、後を追ったケインが状況説明をしていたのをヴェレッドが目撃した。

「叔父上は何処に？」

「シエル様は、お嬢様に渡すお土産を取りに行ってる」

「紅茶と入浴剤？」

「そう」

今日の夜明け前ファウスティーナが気に入ったのであげるよとは話になっていた。経緯を知らないベルンハルドに説明するとむくれ顔をした。

「……僕も起こしてくれたら良かったのに」

「でも、寝ている殿下を起こすのは」

「その人は叔父上に起こされたんでしょう？」

「あのさ、熟睡しているのを叩き起こされるのがどれだけ不快か、王太子様にはきっと分からないよ」

第一王子として生まれたベルンハルドは、今まで雑な扱いをされたことがない。シエルに犬猫のように首根っこを掴まれていたが、あれも今回が初めて。寝ているのを叩き起こされた経験もない。だがヴェレッドの言う通り、良い気分ではない。

小さく欠伸をしたヴェレッドは、テーブルに置かれているお茶とイチゴタルトに気付く。じぃーっと見ているので、ファウスティーナは呼び鈴を鳴らした。

入って来たのはトリシャではない違う侍女だ。侍女に「新しいティーカップとイチゴタルトを持ってきて」と告げた。

侍女が退室するとヴェレッドに向いた。

「ちょっとだけ待っててね」

食べたいとは言わなかったが、視線が食べたそうにしていた。

また欠伸をして、でも頷く。

連続で欠伸をするのは眠いのだろう。教会から王城までの移動中も席を丸々利用して寝ていたくらいだ。

侍女がティーカップとイチゴタルトを持って再び入った。ヴェレッドの前に置くよう指示を出した。

侍女が置かれているティーポットを持ってティーカップに紅茶を注いだ。

「失礼致します」

侍女が出ていくとファウスティーナは「どうぞ」と言う。

「うん」

ヴェレッドはテーブルに予め置かれていた砂糖瓶を引き寄せた。蓋を開け、角砂糖をぽちゃぽちゃ入れていく。

「い、入れすぎじゃないのか?」

ベルンハルドが六個角砂糖を入れた辺りで待ったを掛けるもヴェレッドはまだ入れる。十個でストップした。

ティースプーンで紅茶を混ぜる。

ティースプーンを置き、取っ手に指を掛けてティーカップを持ち上げ、躊躇もなく飲んだ。

ヴェレッドの反応が気になるファウスティーナとベルンハルドは注目する。

「美味しい」

角砂糖十個入った紅茶。甘い食べ物が大好きなファウスティーナでも飲めるか。自分の紅茶に角砂糖十個を入れた。ファウスティーナ⁉　と驚くベルンハルドに「ちょっとだけ気になって……」とティースプーンで紅茶を混ぜ、飲んだ。

「……美味しい」

意外そうな表情で告げたファウスティーナ。ベルンハルドは味を気にしつつ、実際に試して全部飲む自信がないので止めておいた。

「甘いのが好きなの？」

「だったら？」

「別にどうこうって訳じゃないよ。気になっただけ」

「あっそ」

「……」

素っ気ない。シエルに対しての素っ気なさと同じだろうがこうも素っ気ないと地味に傷付く。シエルは付き合いが長いから思うことはないのだろう。

「エルヴィラ嬢をケインが追い掛けて行ったけど、戻って来る気配がないね……」

「そうですね……。様子を見に行きましょうか？」

「その必要はないいんじゃない？　冷めるよ、紅茶」

紅茶が冷めるから行かないを理由にしていいものか。イチゴタルトにフォークを入れたファウスティーナとベルンハルド。扉のノック音と共に開かれると「やあ、お待たせ」と公爵邸に到着した時とは違う、綺麗な微笑を浮かべたシエルが片手に紙袋を提げて入った。

「ベル。食べ終わり次第、私と王城に戻ろう」

「はい」

「ああ、だからって急いで食べなくていいよ。ゆっくりしなさい」

「シエル様が行きたくないだけでしょう。こてんぱんにした王様もちょっとは復活してそうだし」

ケチの付け所がない、優雅な動作でイチゴタルトを食べるヴェレッドを意外そうにファウスティーナは見上げた。貧民街の孤児だと話していたが、食べ方は上流貴族のそれ。シエルに教わったのだろうか。

シリウスの復活発言に、まだ凹んでいてくれた方が内心いいな……と考えているベルンハルドだがイチゴタルトを飲み込み頷く。ファウスティーナの横に回ったシエルは「はい」と紙袋を渡した。

「ありがとうございます！　司祭様！」

「うん。無くなったら何時でも知らせて。届けさせるから」

「誰に届けさせる気？」とヴェレッドがイチゴタルトを食べながら訊く。

「さてさて、誰だろうね」

「シエル様が届けに来たらいいじゃない」

「私が毎回来たら公爵夫妻の負担が増えちゃうから」

「あっそ」

「司祭様にもお茶のセットを用意してもらいますね」

ファウスティーナが気を利かせて呼び鈴を取る。シエルは「いいよ」と小さな手に触れた。

「夜中や移動中に沢山紅茶を飲んだからお腹一杯なんだ」

「そうですか？」

「うん」

ありがとう、と空色の頭をポンポン撫でられる。シトリンに撫でられるのとは違う安心感が湧き上がり、寧ろそれより温かく優しい手付きが懐かしいと思えてしまう。

前の人生でこうしてシエルと関わった記憶が――

『はい、君の大好きなスイーツを沢山用意したから食べなさい』

『わーい！　ありがとう――様！』

『ねえ、シエル様俺の分は？』

『ちゃんとあるでしょう』

ない、なのに一瞬過った記憶は何か。今より数年分大きくなったファウスティーナとシエル、ヴェレッドの三人でスイーツを囲んでいた。

覚えていないだけで、実は関わりがありましたというのが多い。今回の誘拐もきっとそうだ。シエルに頭を撫でられつつ、今夜【ファウスティーナのあれこれ】に十一歳以降の出来事を書いている最中に頭痛が襲おうが何だろうが意地でも思い出してやると密かに決意。

記憶の中の自分はシエルを何と言っていたのだろう。そこの部分だけ聞こえなかった。

ファウスティーナの頭を撫で終えると、シエルは空いているベルンハルドの隣に腰掛けた。

「叔父上」

「何かな」

「公爵とは、どんな話をされたのですか？」

「ファウスティーナ様を攫った誘拐犯や健康状態かな」

自分を攫ったのが長年公爵家に仕えたヴォルトだと聞かされた時、間違いだと信じたかった。

ファウスティーナにとって、ヴォルトは非常に物静かで仕事熱心な執事、という印象だった。挨拶はするがそれ以外の会話はなかった。礼儀正しく、仕事もきっちり決められた時間通りに、それでいて一切の妥協はなかった。使用人の鑑のような人、というのがシトリンを始めとした人達の印象だった。ホットココアもそうだが、料理の腕は料理人として働いても十分生きていけるくらいの腕前でもあった。

角砂糖十個入った紅茶を飲む。甘い。とても甘い。でもいける甘さだ。

ベルンハルドがイチゴタルトと紅茶を食したのを見、シエルは紫がかった銀糸に手を乗せた。

「さて、城に戻ろう」

「はい、叔父上」

二人が立ち上がるとファウスティーナも立ち上がる。ヴェレッドは食べ終わっているが座ったまま。小さな欠伸をした。

「行かないの？」

ファウスティーナの問いには答えず、面倒臭そうにシエルを見上げた。意味ありげな視線を寄越すだけ。はあ、と溜め息を吐いたヴェレッドは立った。

「あ、お父様達を呼んで来ます」

「その必要はないよ。もう帰るからって公爵には伝えてあるから」

「でも、お見送りを」

「シエル様にこてんぱんにされた公爵が来ても仕方ないよ」

「？」

何故父がこてんぱんにされる必要が？

首を傾げるファウスティーナにふわりと微笑むシエル。ファウスティーナも釣られて微笑み返す。

結局公爵のお見送りは不要とのことで。だがこのままでいる訳にもいかず。ファウスティーナがお見送り役を買って出た。外に控えていた侍女と共にシエル達と正門まで行った。

乗って来た馬車が停車していた。

御者が馬車の扉を開けた。

「さあ、ベル行くよ」

「はい。あ、ファウスティーナ」

シエルに促されて馬車に乗り込む前に、ベルンハルドはファウスティーナの前に立った。

「落ち着いたら、またゆっくり話そう」

「はい」

「お城に招待するから来てね」

「（あ……逃げられないやつだ……）はい、勿論です」

内心「うわあああーん！　逃げ出せないじゃないーー！」と叫びつつ、令嬢の微笑みで了承した。

良かった、と安堵したベルンハルドはファウスティーナの頭をそっと撫でてから馬車に乗り込んだ。初めてベルンハルドに頭を撫でられ、ポカンとする。前の人生でベルンハルドが頭を撫でていたのは常にエルヴィラだったのに。

胸のチクチク感が痛い。無視を決め込んでも――痛い。

「うわっ」

ベルンハルドが馬車に乗り込んだのを見届けるとファウスティーナは強い力で上から頭を押さえられ、危うく体勢を崩しかけた。「あのさ」と頭上から降ってきた声に、相手がヴェレッドだと判明。

「シエル様達が来る前、自分で言っていたこと覚えてる?」

「う、うん」

もう助からない。諦念(ていねん)から初対面の相手に王太子との婚約は何れ自分から妹に変わると話してしまった。落ち着いて考えてみると、あのような状況で出す話題でもない。話してしまった事実は変えられない。

「今日の君と王太子様を見てて思った。君は本当に王太子様が妹を好きになると思ってるの?」

「……思ってるよ」

だって、前がそうだったから。

「王太子様は君が好きみたいだけど?」

前と違ってエルヴィラを虐めてもいなければ、自分勝手な我儘な性格じゃないから。

「それでも君は王太子様が妹を好きになると信じてるの?」

何度ベルンハルドに訴えても、振り向いてもらえるよう努力しても、ベルンハルドがファウスティーナに好意を示したことは一度だってなかった。

ヴェレッドの謎の質問に疑問を抱きつつ、こくりと頷く。

「……そう」

ヴェレッドはファウスティーナの頭から手を退けた。

ファウスティーナは乱れた髪を手で整えつつ、ヴェレッドを見上げた。

不敵に笑う薔薇色の瞳。

「なら、決まったね」

「何が？」

「……近い内に分かるよ」

シエルもシエルだが、ヴェレッドもヴェレッドで意味深な行動をする。

「ヴェレッド？」

シエルがヴェレッドを呼ぶ。

肩を竦めたヴェレッドはファウスティーナの横を通り、シエルの後に続いて馬車に乗り込んだ。

御者が馬を走らせた。

遠くなっていく馬車を見えなくなるまで見送ったファウスティーナであった。

不意に脳内に再生される、不思議な記憶――

『じゃあさ、協力してあげるよ。君と王太子様の婚約破棄』

『どうするの？』

『ふふ……今までの、君の考えた生温(なまぬる)いやり方じゃない。本物の悪党が作るシナリオを用意してあげる』

『そうしたら、殿下はエルヴィラを選ぶ？』

『うん。……強制的にね』

『幸福になれますか？』

『勿論。王太子様はとっても幸せになれるよ』

十一　血は侮(あなど)れない？

「ご機嫌だね、シエル様」

「何が？」

ヴィトケンシュタイン公爵邸を出発した馬車は、ベルンハルドを送り届ける為王城へ向かっている最中。王太子といえどまだ子供、外の光景が珍しく窓に手を当てて眺めるのは当然だ。ファウスティーナがいなくて少し物足りなさそうな顔をしているベルンハルドを横目に、シエルは唐突なヴェレッドの言葉を訝しんだ。

「知ってるくせに」

「さて、どうだろうね」

「見たでしょう？」

「ああ、あれ」

　シエルの言うあれ。

　ファウスティーナに渡すお土産を取りにシエルがロビーへ、ヴェレッドはファウスティーナ達のいる客室へ行こうとしていた時に、遠くから幼い女の子の泣き声が届いた。二人は顔を見合わせ、気になって声のした方へ方向転換した。

　こっそりと窺うと、退席したリュドミーラのドレスに引っ付いて泣いているエルヴィラと母に事情を説明しているケインがいて。リュドミーラの顔色は少し戻っており、困った顔をしてエルヴィラを抱き締めた。

『えぐっ、うう、うわあああああぁぁああん！　お母様あぁぁ……！』

『ああっ、エルヴィラ泣かないでっ、ケインも言い方を気を付けてあげて』

『後になって苦労するのはエルヴィラですよ？　それに、彼処（あそこ）に他の家の子がいたら？　子から親に話がいって、婚約者でもない令嬢が王太子に抱き付いたなんて話が広がったら、恥をかくのは我が家の方です。エルヴィラだってそうです』

『わ、わだしは……！　お姉様が誘拐されて怖くて……！』

『それと殿下に抱き付くのは無関係だよ。それにさっき言ったでしょう？　ファナをあっさり誘拐したくらいだ。もしエルヴィラも標的にされていたら、二人纏めて誘拐されていたよ。エルヴィラが無事ってことは、そもそもエルヴィラは標的にされてなかったってこと。でもまあ、怖がるのは当然だけど』

そう言いながら、ケインに怖がっている様子はない。普段通り、冷静で辛辣（しんらつ）で容赦がない。泣きじゃくるエルヴィラの髪を慰めるように撫で、泣き止ますのに必死で注意もしないリュドミーラにこれ以上何も言わなかった。

一部始終をちゃっかりと目撃したシエルとヴェレッドは来た道を戻った。ふふ、と肩を震わせるヴェレッドにシエルは呆れ半分な眼をやった。

『面白いよね。この家。公爵夫人は、自分にそっくりな末娘を可愛い可愛いして甘やかすだけ。あいう風に、坊っちゃんが苦言を呈しても庇う』

『公爵よりも、彼の方が父親に向いているよ。よくもまあ、公爵夫妻の子に生まれながらしっかりしているものだ』

『欠点は遺伝しなかったんじゃない？　お嬢様が似てないのは、そもそもシエル様の子だから。坊っちゃんは妹達の扱いの差にいつも疑問を抱いているのと次の公爵としての自覚が強くあるってことじゃない』

『君はご長男をそう呼んでたの？』

『うん』

ファウスティーナをお嬢様と呼ぶのもヴォルトとして執事をしていた時の名残（なごり）。エルヴィラを末娘と呼ぶのは、単にお嬢様だとファウスティーナと被るから。ヴォルトだった時は、ちゃんとエルヴィラお嬢様と呼んでいた。

邸内で目撃したやり取りを思い出すヴェレッドはにやにや顔を止めない。シエルはベルンハルドの頭をポンポン撫でつつ、やれやれと肩を竦めた。

王城へ行き、ベルンハルドを騎士に預けたら直ぐに教会へ帰る。長居してはシリウスが来る。が、多分だが待ち構えている気がしてならない。

〝お前のような平民の血が混ざった弟など、私の汚点であり、母上を悲しませる元凶だ。二度と姿を現すな〟――等と、初対面だった異母弟を盛大に拒絶したくせに、割りと直ぐに接触して来ようとしたのが理解不能。腹違いの兄は正妃の子。自分は平民の子。身分が違い過ぎた。初めから仲良くなれるとは信じていなかったシエルでも、当時のシリウスの言葉には深く傷付いた。同時にシエルの中でシリウスは、今後の人生で必要のない者に分類された。

貧民街に赴き、探していた子供ヴェレッドも拾ったので寂しさとは無縁の幼少期を送ったから不満もない。

シエルは紫がかった銀糸をそっと撫でた。

シリウスとは似てない性格。王妃の血がやはり強いのだろう。ずっと純粋なまま、は無理でも、ファウスティーナを好きな気持ちだけは抱き続けてほしい。

ただ――

「……」

ベルンハルドの頭から手を離したシエルがヴェレッドに見せた、凄絶な微笑。外の光景に夢中なベルンハルドは気付かない。

血は侮れない。もしも嘗てのシリウスがしたように、ファウスティーナをベルンハルドが拒絶したら、その時は……。

「ヴェレッド」

「……なに？」

「君が城で話したあれ、本当？」

「本人が言ってた」

「そう」

その時は――たとえ可愛がっている甥っ子であろうと、容赦しない。

十二　絶対に

空が朱色に染まりつつある。一台の馬車が王城前に停車した。降りた御者が扉を開くと先にシエルが降り、次にベルンハルドが降りた。最後に欠伸をしながら降りたヴェレッドはちょっと前に見た顔をもう一度見る羽目になって舌を出した。頬に青筋を立てながら、自分を落ち着かせるように深呼吸をした相手マイムはシエルとベルンハルドに頭(こうべ)を垂れた。

「お待ちしておりました。王太子殿下は執務室へ」

「わ、分かった……」

一度シエルにこてんぱんにされたシリウスはもう復活しているらしく、これから叱られると思うと憂鬱(ゆううつ)なベルンハルド。だが後悔はしていない。ちゃんとファウスティーナの無事を自分の目で確認出来たから。これだけは譲れなかった。

「シエル様は別室にてお待ちください」

「嫌だよ帰るよ私は」

「ふわあ……俺も賛成〜。眠いし」

「寝る子は育つって歳超えてるでしょう」

「うるさいよ。誰のせいで眠いと思ってんの」

言い合う二人をマイムがもう一度深呼吸をしてから止めようとした矢先。不意にシエルが城の方へ目を向けた。面倒くさそうに片目を閉じ、駄々を捏ねる子供よろしくのイヤイヤはどこへやら、分かったと言うと歩き出した。突然変異に固まるマイムにヴェレッドは「王太子様を連れて行かなくていいの？」と言われ、ハッとなる。

「殿下、参りましょう」

「う、うん」

——叔父上はどうしたのだろう……

突然顔色を変えたシエルを怪訝に思いながらも八年間生きてきた中で一番の修羅場へ足を運ばせる。

マイムと共にシリウスが待つ執務室を訪ねた。入室の許可を貰って入った。分厚い書類の束を文官に渡したシリウスの目がベルンハルドに向けられ、まだ声も発せられてないのに肩が大袈裟(おおげさ)に跳ねた。

今までも何度か叱られたことはあった。父も母も声は上げないが見るだけで他者を凍りつかせる冷徹な瞳で静かに言い聞かせてくる。

だが今回は違う。

一歩間違えれば、ベルンハルド自身も危険な目に遭っていた。周囲に止められたのに無理矢理付いて行ったのは自分の意思。それだけは告げようとした矢先。

「はあ……」

深い溜め息を吐かれた。呆れられても仕方ないと理解しても、焦りが生じる。「父上っ」と弁解を紡ごうとすると「違う」とシリウスに首を振られた。シリウスの目はベルンハルドの後ろを見ていた。気になってベルンハルドも後ろを向くと、先程シエルと一緒に消えたヴェレッドがいた。

「なんでいる⁉」

彼に食ってかかったのはマイム。

「うん。王太子様が王様に叱られるのは可哀想だなって思って」

「僕は父上に叱られても仕方のないことをしたんだ」

「うん。それを承知で助けてあげたかったんでしょう？」

「……うん」

助け出した時のファウスティーナの無事な姿を見れて、こびりついて離れなかった不安は瞬時に消し飛んだ。多大な安堵がベルンハルドを包んだ。

「ねえ王様。怒らないであげて。大体、シエル様だって王太子様を置いて行くのは造作もなかったのに態々連れて行ったのは、王太子様の気持ちを汲んでのことでしょう？」

「どこの国の王弟が幼い王子を婚約者を誘拐した犯罪者の根城に連れて行く」

「え？　この国の王弟でしょう？」

「……」

当たってはいる。

ヴェレッドとの会話はシリウス自身も疲れるのか、再度溜め息を吐くと「ベルンハルド」と鋭く呼ぶ。

呼ばれたベルンハルドは背筋をピンっと伸ばした。

「王族として、二度とこのような軽率な行動を取るな」

「も、申し訳ありませんっ」

「……だが」と漏らされた声は国王としてではなく、優しい父親の声だった。

「婚約者を大切にするその気持ちだけは、ずっと大事にしていなさい」

「……はい！」

話は終わりだ、とシリウスはベルンハルドから途中放置されていたマイムに目をやった。

戻るよう指示され、執務室を出て行ったベルンハルドは暫く歩いた後——立ち止まって深く息を吐いた。

覚悟していた父のお叱りは、不本意にもヴェレッドが余計なちょっかいを出してくれたお陰で短く済んだ。

〝婚約者を大切にするその気持ちだけは、ずっと大事にしていなさい〟

言われた言葉を脳内で反芻する。

「父上に言われなくても絶対。僕はもう——間違えないって決めたんだ」

ベルンハルドは自分の言葉に疑問を抱く。

「何を言っているんだ……?」

そういえば、ファウスティーナと初めての顔合わせをする際も同じ気持ちを抱いた。

――曲がり角付近で呆然とするベルンハルドを注視する人影あり。

「絶対、なんて無理だよ。〝運命の糸〟からは逃れられないのだから」

昏さを紫紺色の瞳に浮かべるネージュは無機質な声で呟いたのだった。

十三　本を読むときはタイトルの確認も重要

ファウスティーナは三日振りに私室のベッドに寝転んだ。やはり、ずっと使い続けているベッドの方が安心する。シエルの屋敷で使わせてもらったベッドもふかふかで寝心地は最高だが、それとこれとはまた別の話である。

ベルンハルド達を見送り、邸内に戻ったファウスティーナはこの後どうしようか悩んだ。ケイン曰く、リンスーは疲労でまだ眠っている。泣きながら部屋を飛び出したエルヴィラのその後が気になったので、ケインの部屋を訪れようと決めた。一緒にお見送りをした侍女ミントにケインの部屋へ行くと告げた。はい、と頷いたミントは先頭を歩いてファウスティーナと部屋へ向かう。途中、再会した時以上に疲れた様子のシトリンと出会(しゅっかい)した。

『お父様!』

『ファナ。王太子殿下やシエル様は?』

『先程お帰りに。お父様を呼びましょうかとはお聞きしたのですが……』

シエルが必要ないと断った。

『そう……。いや、シエル様がそう判断したならそれでいいよ』

『そう、ですか？』

『うん。今から何処へ行くんだい？』

『お兄様の部屋に』

『そう。ファナ』

『はい』

『夕食はファナの好きな物を沢山作らせよう。何が食べたい？』

急に言われても思い付かない。うーん、と首を傾げ、あ、と声を出した。

『クリームスープがいいです！　司祭様のお屋敷で頂いてとても美味しかったので』

『うん。じゃあ、料理長に言っておくよ』

『……出来れば、ブロッコリーとグリーンピースは無しで』

『好き嫌いは良くないよ。量は少な目にしてあげるから、ちゃんと食べなさい』

『はい……』

ですよね、とファウスティーナは内心泣きつつ、シトリンと別れた。シエルの屋敷で食べたクリームスープには、グリーンピースとブロッコリーが入っていた。食べれるようになったとは言え、まだ何処か苦手意識があるようだ。グリーンピースは更に上をいく。

若干落ち込んだままケインの私室へと向かった。ミントがノックをすると、リュンが出た。来訪者がファウスティーナと知ると『ケイン様、ファウスティーナお嬢様が』と部屋の方へ声を掛けた。通して、と少年特有の高い声がする。ファウスティーナはミントと一緒に室内に足を踏み入れた。

　ケインは勉強机に向かって、難しい辞書を開きながら紙にペンを走らせていた。終わるとペンを置き、ファウスティーナに向き直った。

『殿下達は？』

『先程、お帰りになられました』

『そう。ミント、お茶の用意を』

『あ、それなら、司祭様に貰ったお花の紅茶を飲みましょう。とっても美味しいんですよ』

『畏まりました』

　ミントは一礼をして部屋を出た。ケインとソファーに座ったファウスティーナ。リュンは両手で顔を覆って泣いていた。

『お、お嬢様……ほ、本当に、ご無事で良かった』

『あ、はは……心配掛けてごめんね。……私自身、全然実感なかったけど』

『ケイン様からお話は聞きました。眠ったままで良かったのです。そのお陰で怖い思いをされていないということなのですから』

『うん……後は、あのお兄さんのお陰かな』

『司祭様と一緒にいた人？』

『はい。あのお兄さんが話し相手になってくれたので、とても安心しました。お兄さん本人にも、全然怖がっている感じはありませんでしたし』

『……』

『お兄様？』

お兄さん――ヴェレッドに好印象を抱くファウスティーナに、考え込むケイン。怪訝な表情をされ、何でもないよと空色の頭を撫でた。

ミントがお茶のセットを持って入室した。手際よくティーカップを二人の前に置き、ティーポットを傾けた。綺麗な琥珀色から漂う甘いフルーツと花の香り。蕩けた顔で紅茶を見つめるファウスティーナにケインは苦笑した。

『ファナは甘い物が好きだね』

『女の子なら、誰だって好きですわ』

『そう。まあ、程々にね』

『はい！』

――糖分を摂り過ぎれば、ぶくぶく横に太ってリュン一推し子豚の仲間入りになるからね。

続けてそう言われれば、上昇した気分は下降していく。ぶすっと拗ねた面でケインを睨むも、涼しい表情で紅茶を飲まれるだけ。

子豚の言葉を聞いて目を輝かせるリュン。ケインはミントにリュンを連れて退室してと告げた。

『はい。行きましょう、リュン』

『はい……』

ケインに子豚の良さを知ってもらう貴重な瞬間だったのに……。リュンは肩を落としてミントと部屋を出た。

ファウスティーナは紅茶を飲み、ふふ、と笑った。

『どうしたの?』

『はい。何だか安心してしまって』

『安心?』

『私が誘拐されて、皆に迷惑を掛けてしまいましたが、何も変わらずにこうしてお兄様とお茶が出来るのって、本当は凄いことなんじゃないかって』

『そうだね。まあ、何も変わらずにってのは無理だろうけどね』

この後ケインと長く話したファウスティーナ。談笑が終わる頃に無事を知らされ飛び起きたリンスーがファウスティーナを迎えに来た。大泣きしながらファウスティーナを抱き締め、ずっと良かった、良かったと泣かれた。あまり怖い思いはしていないのに更に申し訳なくなった。リンスーが落ち着いたのを見計らい、部屋に戻った。

——で、現在。私室のベッドに寝転んだ。側にはリンスーが控えている。

ファウスティーナは上体を起こした。

リンスーは寝たお陰で大分体調も戻り、顔色もマシになったとケインは言っていたが、それでも普段と比べると悪い。

「リンスー。休まなくていいの? まだ無理をしない方がいいんじゃ……」

「お嬢様が無事に帰って来たのに、おめおめ寝ていられません」

「でも」

「私なら大丈夫です。多少の無理で倒れる程、柔ではありませんから」

「ほんと？」

「はい」

「じゃあ……いいのかな？」

「はい、良いんです」

微妙に納得いかない部分はあるがこれ以上言ってもリンスーは絶対に休まない。

ファウスティーナはベッドから降りるとソファーに移動した。

「明日からは、いつも通り……って訳にはいかないよね？」

「ですね……。ヴォルトの件を受けて、旦那様は公爵家に仕える使用人全員を改めて調べ、更に警備の強化を急いでいます」

「人は見掛けによらないってことなのかな」

「私も、最初は信じられませんでした。あのヴォルトが……と。ですが、お嬢様の言う通り、意外な人が悪者だった、とはよくあることなのかもしれません」

「本でもよくあるよね」

「はい」

本と口にしてファウスティーナは書庫室に行きたいと告げた。

「夕食まではまだ時間があるから、読みたい本を選びたいの」

「では、参りましょう」

「うん」

リンスーを連れて部屋を出て、書庫室へ向かった。そういえば、あの後エルヴィラはどうしたのだろう。ケインにそのことを聞こうと思っていたのにすっかりと忘れてしまっていた。もう一度部屋を訪れて聞く程でもないか、と判断した。

書庫室に到着。子供用の本が置かれている本棚まで行き、読みたい本を探していく。

「……！」

ファウスティーナが一度見つけた時はタイトルのドロドロさから遠慮し、読みたいと思った時はなかった本。

『捨てられた王太子妃と偽りの愛を捨てた王太子』という、濃い青色のブックカバーに金糸で題名が刺繍された本があった。

今を逃したら次はないと、その本を選んだ。題名からして子供向けではないのは明らか。何故子供用本棚にあるかは不明。題名がリンスーに見えないようにしっかりと持ち、他に目ぼしい本が無かった為一冊だけ部屋に持ち帰った。

部屋に戻った。リンスーがいながら読むのは宜しくない。適当な理由を付けて一人になりたいが、誘拐されて帰宅した直後なので無理だろう。どうしよう、と思案する。

机に向かったファウスティーナはリンスーに振り返った。

「リンスー。夕食になったら呼んでね。本を読むから」

「はい」

ファウスティーナの邪魔にならないよう、リンスーが隅に移動したのを確認し、いざ表紙を開いた。

ページ数も中々に多いが夕食まで時間に余裕がある。半分くらいは読めるとファウスティーナは

文字を追っていった。

数時間後――

隅に控えるリンスーに悟られまいと、ファウスティーナは真っ赤に上気した顔を必死に冷まそうとした。

(な、なんて本よ……)

主人公は公爵家の令嬢。生まれた時から王太子の婚約者であった姉がいる。その姉がかなり性格の悪い令嬢で、自分より容姿も才能も優れた妹を陰で苛め抜き、最後には暗殺者を雇って命を奪おうとする始末。婚約者の前では猫を被る姉も妹がいると理性が働かないのか、王太子の前でも妹を邪険に扱う。優しい王太子は自身の婚約者に苦言を呈し、虐げられる妹に優しく接する内に恋に落ちてしまった。それは妹――つまり主人公も同じだった。

内容の半分で夕食の時間が来た。リンスーに呼ばれ、本に栞(しおり)を挟んで机の引き出しに仕舞った。

「お嬢様？　顔が真っ赤ですよ」

「え、き、気のせいだよ」

「そうですか？」

「うん！」

姉の数々の悪行が王太子にバレ、主人公の命を狙おうとしたことも露呈してしまい、姉は公爵家追放となった。

(なんか、前の私に似てるよね。主人公がエルヴィラで、悪役の姉が私、王太子がベルンハルド殿下。設定もかなり似てる。まあ、生まれた時から王族の婚約者っていうのは、無くはない話だから

仕方ないか）

ファウスティーナが顔を赤くしたのは、姉が公爵家を追放となってからだ。晴れて妹と王太子は無事結ばれ、一年後結婚式を挙げた。

（何で子供用本棚に、大人向けのそういう本があるの……！）

誰が置いた！　と怒りたいのと、題名からそういう本だと推測出来るのに手に取ったファウスティーナの自己責任である。

気掛かりがある。

題名には『捨てられた王太子妃と偽りの愛を捨てた王太子』とある。王太子妃とは主人公、王太子とは主人公と結婚したあの王太子。物語の後半、主人公は王太子に捨てられるということなのか？　だとしたら……。

（……ううん。最低って思っちゃいけない。元々、悪いのは主人公を嫉妬で苛めていた姉。主人公は被害者。王太子は、それでも健気に姉と仲良くしようと努力する妹に惹かれる。たとえ殺害未遂を起こさなくても、姉と婚約者は結婚しても仮面夫婦になっていただろう）

前の自分がもしベルンハルドと無事結婚していても、多分そうだ。それか、エルヴィラを愛妾として迎え入れていた可能性だってある。来もしないベルンハルドを毎夜待ち続ける。前の自分なら可笑しくなるだろう。

そう考えれば、殺害計画を事前に察知して断罪したベルンハルドに少なからず感謝する。可笑しくなる毎日を送るくらいなら、自分の見えない場所でエルヴィラと末永く暮らしたらいい。

（でもなあ……私が覚えてる限りじゃ、ベルンハルド殿下。私のことを毎回毛虫でも見るような目

で見ていたのに、一度も婚約破棄をしたいと言ってこなかったな）

お互いの婚約は王家と公爵家が結んだ契約。個人の気持ちで解消出来る筈がない。

食堂に向かいながら考える。

誘拐されて無事戻って来たと言えど、恐らくベルンハルドとの婚約は解消されるだろう。婚約が結ばれてまだ一年も経っていない上に、公にはしていない。傷が残るのはファウスティーナで、ベルンハルドには傷が付かない。今ならまだ十分婚約者の変更が間に合う。

エルヴィラに婚約者になってもらわないと困る。そうでないとベルンハルドが幸せにならない。

二人は結ばれる運命にあるのだから。

（その為にも、やっぱりエルヴィラには勉強を必死に頑張ってもらわないと……！）

が、ファウスティーナが言っても聞かないのは理解しているのでここは父に頑張ってもらうしかない。後兄にも。

誘拐された過去を持つ令嬢を欲しがる物好きはいない。ファウスティーナは貴族学院を卒業したら、公爵家を出て平民になる予定だ。好きなことは今見つける。平民になったらあれがしてみたい、公爵令嬢である今の内にはこれがしたい、と。

（そうだ。あのお兄さんに相談してみよう）

平民の生活を決して甘く見ていない。先ずは情報収集しないと。なら、一番平民の生活に詳しそうなヴェレッドなら色々と教えてくれるだろう。何しろ、ファウスティーナがベルンハルドと婚約破棄をしたいと知る数少ない人なのだから。それに、だ。何となく、ペラペラと他人に話すような人じゃない気がする。

「リンスー」

「はい」

前を歩くリンスーに食事後、便箋（びんせん）の用意を頼んだ。

食事後手紙を出そう。シエルといるなら、教会に届けても大丈夫だろう。

それとシエルにもお礼の手紙を書こう。ちゃんとしたお礼は言ったが、改めてお礼が言いたい。

念願の婚約破棄が間近に迫り、嬉しさを抱いたファウスティーナだった。

十四　キスの経験はなし

夕食の時間。料理はファウスティーナの好物を中心に出された。料理長が泣きながら「お嬢様っ、お嬢様の喜ぶ料理を沢山作ったので食べてくださいね……！」と今日一番の出来であるクリームスープを置いた。ファウスティーナがシトリンにリクエストしてもらった料理だ。

料理長に満面の笑みでお礼を言い、クリームスープを飲んだ。濃厚な牛乳と野菜の味が見事に混ざった美味しい味。これでグリーンピースとブロッコリーがなければ、最高だった。

浮かない表情で食事を進めるエルヴィラに気付き、そっとケインに囁いた。

「お兄様はあの後エルヴィラに何を言ったのですか？」

「当たり前のことを言っただけだよ。ファナが気にする必要はないよ」

「……」

ケインがそう言うのならそうなのだろう。エルヴィラはどんな注意をされても大抵落ち込むが、時間が経てば復活して普段通りとなる。

メインも終わり、デザートを楽しむとなった辺りで黙りだったエルヴィラが口を開いた。

「……お父様」

「どうしたんだい？　エルヴィラ」

「わたしとお兄様の誕生日パーティーはちゃんと開いてくれますか？」

ファウスティーナが誕生日の当日に誘拐された。一ヶ月後、二ヶ月後に控えるケインとエルヴィラの誕生日パーティーに影響がないとは限らない。

シトリンは難しい顔をしながらも笑みを崩さなかった。

「そうだね……例年より、警備の数や招待する家を更に厳選する形となってしまうが二人はちゃんと開いてお祝いするよ」

「良かった……」

心底安堵した様子のエルヴィラは、デザートを食べ始めた。ケインがファウスティーナを気遣うように見ていたが本人は全然気にしていない。

「父上。俺からも聞きたいことが」

「なんだい？」

「今年は、ちゃんと司祭様に祝福を授けてもらえるでしょうか？」

「え」

え、と発したのはファウスティーナ。教会に赴き司祭に祝福を受けるのは毎年恒例の行事なのに、ケインが受けていなかったと初めて知った。驚くことにエルヴィラも司祭に授けてもらっておらず、二人に祝福を授けたのは助祭だった。

「私は司祭様でしたよ？」

「し、司祭様も忙しい方だから、どうしても無理な日もあるわ」

リュドミーラが慌てて説明するも、顔色が悪い。シトリンも同じ。ファウスティーナは一年前の誕生日を思い出すも、今年の良い気分を味わった誕生日が台無しになるので即止めた。

司祭——シエルと両親の間に何があったか知らないが、両親がこうも怯える理由は何か。前回こんな風にシエルに対し怯えていた時はあったか。……覚えていない。掠りもしない。

ファウスティーナはデザートを食べ終えるとリンスーと共に、私室ではなく浴室に向かった。シエルに貰った入浴剤を早速使おうと瓶の蓋(ふた)を開けた。ふわりと香る甘い花の香りにリンスーもうっとりとした。

「嗅いだだけでリラックス出来ますね」

「うん！　そうだ、リンスー。お風呂が終わったら司祭様宛に手紙を書くから、明日教会に届けてほしいの」

「先程の便箋は司祭様宛なのですね」

「そうだよ」

適度な温度に温めたお湯に入浴剤を投入した。お湯を混ぜ、ファウスティーナは体を先に綺麗に洗った後浴槽に浸かった。

「どうですか？」

「極楽だよ～。あ、そうだ。ねぇリンスー。リンスーは司祭様が王弟殿下って知ってた？」

「はい。割と有名な話ですよ」

「そっか。私は知らなかったな」

「確か、王弟殿下が教会の司祭になられたのは八年前だと聞いております。経緯までは流石に知られていませんが」

八年前と言えば、自分が生まれた年。

「ふわあ……お風呂って気持ちいいから好きだけど、もっと好きになりそう」

「ですが、長風呂は厳禁ですよ？」

「分かってるよ。逆上せちゃうもんね。う～ん、はあ……この入浴剤って何処で買ってるのかな。毎回司祭様にお願いして貰うのは申し訳ないな」

「でしたら、お手紙にその旨についても書いてみては？」

「そうだね。そうする」

お礼と一緒に入浴剤の購入場所も聞こう。

ファウスティーナは甘い花の香りに包まれ、最後まで極楽気分だった。

入浴を終え、リンスーに体を拭いてもらい、髪をしっかりと乾燥させオイルを塗った。

部屋に戻るとリンスーはオレンジジュースを持って来る為に一旦退室した。その際、絶対に部屋を出ないようファウスティーナに言い付けて。

「信用ないよね……」

ベルンハルドが訪問する度に逃げ回っていたから、仕方ないのかもしれないが。

ファウスティーナは机の引き出しに仕舞ったあの本を取り出した。が、すぐに同じ場所に戻した。

「……続きは、夜中に読もう」

あの本の続きは今読まない方がいいと本能が伝える。

リンスーがオレンジジュースのピッチャーとグラスを持って戻って来るとファウスティーナはソファーに座った。

内容は決まっているのですらすらと文字は書けた。シエルとヴェレッド、二人分の手紙を書き終えると柄が便箋と同じ封筒に入れた。封蝋(ふうろう)を持ってきてもらい、蝋燭(ろうそく)の火で炙(あぶ)り、封筒を封印した。

その後、眠ったファウスティーナは夜中に不意に目を覚ました。月の光が窓から差し込まれ、真っ暗闇ではなく薄暗い。オレンジジュースは全て飲んでしまったので無い。

水分を欲している訳でもないので、今日は厨房には行かないでおこう。

ベッドから降りて、窓へ近付く。

雲がない夜空を照らす満月は女王の如く君臨していた。

「綺麗……」

こういう日は、美味しいスイーツを食べながら満月を見ると更に美味しくなる。

「……」

外に出て見た方が更に綺麗。部屋の外には、多分だが数人の警備者がいる筈。ファウスティーナが誘拐されたのが夜中。なら、警備を強化したシトリンが見張りの数を増やさない筈がない。

窓の外も例外じゃない。でも、外に出たい。

窓の鍵を開けた。

……。

………。

「やっぱり止めよう」

たぶん、外に出て、見つかって、部屋に戻されるのがオチ。

はあ、と諦めたファウスティーナはベッドに戻って寝直した。

――ファウスティーナが寝息を立て始めた時、その人はそっと窓から侵入した。見張りの目を掻(か)い潜(くぐ)って忍び込むのはお手の物。なんと言っても七年間公爵家を欺き、容易くファウスティーナを誘拐した本人なのだから。

「は……間抜けな顔」

その人――ヴェレッドはふにゃりとした寝顔を晒(さら)すファウスティーナの頬を人差し指で突く。擽ったそうにするだけで起きる気配はない。

「窓の鍵を開けて寝るなんて、不用心にも程がある。でもまあ、お陰で邸内に入る手間が省けた」

ヴェレッドはベッドに腰掛けてファウスティーナの寝顔を見つめる。

「シエル様も人使いが荒い。全部後始末だけど、俺一人だからとても疲れる」

シエルのヴェレッドに対するお願い。

公爵家と王家は未だ、ヴォルトを探し続けている。シエルは報告書にヴォルトはいなかったと記載した。

なら、ヴォルトの扱いをどうするか。

昨日の夜中、シエルに無理矢理起こされ、遊んだ後言われた。

〝ヴィトケンシュタイン公爵家に仕えたヴォルトの死を偽装しろ〟というもの。

王都から二時間程離れた底無し沼へ自殺した風を装った。着ていた執事服は処分したが、個人で使用していた靴等は予め残しておいたので、それを沼の近くに置いた。近くには、ヴォルトの書いた遺書を安物のナイフで木に刺して。

文字は利き腕じゃない方の手を使っていたのと、走り書きし余計汚く書いたのでバレる心配はない。

「王様のシエル様に対する執着っぷりは、見てる側からしたら愉快で堪らない。シエル様は不愉快でも。俺は見てて愉しい。だから絶対……王様は君を手放したりしない」

ファウスティーナが何故王太子との婚約破棄を望むのかは知らない。何れエルヴィラを好きになるとファウスティーナは言うが、果たして言葉通りの未来は訪れるのかと甚だ疑問である。でも、面白そうだから協力する。何より、それでファウスティーナがシエルの手元に戻れるようになるなら更に良し。

ヴェレッドは外の気配を探る。見張りが数人。

さて、どうやって逃げようか――……月光に照らされた冷たい美貌は、見る者を震え上がらせる程凄絶な微笑みを浮かべた。最後に頬を撫でてから出て行こうとしたのだが……寝ているファウスティーナの手がヴェレッドの薔薇色の左襟足髪を掴んだ。

「……」

寝ている。

間違いなく寝ている。

「えへへ……」

嬉しげに笑うファウスティーナに脱力したくなる。

「はあ……こういうとこ、赤ちゃんの時から変わらないね」

結局、彼がどうやって帰ったかは秘密である。

翌朝——

「ん……？」

太陽の光の眩しさで起きたファウスティーナは大きな欠伸をして体を起こした。窓に目を向けて「あ」と発した。

「昨日鍵かけるの忘れてた……」

窓からの脱走を考え、止めて、開けた鍵を閉めるのを忘れていた。

ベッドから出て、誰にもバレていない間に閉めた。

ひと安心し、再びベッドに潜った。

「リンスーが起こしに来るまでまだ時間はあるから……」

そこで考えたのがあの本。

『捨てられた王太子妃と偽りの愛を捨てた王太子』

「……」

リンスーが来るまでに読もうと、ファウスティーナはベッドから飛び起きて机に向かった。引き出しを開けて本を出した。

栞を挟んでいたページを開いた。

読み進める分だけ、濃くなる内容に顔は瞬く間に真っ赤に染まった。

主人公と王太子の愛し合う光景を詳細に書かれ、これが続くと思うと先が読めなくなったファウスティーナはギブアップした。

本を引き出しに仕舞い、ベッドに飛び込んだ。

「む、無理……読める気がしない」

年齢を重ねても無理。キスシーンですら、想像すると羞恥心で顔が赤くなるのに。

「キスか……したことない」

されたこともない。

「あ……駄目……悲しくなってくる……」

脳裏に甦る、前回の記憶。

ファウスティーナに見せ付けるように、エルヴィラの額に口付けを落とす、ベルンハルドの蕩けるような瑠璃色の瞳。

決して自分には向けられないその瞳が欲しかった。

エルヴィラに向ける愛情を、ほんの少しでも向けてほしかった。

どんなに酷い言葉を吐かれても、冷たい視線を食らっても好きでいる気持ちは捨てられなかった。

「……他の人を好きになれたら、どれだけ楽だったんだろう。ううん、結局王太子の婚約者って立場があるから、好きになっても叶わない恋をする部分は同じか」

恋愛運が無さすぎる。

今度教会に行ったら、恋愛運でも上げてもらおうと嘆息した。

――明け方近くに戻ったヴェレッドは軽く汗を洗い流してから部屋に戻った。シエルはまだ寝ている筈。ふかふかなベッドに潜って目を閉じた。

が、約一時間後。

寝ていたヴェレッドは、人の気配を察知して重たい瞼を上げた。

「あれ、もう起きたの？　相変わらず敏感だねえ君は」

「……はあ」

どうせ、早く目が覚めて、やることがなくて、時間を持て余して、相手をしてくれる自分の所に来たのだろう。白々しいシエルに青筋を立てながらヴェレッドは起きた。

ヴォルトの時は、こうやって寝ている所を暇だからと起こしに来る相手はいなかった。ちょっぴり、ヴォルトに成り済ましていた時に戻りたくなった。

「眠い……」

「頭を使えば、その内目も覚めてくるよ」

「あっそ」

けれど、何だかんだ言いながらシエルの相手をするのも愉しいので付き合うヴェレッドだった。

十五　秘密の囁き

王城にある王の執務室にて――

中央の執務机に腰掛け、目の前の相手が持って来た報告書を読み終えたシリウスは無造作に机に放った。鋭い瑠璃色の瞳で見上げると、にやにや顔の薔薇色の瞳と目が合った。相手――ヴェレッドは「へえ？　折角シエル様が書いたのに」と茶化した。シリウスの斜め後ろで控える宰相のマイムは冷や汗を流す。ヴェレッドがシエルの名前を使ってシリウスを揶揄したり煽るのは毎度のことなのに。

その度に、視線だけで相手を射殺せん勢いの眼力をヴェレッドにやる。当の本人は全く堪えてない。

「前に聞いた通りのことしか書かれていない」

「うん。だって、あれが全部だからね」

「小僧。お前なら、シエルがファウスティーナ嬢の居場所を異様な速さで嗅ぎ付けた理由を知っているだろう」

「知らないよ。強いて言うなら、父親の娘に対する愛情じゃない？」

「……」

シリウスは苦い顔をして瞼を閉じた。

八年前、生後半年のファウスティーナの存在を知り、シエルに無理矢理ファウスティーナを母親ら。

のアーヴァの親戚筋であるヴィトケンシュタイン公爵家の養女とさせた。〝王太子の運命の相手〟である可能性が非常に強かった。数百年振りに生まれたリンナモラートの生まれ変わりであったから。

出産と同時にアーヴァは亡くなった。後から聞くと、出産予定日を大幅に遅れての出産だったらしい。本来なら、母子共に亡くなっていても可笑しくなかった。ファウスティーナが生き残ったのは女神の生まれ変わりだから。

シリウスが口にすると、当時のシエルは酷く憔悴した相貌で言い放った。

『母親の愛ですよ。アーヴァは、あの子を命を懸けてお腹の中で守り続けた。アーヴァがあの子と対面したのはほんの一瞬です。その一瞬が……アーヴァにとって、最後の思い出となり、宝物となった』

その宝物を奪ったシリウスとヴィトケンシュタイン公爵家を——……シエルが恨まない日は永遠に来ない。

ヴェレッドの嫌味はシリウスの心を抉った。太いナイフを心臓に突き立て、柄を回して血を流し肉を抉り出す。

「……公爵家や王家だけだったら、ファウスティーナ嬢は間に合わなかったかもしれん。それは認めよう」

「……」

ヴェレッドはきょとんとしてシリウスを見下ろした。

「馬鹿じゃないの？　当たり前でしょう」

「……」

ヴェレッドの罵倒にシリウスの額に青筋が立つ。王に対し不敬だと一喝出来る者はいない。マイムは下手に口を出すと更にシリウスが追い込まれるのをよく知っているので黙っているしかない。

ヴェレッドがシリウスを敬う日は絶対に来ない。天文学的確率の確信である。この男の絶対はシエル。シエルが意味不明・理解不能と掲げるシリウスの味方には絶対にならない。

報告書を手にしたヴェレッドはペラペラとページを捲っていく。

「シエル様は頑張って書いたのに。徹夜で書いてたよ。その分、俺はシエル様に八つ当たりされて夜眠れなかった」

ピク、とシリウスの体が反応した。

「王様にはきっと分からないよ。気持ち良く寝ている所を叩き起こされて遊び相手にされる俺の気持ちなんて。……まあ、王様が相手に選ばれることは絶対にないから安心していいけどね」

ピク、ピクとまた反応した。

「じゃあ、帰るよ。報告書はしっかり届けたからね。ばいばいマイマイくん」

「誰がだ！」

「やっと喋ったね。君、ずっと黙りなんだもん」

誰のせいで口を挟めなかったか、と声を大にして言いたかったマイムは平常心を心の中で四回程唱え気を落ち着かせた。俯いて殺意のオーラを醸し出すシリウスに特に思うこともなく、ヴェレッドは執務室を出た――

「待て、小僧」

かったのに呼び止められた。面倒臭そうに振り返ると、急いでペンを走らせていた。やがて、書き終えた手紙を三つ折りにすると執務机に置いた。

「シエルに伝えろ。手紙に指定した日に登城しろと」

「してくれないと思うよ？」

「ヴィトケンシュタイン公爵も同席させる。これで文句はないだろう」

「……いいよ。序でだから、俺が公爵様に伝えてあげる。それ用の手紙も書いてよ」

「……」

不満そうに眉を顰めるも、ヴェレッドの言う通り公爵宛にも手紙を書いた。二枚の手紙を手にしたヴェレッドは、シエル宛のは懐に入れ、公爵宛のは封筒に入れてもらった。

今度こそ執務室を出るべく扉へ歩いた。扉を開き、閉める間際シリウスに向いた。

「あのさ、王様。一回王様も公爵家に行って、普段の生活を見るといいよ。……とっても面白いよ」

最後意味深な台詞を残しヴェレッドは執務室を出て行った。

残されたシリウスは難しい顔をして背凭れに背を預け、マイムは止まらない汗をハンカチで拭った。

「はあ……やっと帰った。陛下。シエル殿下とヴィトケンシュタイン公爵を交えて何を話すのです？　ファウスティーナ嬢のことでしょうか？」

「……それ以外あるか？」

「陛下は、どのようにお考えです？」

「……報告書の最後に書かれていてな」

「何をです？」

シリウスは報告書の最後のページをマイムに見せた。文字を読んだマイムは息を呑んだ。

シリウスからしたら、驚く要素はない。

シエルがずっと機会を窺っていたのは知っていたから。

報告書を再度机に放り投げたシリウスだが。外から先程出て行ったばかりの彼の声がする。鬱陶(うっとう)しそうな声色から、彼の苦手な相手と遭遇でもしたか。

段々と近くなる。

扉がノックもなしに開かれた。マイムが「不敬だぞ！」と声を上げるが、彼――ヴェレッドは嫌そうな顔を隠しもせずにシリウスに近付き……後ろに隠れた。

「あのさあ、王様、王様この人の上司でしょう？　なんとかして」

「上司が国王だなんて恐れ入るよ。陛下、ご報告に参りました」

次にやって来たのは茶髪を雑に切り揃え、草臥れた風貌の男性メーヴィンだった。身形(みなり)からはとても王城勤めの者とは思われない。扉を閉めさせメーヴィンに報告を促すが異議を唱えたのが一人。マイムである。

「陛下。この子供がいては」

「構わん。報告しろメーヴィン」

「はーい」

メーヴィンは軽い口調で報告を始めた。

「主犯格のヴォルト＝フックスの行方ですが。あの世に逃げられた後でした。オディオ沼に彼の書いた遺書や使用していたと思われる私物が幾つかありました」

「そうか」

　死人に口なし。

　真相はあの世へ持って行かれたということ。

「ヴィトケンシュタイン公女の誘拐事件は主犯格が死んだことで幕引きとなりますね。誘拐に関わった連中を尋問しても、有益な情報を吐いてもらえないので」

「連中は金目当てに雇われた破落戸（ならずもの）共だ。大層な情報を持っているとは、初めから期待はしていない」

「モルテ商会からも手を引きましょう。此方が思う以上に彼等は何も知らないようなので」

「そうしてくれ」

　ヴォルトの行方はヴィトケンシュタイン公爵も気にしていた。後で使いを出させ伝えることにした。

　それと、とメーヴィンは別の報告を始めた。

「シャルロット子爵夫人の件ですが。子爵は無関係ですね。仕事人間を体現したような男ですから、彼が仕事以外に熱中するものは然（そ）う然（そ）うない」

「そうなると、夫人はどうやって……ということになるな」

「ねえ」

　割って入ったヴェレッドに苛立ちつつ、なんだとシリウスが問い掛けると子爵夫人の特徴を言い当てられた。何故知っているのか、問おうとすると左襟足髪を口元まで持っていったヴェレッドが耳打ちをしてきた。聞かされた話に強い懐疑心を持つ。

「シエルは？」

「言ってない。気にはしていたけど」

「……」

ヴェレッドの言った通りなら手掛かりが掴めそうではあるが……危険な目に遭わせたくない。

「陛下？」

メーヴィンに訝しげに呼ばれ、シリウスは小さく首を振った。

「メーヴィン。子爵夫人が好みそうな場所は何処だ」

「今は『アルカディア劇場』で開演されている劇に夢中だよ。王都では人気らしくて、チケットを取るのが困難らしい」

シリウスは瞑想する。チケットの入手が困難であるなら、連日多くの人で賑わっている事であろう。目立つ場所で行動を起こすとは限らないが、思慮の浅い部分はあり、且つメーヴィンのように草臥れた身形の若い男を飼うのが好きな女だ。

なら……。

「小僧」

「なに」

不満げな態度を惜しげもなく晒すヴェレッドに顔を寄せろと言い、書類で口元を隠し囁いた。

「…………」

何度も瞬きを繰り返した後、酷く呆れを宿した薔薇色の瞳に見下ろされた。

「なんで俺が……。シエル様のとこ帰る」

「誰の命令だったら従う?」

「気分」

「言える立場か?」

「うわ、最悪。……まあいいや、面白そうだし」

幼いシエルが貧民街まで赴いて連れて来た身寄りのない子供。シリウスはヴェレッドに初めて会った時から性格が合わず、顔を合わしても生意気な口ばかり叩くので好意的印象は皆無。能力の高さだけは認めている。メーヴィンとマイムから視線を受けつつ、面倒臭そうにするヴェレッドの背中を押した。

早くヴィトケンシュタイン公爵家へ行けと。

十六　シエルへ流れていた、とある四文字

ソファーに腰掛けて物語を読むファウスティーナは、最後のページを読み終えると本を閉じた。う～ん、と両腕を思い切り伸ばした。リンスー、と呼ぼうと視線を上げた。ファウスティーナの私室には、リンスーの他にも二人の騎士が壁際に控えていた。肩を落とし、空の子豚のマグカップをリンスーに差し出した。

「オレンジジュースを頂戴(ちょうだい)」

「畏まりました」

リンスーが子豚のマグカップを持って一旦退室した。ソファーに寝転びクッションに顔を埋めたファウスティーナは内心深い溜め息を吐いた。

誘拐されて帰宅した二日後。これまでよりも屋敷の警備を強化すると聞かされた。また、誘拐犯の目的がファウスティーナだったことから、ファウスティーナには更に二名専属の護衛を付けられた。それが壁際にいる二人。

しかし、申し訳ない気持ちを抱きつつも、思わざるを得ない。

息苦しい。酸素のない水中で生活させられている気分だ。地上へ引き揚げられた魚もこんな気分なのだろうか。

何処へ行こうとしてもファウスティーナに付いて来る。彼等は護衛として当然の仕事をしているだけでも、ファウスティーナにしたら窮屈だった。

シトリンに一度寝ている時だけでいいと訴えたが聞き入れてもらえなかった。心配されてのことなのに呼吸がし辛い。

リンスーが戻るのを待っていると……外が騒がしい。耳を澄ませば、声の主に聞き覚えがあった。

気になったファウスティーナはソファーから起き上がって部屋を出ようとした。護衛の騎士はファウスティーナを止めるも、一緒に付いて来てと言われれば行くしかない。

ファウスティーナは玄関ホールに来た。

「手紙は確かに受け取りました。ですが、ファウスティーナに会わせる訳にはいきません。用が済んだのならお帰りを」

「へえ？　俺はシエル様に命じられて此処に来ているのに帰すんだ？　いつから公爵夫人は王族より偉くなったの？」

「な……さ、さっきはそんなこと一言もっ」

中央で余裕のない様子でヴェレッドを追い返そうとしているリュドミーラがいた。シトリンは不在。

先程の会話を聞く限り、大事なシトリン宛の手紙をヴェレッドが届けに来て、何故か不明だがファウスティーナに会わせろとリュドミーラへ迫っているらしい。王弟の使者である彼を追い返すのは王弟を蔑ろにした、ということとなる。唇を震わせ、顔を青ざめるリュドミーラを視界に入れるヴェレッドの瞳に温度はなかった。

自分が行った方が良さそうな気がする。ファウスティーナは護衛の二人を連れたまま中央まで歩んだ。ファウスティーナに気付いたヴェレッドはひらひらと手を振った。リュドミーラもファウスティーナに気付き、隠すように前に立った。鼻がリュドミーラのドレスの裾にぶつかった。

「ファウスティーナに、どのようなご用件でしょうかっ」

「内緒。教える義理がない」

「私はこの子の母親です！　ファウスティーナが無事戻ったとは言え、まだ不安は拭えません。王弟殿下の用とは、ファウスティーナに直接でないと伝えられないご用件なのでしょうか」

「……」

シエルと両親の間に何があったのだろう。明確な敵意すら感じる。

状況が飲めないファウスティーナは、面倒臭そうにリュドミーラと対峙するヴェレッドと目が合った。

懐に手を入れたヴェレッドは一通の手紙を取り出し、リュドミーラのドレス付近で膝を折ると、後ろに隠されているファウスティーナに差し出した。

「シエル様から君宛の手紙を預かっているんだ。はい」

「う、うん、ありがとう」

ファウスティーナが手紙を受け取ったのを見届け、立ち上がったヴェレッドは何も言わず帰って行った。強風のような人だったな……と眺めた。

手紙はきっと、お礼の手紙で書いた入浴剤の購入方法の返事だろう。部屋に戻って読もうと両手で抱き締めるように抱くと「ファウスティーナ」とリュドミーラに呼ばれた。

「はい」

「手紙の内容に心当たりは？」

「え？　えーと、お礼のお手紙に入浴剤の購入方法を訊ねたので、恐らくその返事かと」

「……」

一番思い当たるのを告げるもリュドミーラは険しい表情をしたまま。何が完璧な答えか。居たたまれなくなったファウスティーナは失礼します、と頭を軽く下げて私室に戻った。

リンスーはまだ戻っていなかった。机の引き出しのペーパーナイフを探しているとオレンジジュースを入れた子豚のマグカップを持ってリンスーは戻った。

「お待たせしました」

「うん。テーブルに置いといて」

ペーパーナイフを見つけ、慎重に封を切っていく。封筒から便箋を抜き、ソファーに座って読んだ。

「誰からのお手紙ですか？」

「司祭様だよ。この前お礼のお手紙を書いた返事だよ」

ファウスティーナは達筆な文字に目を通していく。前回の人生でも、シエル程達筆な人はそういなかった。便箋から微かに花の甘い香りが。

「入浴剤は無くなったら知らせてって書いてる。良いのかな」

「王弟殿下がそう書いたのなら、良いのでは？」

「かな。後は何々……」

続きの内容を読み、薄黄色の瞳が微かに張った。

動揺を悟られまいとファウスティーナは子豚のマグカップを手に取ったのだった。

（あのお兄さん……ヴェレッド様か。な、なんで司祭様にベルンハルド殿下との婚約を私が破棄したがってるって言っちゃうのー⁉）

最も知られてはならない相手の一人に知られてしまった。

（やばい……絶対やばい……次会った時絶対聞かれる。上手な言い訳考えなきゃ……！）

「お、お嬢様？」

急に涙を流し、構わずオレンジジュースを飲むファウスティーナに周章（しゅうしょう）したリンスー。

まさか、ベルンハルドとの婚約破棄を願っていると王弟に知られて危機的状況に陥ったとは思わない。

十七　真夜中の訪問者

その日の夜中――

昼にヴェレッドが訪問したのはお父様に国王からの登城要請の手紙を届ける為だった。詳細な内容は教えてもらえなかったが、間違いなく自分に関係があるとファウスティーナは予想している。

真夜中に目を覚ましたファウスティーナは小さく欠伸をして頭を悩ませた。

「どうしよう……あまり眠くない」

眠る前を覚えている。

ベッドに入るとすぐに眠れた。

月の光が窓から差し込まれる。薄暗い室内で本は読みづらい。蝋燭に火を点けようにもファウスティーナは点け方を知らない。

このまま二度寝を決行しようと再びベッドに倒れた。顔だけ窓へ向けた。夜空を照らす月光は陽光とは正反対の美しさがあった。

照らすだけで幸福な温もりを与えてくれる太陽。

静かに、だがそこにいるだけで途方もない安心感を与えてくれる月。

違うのに、どちらも欠かせない大切な存在。

「こうやって月を見ていたら、その内眠れてるかな」

「さあ、どうだろう」

寝付きのいいファウスティーナのこと。自覚がないまま眠って、目覚めたら朝、なパターンもある。

「お父様が登城する日私も行きたい……」

「無理だと思うよ。だってお嬢様、誘拐されたばかりだしさ」

「だよねー」

部屋から出るだけで護衛が同行する過保護ぶり。外へ出たいと申すだけで多大な心配をかけてしまうだろう。

……ここでファウスティーナは思考が停止した。

寝ている時まで部屋にいたら落ち着かないとシトリンに頼み、護衛は外で待機している。部屋にはファウスティーナ一人しかいない。筈。筈なのに、先程から相手をしてくれている誰かがいる。

慌てて上体を起こしたファウスティーナは口を何度も開閉させた。いる筈のない相手がいて声が出ない。

王国では珍しい薔薇色の髪と瞳。左襟足髪部分だけ肩に届く長さ、右側は顎に届く程度の長さという、アンバランスな髪型なのに彼の人間離れした美貌を引き立たせる要素となっている。

誘拐されたファウスティーナと一緒にいた青年――ヴェレッドは当然のように、ベッドに腰掛けていた。

「え……？　ええ……」

「あ、はは。間抜けな顔。驚き過ぎて声が出ない」

本当なら悲鳴を上げて不法侵入者がいると訴えるべきなのだろうが、アエリアを除いた唯一人の協力者。ヴェレッドが捕まったら拙いのはファウスティーナとて同じ。数度深呼吸をして改めてヴェレッドに向いた。

「こ……こんばんは……？」

「うん、こんばんは」

「……どうやって部屋に？　私が戻ってからは、警備を強化したと聞いてますが」

誘拐事件を切っ掛けに屋敷全体、特にファウスティーナ周辺の警護は厳しくなった。二度と同じ事件が起きないように。公爵家は最高位の貴族。内部に詳しいか、内通者を通さない限り、誰にも見つからずファウスティーナの部屋に辿り着くのは容易じゃない。騒ぎの欠片も起きていない辺り、誰もヴェレッドの存在を知らない。ヴェレッド自身にも変わった様子はない。

理由を問うと不敵な笑みを向けられた。

「知ってるよ。でも俺は女神様に好かれているから、何をしても大抵のことは許されるんだ。こうやって、お嬢様の部屋に入っても、ね」

「女神様に？　それは、どちらの」

王国が崇拝する女神は姉妹。

運命の女神フォルトゥーナ。

魅力と愛の女神リンナモラート。

気紛れに人の願いを叶えてくれるのがフォルトゥーナ。リンナモラートは、女神の生まれ変わり同様滅多に誕生しない〝運命の恋人たち〟を選ぶ。

「さあ。内緒。でも君はリンナモラートの生まれ変わり。分かるでしょう？」

「分かったら聞きません」

抑々、女神の生まれ変わりに特別な力があるとは習っていない。遠い昔、王家と姉妹神が交わした誓約に則って、王子に嫁ぐのだ。

真意を晒す気が更々ないヴェレッドに同じ話題を提示しても、何も答えてくれなさそうなので別の話題を選んだ。

「もう……というか、どうして私の部屋に？」

「昼間来た時、お嬢様と話したかったのに公爵夫人に邪魔されたでしょう？　誰にも邪魔されないのは夜中しかないかなって」

もしもファウスティーナが大声を上げて助けを求めていたらどうする気だったのだろう。

「お嬢様は劇に興味ある？」

「あります！」

実を言うと、王都に戻る前眺めていた『テゾーロ座』の中に入ってみたい願望があった。シエルの紅茶のお代わりが準備できるのを待っていただけだったから外観を見て終わった。

「十日後にね、新しい劇が始まるんだ。話題の脚本家の書いたものでね。チケットはもう完売されたんだけど、俺の知り合いが行けなくなって余ったチケットをくれたんだ」

そう言って懐から出した三枚のチケットを見せつけられた。

人気の劇となると高位貴族であろうと人脈を使わないと入手するのが困難となる。劇場運営者と親しければ、良い席が取れる。ヴェレッドの持つチケットの座席はかなり人気が高いらしく、取るだけで苦労する代物。彼の友人は気の毒だがまたとないチャンスにファウスティーナの瞳がキラリと光った。

が……。

「でも……行きたいですけどお父様は許してはくれないかと」

「誘拐されて戻ったばかりだしね。けど、そこはシエル様がお願いしてくれるよ」

「司祭様が？」

「うん。今度、公爵が登城する時シエル様や俺もいるんだ。その時にお願いしてあげる」

気になっていたことをヴェレッドに問うてみるもはぐらかされた。

「さてと、あまり長居してると見回りに来る護衛さんに見つかりそうだから俺は帰るよ」

「どうやって帰るのですか？」

「内緒。お嬢様が寝たら帰る」

「じゃあ寝ません！」

どうやって侵入したかが非常に気になる。帰る場面をバッチリ見ておかないと眠れない。やれやれと苦笑したヴェレッドに体を後ろに押された。

「寝なよ。でないと君の分のチケット破ってもいいんだよ？」

「!?」

まだ観に行けるか決まってない。

けれど、チケットを破る素振りを見せられ手を前に突き出して止めようとしたら綺麗に笑われた。

「ね？　嫌なら、寝てよ」

「……」

ぐぬぬ、と悔しげに唸って観念したファウスティーナは目を瞑った。瞼に覆う温かい感触。

「お休み……――」

最後に紡がれたのは名前。

……誰の名前だったたか、誘われるように眠りの世界へ旅立ったファウスティーナには分からなかった。

十八　好機を逃すな

窮屈生活は暫く。

ヴェレッドがいつぞや持って来た登城要請の手紙の指示通り、シトリンは今朝早くから王城に向かった。朝食を終えるとすぐに出発した。

ファウスティーナは自室にて、書庫室からリンスーに運んでもらった参考書や資料を使い自主勉強中。王妃教育や家庭教師との勉強はお休み中だが、何もしない訳にもいかない。それと室内の窮屈さを勉強で紛らわすのも目的。

室内には相変わらず護衛騎士が二人いる。彼等も仕事なので仕方ないと割り切り、自分でどうにかしようと考えた。

結果が――勉強である。

「お嬢様。先程言われた参考書をお持ちしました」

「ありがとう。あ、これ戻してきて」

「はい」

リンスーがファウスティーナに頼まれた参考書を持って自室へ戻ると直ぐ様使い終わった参考書を返すよう渡した。

新しい参考書を貰い、必要なページを開いていく。小さな文字が一ページにぎっしり詰まったのを真剣に読もうとすると骨が折れる。涼しい表情で速いスピードでページを読むことが可能なケインに改めて感嘆としてしまう。

前の時から思っていたが、何故ケインは幼少の頃からとても大人びて冷静なのだろうか。公爵家の跡取りとしては満点だが、他の跡取りの子等と比べると差が大きい。彼等が劣っている訳じゃない。ケインと比べるとどうしてもそう見えてしまう。

ファウスティーナは不意に手を止めた。

(そういえば、前のお兄様ってどうして婚約者がいなかったのかな)

成績優秀で運動神経も抜群、見た目良し、性格は妹達にだけ容赦の無さと冷たさが目立つが他は礼儀正しくて普通。家柄も公爵家で跡取り。選り取り見取りじゃないだろうか。

八歳の現段階でも婚約者はいない。ファウスティーナは生まれが特殊なので即決められたがケインやエルヴィラは急いで決める必要がないのだろう。

気になると集中出来なくなった。参考書を閉じたファウスティーナは時計を一瞥した。今ケインは跡取り教育の真っ只中。終わったら部屋に行っていいかリンスーに確認してもらおうと、引き出しを開けて一枚の手紙を取り出した。

ヴェレッドはシエルからの返事の封筒の中に自身の返事も入れていた。

二人揃って達筆で羨ましい。

（ヴェレッド様からの返事には、もう少しの間辛抱しなよってあるけど、どういう意味なんだろう）

ファウスティーナが書いたのは、貴族の令嬢が家を出て平民として生きていくには何が必要かを問うた。前回家を勘当されたのは十八歳。十八歳まで後十年あるが、準備は早い方が良い。

手紙の返事はファウスティーナが期待したものじゃなかった。何を待てというのだろうか。

何度手紙を読んでもヴェレッドの真意を当てるのは無理だ。付き合いが極端に短い。シエルなら読み取るだろうが、ベルンハルドとの婚約破棄を願っていると知られ手紙を出せなくなった。

心の中で深い溜め息を吐き、手紙を引き出しに仕舞った。

コンコンとノックの音が鳴る。向こうから「失礼します」との声と共にリンスーが入室した。

両手に子豚のマグカップを載せたトレイを持っている。

「お嬢様。そろそろ休憩しましょう。お嬢様の大好きなオレンジジュースをお持ちしました」

「ありがとう。丁度、切り上げようかなって思ってたの」

椅子から降りてソファーへと移動した。

リンスーから子豚のマグカップを受け取ったファウスティーナはあることを訊ねた。

「リンスー。お兄様の時間が空くのは何時間後くらいか分かる？」

「確か、後二時間程だったかと」

「そっか。エルヴィラはどうしてる？」

「奥様とサロンにてお茶を」

「エルヴィラも今はマナーレッスンの時間じゃ」

「……どうも、また家庭教師の方の態度が厳しいと奥様に泣き付かれたようで。旦那様が家庭教師の方々を一新しても、奥様が許してしまうのでどうにも……」

「……不思議だよね」

オレンジジュースを一口飲んで呟いた。

「不思議、とは？」

「だって、エルヴィラも何時か何処かの家に嫁ぐんだよ？　今の内にしっかりしておかないと、後から苦労するのはエルヴィラなのに、お母様は危惧しないのかなって」

実際、前回エルヴィラは王太子妃となったが公務も何も出来ない為にアエリアが側妃として嫁いだ。

エルヴィラに王太子妃になってもらおうにも、しっかりとした教養を身に付けないとアエリアの負担となる。それかファウスティーナとベルンハルドの婚約が破棄となっても、エルヴィラが次の婚約者に選ばれる可能性が無くなる。

ベルンハルドが幸せになるには〝運命の恋人〟であるエルヴィラが必要なのだ。

もう少し、シトリンに急かすよう告げた方が良い。

戻ったらそうしようと決めたファウスティーナはオレンジジュースを飲み干した。

昼前にシトリンは戻った。知らせを聞いたファウスティーナは丁度ケインとも出会し、一緒に迎えに行った。玄関ホールに足を運ぶと、酷く疲れた様子のシトリンに声を掛けるリュドミーラがいて、ドレスに引っ付くようにエルヴィラもいた。

「父上」

「お父様」

二人同時にシトリンに声を掛けた。

「お帰りなさいませ」

「お帰りなさいませ、お父様」

「ただいま」

疲れた微笑みを浮かべ、ケイン、ファウスティーナの順に頭を撫でていく。エルヴィラにはもうした後。

シトリンはリュドミーラに向くと上着を預けた。

「済まないが昼食は四人で取ってくれるかい？　僕は少し休むよ」

「では、疲れが取れるハーブティーを用意させましょう」

「うん。頼むよ」

珍しいとファウスティーナは目を丸くした。仕事の疲れを家族の前でシトリンは見せない。それだけ、国王との話し合いが難航したのか。

　ファウスティーナはそっとケインに耳打ちした。

「王様と何をお話ししたと思います？」

「さあ。ただ、父上のあの様子を見る限りじゃ、良い結果にはならなかった可能性が強い。ファナ。気を引き締めておきなよ」

「私ですか？」

「高確率で有り得るのは、ファナとベルンハルド殿下の婚約だよ。ファナが誘拐されたことは、父上がどうにかしても、このまま殿下との婚約継続を続行するのはかなり難しいからね」

　寧ろ願ったり叶ったりである。が、シトリンの苦労を考えると素直に喜んで良いのか。しかし、後々を考えればやはり早い方が断然良い。

　リュドミーラと会話を交わしたシトリンは「ファナ」と呼んだ。

「大事な話があるから、一緒にファナの部屋に行こう」

「休まなくて良いのですか？」

「少しくらいは平気だよ。さあ、行こう」

　大きな手を差し出され、迷いもなく握った。

　シトリンと手を繋いで私室へ向かう。無論、護衛の二人もいる。

　部屋に入り、真ん中に置かれているソファーに二人は座った。

　シトリンは護衛二人に外での待機を命じて、室内を二人だけにした。

　護衛を出す程大事な話。ケインに言われた通り気を引き締めた。

「ファナ」

いつになく真剣な声色で呼ばれて背筋を伸ばした。

「今回の誘拐が起き、王太子殿下との婚約について、陛下とシエル様と話をしたのだけどね」

「はいっ（キタ……！　というか、司祭様もいたの？）」

「……殿下との婚約はこのまま継続となった」

「分かりました。……へ？」

婚約は、の続きは駄目になったと聞くと待ち構えていた。

現実に紡がれたのは、継続。

ポカンとするファウスティーナは、話し合いの場を思い出しては溜め息を吐くシトリンを呼ぶ。

「お、お父様？　継続、なのですか？」

「そうなった。陛下は絶対にファナと王太子殿下との婚約は解消しないと断言した」

「わ、私は無事でしたけれど誘拐された身ですよ？　もし知られれば」

「うん。それは言った。けど、王家と我が家で徹底的な情報操作を行う。一文字でも漏らそうとする者がいれば一切の容赦もなく罰する。陛下はそう告げたんだ」

「……」

数百年振りに生まれた女神の生まれ変わりをそうまでして逃す気のない王家の執着に身震いを起こした。いや、正確にはシリウスに対して。道理で前回、エルヴィラ殺害未遂事件を起こして漸く婚約破棄をした訳だと納得した。それまでは、ファウスティーナが思うのもあれだがとっくに婚約を破棄されていても可笑しくない行動をしたのに。

だがシトリン曰く、これに異を唱えたのがシエルだと言う。それはそうだ、とファウスティーナは頷く。

そこからはシリウスとシエルの言い合いになってしまったらしいが、最終的な決定はファウスティーナに委ねられたと言われた。

「どういう意味ですか?」

「……ファナ、ファナはこの家が好きかい?」

突然の質問の意味を探るも答えようがない。

「シエル様……教会側は、此度の誘拐を受けてファナを教会で預かると言い出した」

「!」

「僕は反対したかったけど、陛下はファナに決定を委ねると言って話し合いを終わらせた」

「……」

重大な決定を委ねてほしくない、と大声で訴えたかった。しかし、これはまたとないチャンスだった。

ベルンハルドと婚約破棄をしたがっていると知られたものの、婚約継続に異を唱えたシエルだ。きっと理解してくれる。

それに、である。

(この窮屈生活から解放されるなら行きたいー!)

四六時中護衛の二人に見張られる息苦しい生活はもうゴメンである。短くても嫌なものは嫌。

また、シトリンやリュドミーラに余計な気を遣わせなくて済む。

ファウスティーナは喜びを必死に隠し、決意の表情をシトリンへ向けた。

「勿論、ファナが嫌と言うなら必ず陛下とシエル様を納得させる」

「いいえお父様。私、教会に行きますわ」

「ファナ⁉」

予想外な言葉に一驚するシトリン。ファウスティーナの両肩に手を置いて必死な形相で迫った。

「分かっているのかい？　僕やお母様、ケインやエルヴィラと離れ離れになるんだよ？」

「寂しい気持ちはあります。ですが、私のせいでお父様やお母様に気を遣わせる訳にはいきません」

「気を遣うなんて……親なのだから当然じゃないか」

公爵家を勘当となったファウスティーナが最後に見たシトリンの憔悴した姿。ずっと大事にして、心配してくれた父に余計な気を回してほしくない。母に関しては、何となくだが自分はいない方が良いのではないかと思えるのだ。最後に止めの言葉を紡いでくれたのを、心の何処かでは根に持っている節がある。

「いいえ。それでは私がお父様達に対し申し訳ないです」

「誘拐されたのはファナのせいじゃないいんだよ？」

「それでも、です」

「……」

決して意思を曲げないと語る薄黄色の瞳。同じ色を持つシトリンの瞳に諦念が現れた。

「そうか……ファナがそこまで言うなら、陛下とシエル様にはファナを教会に預ける方向で話をしよう」

「ありがとうございます」

「いいや……いいんだよ。ただ、二つ困ったことがあってね」

「何でしょう？」

一つ。実はフワーリン公爵家からお茶会の招待状をファウスティーナの誕生日前日に受け取っており、三兄妹を連れての参加を了承しているのだ。ファウスティーナの誘拐前に。

お茶会は十五日後。今から断りの手紙を入れるのも出来なくはないが、フワーリン家は王妃の生家。あまり荒波を立てたくない。これについては夫妻で頭を悩ませていた。ファウスティーナは今の所病弱という体を装っているものの、である。

「お父様。私も公爵家の令嬢です。務めは果たします」

「……」

前回やらかしてはいるがベルンハルドとエルヴィラから距離を取れば良い。それとアエリアもいた筈なので、会って話がしたい。

フワーリン家のお茶会はファウスティーナも参加で話は終わり。

二つ目は真夜中の不法侵入者との会話を蘇らせた。

「ファナは演劇に興味あるかい？」

「とっても！」

「実はね『アルカディア劇場』で今度新しい劇をするんだ。話題の脚本家の書いた内容ということで、シエル様がファナを連れて行くと言い出されて」

窮屈生活から解放されるならたとえ一日でもいいから外に出たい。期待を込めて見上げているとシトリンは困ったように笑う。

「本来なら、不用意に外に出させるのは心配だけど……シエル様が一緒なら……」

「行ってもいいのですか？」

「ファナも行きたいのだろう？」

「はい！」

「シエル様がいるなら、僕もファナを送り出せる。シエル様には了承の旨を出しておくよ」

あと、教会に行く日取りも決めていくとシトリンは言い残し、部屋を出た。

寂しそうな父の背中が前と被り、目頭が熱くなった。泣くな、と頭（かぶり）を振って誤魔化した。

まだ何も、成し遂げていないのだから。涙を流すのは、無事ベルンハルドと婚約破棄をし、エルヴィラと〝運命の恋人たち〟にした後でも十分間に合う。婚約破棄後はやってみたかったことを我慢せず全部やり切る勢いでファウスティーナは決意を新たにする。

十九　侯爵令嬢アエリアの溜め息

侯爵家でありながら、公爵家に匹敵する力を持つラリス家。母が防衛の要である辺境伯家出身なのも、ラリス家の強さの一つ。アエリアは後継ぎ候補に名乗り出たので二歳離れた双子の兄達とは後継を巡るライバルとなる。娘の良縁を望んでいた侯爵である父には難色を示されたものの、ライバルとなるのに妹を溺愛している兄達は賛成派、母もやるからには全力でやり遂げて見せなさいと後押ししてくれた。

令嬢としての教育と更に後継者としての教育も追加され、毎日勉強漬けの日々となった。が、苦とは感じない。自分が望んでその道へ進んだ。

前の、望まない婚姻をさせられた挙句王太子妃の執務を代わりに熟した日々とはわけが違う。

「ふう。お茶を持って来て」

「畏まりました」

部屋に控えていた侍女にお茶を頼み、ずっと同じ姿勢で書き物をしていたアエリアは両腕を上へ伸ばした。関節が鳴ると腕を下ろした。勉強机から離れ、可愛いぬいぐるみに囲まれたソファーに移動した。

「絶対あのスカスカ娘の代わりなんてしないわよ」

ファウスティーナとベルンハルドの婚約破棄後。〝運命の恋人たち〟に選ばれていたエルヴィラが次のベルンハルドの婚約者となり、彼女の貴族学院卒業を待って結婚式が行われた。

しかし、新たな王太子妃に執務を熟す能力がまるでなかった。決済が必要な書類は溜まっていく一方。無能なエルヴィラの代わりをさせるべく、白羽の矢が立ったのがファウスティーナと王太子妃の座を争ったアエリアだった。当時婚約者はいなかった。いたとしても、王家が強引に破棄していたかもしれないが。

ファウスティーナから全てを聞いたアエリアは断固拒否をした。父も見るからにエルヴィラの代わりをさせようと丸見えの王家の魂胆に頷く筈がない。

……が、結果。アエリアはベルンハルドに嫁いだ。

「アエリアお嬢様。お茶をお持ちしました」

「ありがとう」

侍女の運んだお茶に口をつけた。ずっと机に齧りついていた疲労を癒してくれる甘い味。熱過ぎるお茶が好きなアエリアだが、風味が台無しになるので文句は言わない。

お茶を飲みながら寛ぐ。何でもないこの瞬間がとても心休まる。

（あのスカスカ娘、本当に何も出来ないスカスカ振りだったわね）

書類を捌けない、外交もベルンハルドとセットにしないとさせられない。王太子妃として彼女がしていたのは何だったかとお茶を飲みながら思案する。

（ああ……バカ王子の夜の相手くらいかしら）

因みにアエリアが嫁いだ時、初夜はなかった。断固お断りである。ベルンハルドは話があるから、と何度か夜の訪問をしてきたがスカスカ娘と乳繰りあっていろと全てお断りした。

知りたかったのだろう。自身が断罪し、婚約破棄した、妹を執拗に虐め命まで奪おうとした最低最悪な元婚約者の居場所を。当時のアエリアはファウスティーナの居場所を掴めていなかった。知る術はあったのだと思う。だが、少しでもその素振りを見せたらベルンハルドが邪魔をしてくる可能性が極めて高かった。

嫌っていたくせに、自分の気を引こうとするファウスティーナを嘲笑っていたくせに。

（違うか……本当は……）

アエリアとて、前の記憶を完全に持っている訳じゃない。朧げな部分はある。

学生時代、顔を合わせる度にファウスティーナに嫌がらせをした。王太子妃の座が欲しくて。今も、当時から抱いていた気持ちを覚えている。

（私が王太子妃の座に拘ったのは……いえ、やめましょう）

好奇心の強さのせいでファウスティーナとは違う意味で破滅したのだ。今の人生、同じ道を歩むつもりは更々ない。

「お茶のお代わりを頂戴」

侍女に空になったカップを渡した。考え事をしながらもしっかり飲み干していた。

お代わりを飲んだら勉強を再開しよう。小さく頭を振った。

「はあ……全く」

絶対にエルヴィラの代わりになどなってやらない。ファウスティーナは勉強に身を入れて欲しそうにしていたが無理だろうと確信している。ベルンハルドに好意を抱いていなくても、あんな出来損ないを〝運命の恋人〟にされて若干同情を抱いた。

『止めないでよ？　だって、彼女が悪いんだ。無能のくせに、頭空っぽの馬鹿で見た目しか取り柄のない役立たずのくせに、兄上の心を繋ぎ止められない彼女が悪いんだ。最後くらい、ちゃんと王太子妃としての仕事を全うしてもらわないと』

不意に脳裏にネージュの嗤う声がした。

兄王子のやらかしに憤り、無理矢理嫁がされたアエリアに同情して仕事を手伝ってくれていた彼に対する感謝が幻になったあの時の光景が映し出される。

気に入らないスカスカ娘であっても、善を真っ黒に包んだ悍ましい行為を容認されてはならない。

「っ……」

ファウスティーナはネージュに申し訳ない気持ちを抱いている。だって彼女はネージュの本性を知らない。自分を気に掛けてくれる優しい第二王子。いつか、どこかで牙を向けるのなら。その時は――

「はああああああ……」

アエリアは憂鬱な深い溜め息を吐き出したのだった。

二十　ベルンハルドの招待一

『アルカディア劇場』で開演される新しい演劇の内容を聞き、これは是非行って今後の知識にしなくてはとファウスティーナは更に興味を強くした。

題名は『愛しの王子様と可愛い令嬢』と、脚本家は題名を考えるのが面倒だったのかとツッコミを入れたくなったものの、内容は面白そうであった。主人公は貴族の娘。自分よりも容姿も能力も秀(ひい)でている姉に虐められている不遇な娘で、姉の婚約者に助けられながら彼に惹かれていき、王子様も傲慢(ごうまん)で妹を虐める婚約者に愛想を尽かし、健気に生きる主人公に心惹かれ二人が結ばれる物語。

何だか、前の自分やエルヴィラ、ベルンハルドを題材としたような内容だが偶然被っただけ。婚約破棄、婚約破棄と真っ白な紙に何度も書き殴っても良案は浮かばない。ならば、余所から知識を仕入れて活用すればいい。シエルからの誘いとなっているが実際チケットを持っているのはヴェ

レッド。彼が誘っても断られる確率が圧倒的に高いから、シエル経由での誘いとなったのだろう。

ファウスティーナは十日後にあるフワーリン公爵家のお茶会よりも先に、演劇を観られて安堵している。お茶会が終わったらすぐに教会に移動すると言われたので。

チケットの入場日は五日後。あれから五日経過している。

早く来ないかと毎日ソワソワしているとリンスーからお小言が飛んできた。

「お嬢様。楽しみなのは分かりますが早く準備をしましょう」

「だって、今まで演劇を観る機会って全くなかったんだもん」

「やっぱりそっちだったのですか⁉」

リンスーが呆れるのは無理もない。

今日ファウスティーナは、ベルンハルドから届いた招待で登城する。誘拐され、屋敷に戻ったファウスティーナにベルンハルドが告げた通り、彼は王城に招待したのだ。王族からの招待を断れる人物はそうはいない。

楽しみにしているのがベルンハルドに会うこと、ではなく、演劇であると知られても慌てない。

「勿論、殿下に会うのも楽しみよ（本当はとっても逃げたい）」

「もう……。分かりました。お嬢様を信じます。なので、早く準備をしましょう」

「うん」

誕生日に贈られた瑠璃色のリボンは、今度のお茶会で使う。今日は紫色のアザレアの髪飾りを選んだ。リュドミーラが初めて贈ったファウスティーナ好みのプレゼント。好きな色と花。好んで使いたくなる。お出掛け用の青を基調としたドレスとアザレアの髪飾り。やっぱり、どんな時でも自分の好きな色を纏うのは嬉しい。

リンスーと護衛の騎士と共に部屋を出て、玄関ホールへと向かう。

王城から使者を遣わせると返事の手紙に書かれていたので、時間的にももう来ている筈。

「ファウスティーナ」

途中、自分を呼び止めたリュドミーラと遭遇した。

「殿下に失礼のないように」

「はい」

「それと……その髪飾り、使ってくれているのね」

「？　はい、とても素敵な髪飾りですから。ありがとうございます、お母様」

今まで母好みのプレゼントを押し付けてきたからか、リュドミーラの様子は不安げだ。本心からアザレアの髪飾りを気に入っているファウスティーナとしては、信じてもらえないのが若干不満であった。

微笑むとホッとしたように息を吐き、それから幾度か言葉を交わしてリュドミーラは去って行った。

自分の母なのによく分からない人だ。

改めて玄関ホールへ向かった。

遣わされた使者は既にいた。

「じゃあ、行ってくるねリンスー」

「お気をつけて」

使者の後に続いて外に出た。王家の家紋が入った豪華な馬車が門前に停車しており、扉が開けられ車内に乗り込んだ。

ファウスティーナを乗せた馬車は扉が閉まると動き始めた。


王城に到着するとベルンハルド自身が出迎えてくれた。馬車から降りたファウスティーナに嬉しげに駆け寄った。

「ファウスティーナ！」

「殿下」

最後に会ってから日は経っていないのに、こうして会えるだけで胸を占める歓心は本物。婚約破棄を願ってもベルンハルドを好きな気持ちだけは捨てられない。

「大丈夫？　何もなかった？」

「平気です」

心配性ですね、と言いそうになったのは秘密だ。誘拐され戻ってからも日は経っていない。周囲がファウスティーナに対し、過保護になってしまうのは自然な反応だった。

ベルンハルドと並んで歩き、屋敷に戻ってからの過ごし方を話題にした。

「そっか……。でも仕方ないよ。護衛が増えるのは当然さ」

「あはは……そうなんですけど……どうしても……その、窮屈と言いますか……」

「うーん……僕は慣れているから何とも思わないのかな」

「殿下が護(まも)られるのは当然です」

王族であると同時に次期国王である彼を周囲が護らない筈がない。

「それはファウスティーナにも言えることだよ。公爵令嬢というのもある。でも君は、王国がずっと待ち望んだ女神の生まれ変わりなんだから」

「分かってはいます。ただ、外にあまり出られなかったけれど四六時中護衛が側にいるのはなかったんです」

常にいるとしたら、侍女のリンスーくらいだった。何をしても息が詰まってしまい、早く教会に行く日にならないかと指を数える始末。

「他に困ったことは？」

「他は……ああ……えへへ」

「笑って誤魔化さないで」

「きっと、殿下や他の方が聞いたら不快に思われると思って」

「僕は気にしないよ」

「……美味しいホットココアが飲めなくなって、少し残念だなって」

ファウスティーナを誘拐した犯人ヴォルト。行方不明と聞いていたが、オディオ沼で入水（じゅすい）したとシトリンに頼みに頼み込んで教えられた。

お茶をするサロンに到着した。促されるまま、同じソファーに座った。出されたオレンジジュースのグラスを持つと困った風に笑んだ。

「前にも言っていたけど、そんなに美味しいの？」

「はい。とっても」

味は絶品、種類も豊富。見た目も食欲をそそる逸品。犯罪者を絶賛するのは良くないがヴォルトを悪人だと決め付けたくない。

「私の独り善がりな気持ちですが、ちゃんと真実を話してほしかったです。許す、許さないは別になりますけど」

「ファウスティーナやケインの話から、彼が誘拐を企てるような人柄じゃないのは伝わってくる。でも、人間何時豹変するか分からない。起きてしまったものをなかったことには出来ない」

「はい……」

「暗い話は止めにしよう。今日はファウスティーナとスイーツを沢山食べたくて呼んだんだ」

話題の切り替えを後押しするべくベルンハルドが呼び鈴を鳴らした。何人もの使用人達がカートに乗せた豊富なスイーツをテーブルに並べていく。甘い食べ物に目がないファウスティーナは瞳を輝かせる。よく知る物から初めて見る物まで。

「わあ……！　全部美味しそうですね！」

スイーツを食べられるのは勿論、前の人生では望んでも叶わなかったベルンハルドとのお茶の時間。こんな日があったってバチは当たらない。最初はどれにしようか悩んでいるとふと気になって横を向いた。ベルンハルドが急に静かになったのは何故かと不思議になった。

「……っ」

「？」

ファウスティーナを凝視したまま、顔を赤くして固まっている。気付かない内にやらかしてしまっただろうか？　と不安になっていると「き、気に入ってくれて良かったっ」と顔を逸らされた。

声を掛けても振り向いてもらえず。本気で拙いことをしたのでは、と急速に不安が増していく。

――視線を逸らし、背中から感じ取れる寂しそうな気配に釣られそうになりながらもベルンハルドは顔を向けられずにいた。ヒスイが小声で助言をしてくれているが向けられない。

ファウスティーナが可愛くて、可愛くて、真っ赤になった顔を見られたくなくて。顔の温度を冷やしても、ファウスティーナを見たらまた赤くなってしまう。

見目の良い女の子は他にもいる。エルヴィラや従妹のルイーザだってそう。だけど違う。ファウスティーナは可愛いだけじゃない。心の底から嬉しい時に見せてくれる、至高の花や宝石でさえ霞んでしまう純美な笑顔は、目に入るだけで抜け出せなくなる幸福に浸ってしまう。自分に向けられるともう完全に後戻りが不可能となる。

チラリと後ろを向いた。しょんぼりとした様子でスイーツを食べているファウスティーナがいる。こんな顔をさせたくて呼んだんじゃない。彼女の好きなスイーツを一緒に食べたくて呼んだんだ。覚悟を決めたベルンハルドは「ファ、ファウスティーナ」と上擦(うわず)った声で呼んでしまった。声にも動揺が表れ、情けなくて泣きたい気分となったがこのまま進んでしまえと理性が訴える。

「き、気に入りそうなのはある？」

「全部です。どれも美味しそうです」

「そう、か。良かった」

「殿下は召し上がらないのですか？」

「僕も食べ……」

そうだ。

「……ファウスティーナはどれがいい？」

「え」

「ファウスティーナの選んだのがいい」

「わ、私のですか？」

「うん」

どうせなら、彼女の選んだスイーツを食べたい。今度はファウスティーナが顔を染めてあわあわとし出した。えーと、えーと、と選ぶ光景が酷く愛おしい。

「こ、これはどうですか？」

選ばれたのはへの字形のクッキー。手に取って一口食べると硬めの食感に目を見開いた。

「他のクッキーより硬いね。でも、バターの風味が豊富で美味しいよ」

「変わった形をしてますよね。なんて名前のスイーツなのでしょうか」

先程までの赤くなって話せなかった自分は何処へ行ったのか。名前を知らないスイーツを食べてはお互いに味の感想を言い合う。ファウスティーナの微笑みを見ても、体温を持つ顔は赤いままだろうが話せない程の緊張はなかった。

「ファウスティーナ。次はこれにしよう」

「はい！」

楽しいスイーツの時間は、とある訪問者が来るまで続いたのだった。

二十一　ベルンハルドの招待二

「ファウスティーナ、これは？」

次に選ばれたのはビスケットの間にチョコレートがサンドされたスイーツ。

素朴な見た目で、押してみると生地は固く、食感が楽しめそう。パクリと食べると「あ、いた」と声が。

見るとマイムに止められているのに遠慮なく入り込む薔薇色の髪の男性。ファウスティーナとベルンハルドの前に立つと手を振った。

「やあ、お嬢様と王太子様。二人だけでこんな量のスイーツを食べてるの？」

誘拐事件を切っ掛けによく会うとはいえ、彼はシエルと一緒に教会に戻ったとばかり思っていた。

固いビスケットを咀嚼しつつ、隣にいるベルンハルドが急に不機嫌になって驚く。

「ファウスティーナの為に用意したんだ。あなたに言われる筋合いはない」

接点があまりない相手にあからさまな態度を取る人じゃないのに、何故かヴェレッドには口調が刺々しい。ベルンハルドのそんな態度にもヴェレッドは調子を崩さない。

「あ、はは。ほんとそっくり、王様に。王様も俺が気に食わないから、いつも口調がきついの」

「父上が？」

「そうだよ。俺がシエル様と仲良しだから焼きもち妬いてるの」

「叔父上と父上の仲が悪いのはどうして？」

歳が同じ異母兄弟。シリウスは王妃の子。シエルは平民の子。抗えない身分差が二人の関係を蝕んでいるのなら、誰も施しようがない。親しくは無理でも、年に何度か顔を合わせる程度の交流を持ってほしいと願うのは我儘なのか。

ファウスティーナもヴェレッドの次の言葉を待つ。

「さあ？　知りたければ王様に聞けば？」

「……」

「……」

予想はしていた。答えをくれないと。

二人揃ってむすっとすると、先程ファウスティーナが食べていたビスケットに手を伸ばした。

「これバーチ・ディ・ダーマだね。南側でよく食べるお菓子だよ」

「詳しいですね」

「うん。シエル様もよく食べるよ。名前の意味は――」

「小僧」

ヴェレッドの声を遮る怜悧な声。息を切らしたマイムを見る辺り、言う事を聞く相手を連れて来たのだ。その相手とはシリウス。険しく眉間に皺を寄せ、室内に足を踏み入れたシリウスが開口一番。

「寄り道をするな。与えた仕事をしろ」

「えー。なんで俺が王様なんかの言う事聞くと思うの」

逆に彼は誰の言う事なら聞くのだろうか。

「無駄口を叩くな。それとベルンハルドとファウスティーナ嬢の邪魔をするな」

「一応、理由があって寄ったんだよ？」

そう言って懐に手を伸ばし、とある紙を取り出した。今度ファウスティーナが観に行く演劇のチケットだ。

「どっかの王様がシエル様に無理矢理仕事を与えてね、シエル様行けなくなったんだ。ねえお嬢様、勿体ないから他の人にあげて。お嬢様が行く条件にシエル様は必須だから、もう行けないよ」

生まれて初めての体験となる筈だった演劇の観賞。王都で話題の劇作家が生み出した物語に強い興味を持ち、当日になるのを心待ちにしていたファウスティーナの気持ちを知っているからヴェレッドも眉を下げて「ごめんね」と謝った。シエル同伴を条件に行ってもいいことになっていたが肝心のシエルが来れなくなったのなら、ファウスティーナも諦めないとならない。

チケット三枚をヴェレッドから受け取った。

「残念です……」

「叔父上が絶対に一緒じゃないと駄目なの？」

「そうだよ。シエル様が一緒じゃないと駄目」

国王直々の仕事ならば、たとえ仲が悪いと言えど無下には出来ない。

「お母様とお父様が偶に演劇観賞に行くので　二人に渡します。その代わり、感想を聞きます」

「じゃあ、僕にも教えてね」

「はい（あ……これって次も会うフラグが……）」

返事は熟慮してから返そう。そうしないと自分の首を自分で締めてしまう。

するとヴェレッドが自身の左襟足髪を口元まで運び、シリウスに何事かを耳打ちした。黙って聞いているシリウスは段々と呆れ顔になり、終わると深い溜め息を吐いた。

「ふざけるな」

「なら俺に面倒事押し付けないでよ。あいつ一人でどうにかなるでしょう」

険悪でなくとも、不穏な気配を漂わせる二人。秘密のやり取りがあっただろう会話だが詳細をする権利はない。これ以上の言及は許さないという威圧感を醸し出され、ヴェレッドは笑うだけで終わった。と思うと話相手を変えた。

「お嬢様。それ公爵様に渡すの？」

「うん」

「そう。今度会ったら、俺にもどんな内容だったか感想教えてね」

「ヴェレッド様も演劇に興味があるのですか？」

「ないよ。ただ、シエル様と観られた筈の演劇の出来具合を知りたいだけ」

愉快色を惜しみもなく晒す相貌には似合わず、声色は人を安心させる優しさに包まれていた。聞くだけで安心感を抱く。……ただ、シリウスに向かって舌を見せる等の挑発行為をしなければ雰囲気は台無しにならなかった。怒りを抱くのですら無駄だと悟ったシリウスは淡々と言い放った。

「とっとと行くぞ。話の途中だったのをお前が寄り道をしたせいでかなりの時間を消費した」

「はーいはい」

頬に青筋を立てる顔と淡々とした声がアンバランスなシリウスだがヴェレッドやその他を連れて出て行った。

嵐が過ぎ去った後の静けさが包む。気を取り直すようにベルンハルドは咳払いをした。

「どんな内容の演劇なの？」

行けなくなっても内容は把握しているファウスティーナは、題名が『愛しの王子様と可愛い令嬢』といい、簡単に内容の説明をした。恋の壁に悩みながらも、最後は二人結ばれ幸せになる、女性なら誰もが望むハッピーエンド。

「そうなんだ。面白そうだとは思うよ」

あれ？ と違和感を覚えた。本の世界ではハッピーエンドを好んでいた彼の微妙な態度に。気になりながらも、追及する程でもないので敢えてそれ以上は言わなかった。

「それにしても、あの人のせいで折角のファウスティーナとの時間が台無しになった」

「そうですか？ 殿下と一緒にスイーツを沢山食べられて私は楽しかったですよ」

二人一緒にスイーツを食べられる。前の自分だったら、懸命に手を伸ばしても掴めなかった大事な時間。些細なことさえ幸福となりえる今の生活を決して無駄にしてはならない。婚約破棄の道からは遠くなるが、決して険悪な関係に落ちたくない。

今でも思い出せる。毛虫を見るような目で睨んでくる嫌悪が多分に含まれた瑠璃色の瞳と名前を呼ぼうものなら聞くだけで震え上がる冷酷な声色。

「まだまだ手を付けてないスイーツはありますから、再開しましょう」

「……そうだな。そうしよう！」

時間はまだある。気を取り直してベルンハルドとの甘いスイーツを堪能するべく、ケーキ皿を取った。

二十二　再、真夜中の訪問者

夜の楽しみは夕食だけじゃない。入浴も含まれる。薔薇の香りが素敵な入浴剤が入れられた湯船に身を浸し、一日の疲れが癒されるのは至福の時間。年寄り臭い台詞を言い放ったファウスティーナはタオルに石鹸を擦っていたリンスーに向いた。

「今日はね、殿下と沢山スイーツを食べたの」

「お嬢様。食べ過ぎは太ってしまいますよ」

「食べた後は庭園を散策したわよ」

「ちょっと歩くだけでは運動になりません。そうですね……教会に行くまでおやつの量を減らしましょう」

「え⁉」

甘党の人間に酷な宣告を淡々と述べられ、固まってしまった。一日の楽しみを一つ減らされるのはファウスティーナとて回避したい。リンスーに泣き言を言えど、太って目も当てられない姿になって困るのはファウスティーナ自身だと力説されると項垂れるしかなかった。

だが、待てよと不意に顔を上げた。その目も当てられない太った姿になってしまえば、醜いと逆に王妃に相応しくないと周囲は判断するのでは？　なら、二度も倒れた挙句誘拐されたファウスティーナを王太子の婚約者にし続けるのは無理となる。良案、だと一瞬決めかけるもすぐに止めた。どの程度太れば良いかも曖昧、元の体型に戻るにはどれだけの時間が必要になるか……考えるだけ自分にとってもデメリットが大き過ぎる。

この計画は即ゴミ箱行きとなった。

湯船から出て椅子に座った。石鹸を擦り付けたタオルで身体を丁寧に洗われ、最後はお湯で泡を洗い流した。乾いたタオルで水一滴まで拭き取られると夜着を着せられた。

部屋に戻る前、ホットミルクを飲みたいとリンスーに頼んだ。一人戻ったファウスティーナはベッドに寝転んだ。

「楽しかったな……」

楽しんで、笑いかけてくれるベルンハルド。

前の自分には、決して、見せてくれなかった。

命の危機が迫っても、見せるくらいなら自らの命を絶つ。壮絶なまでに嫌われていた前の自分を覚えているだけあって、今の自分と比較してしまうと否応なしにへこむ。

頑なにベルンハルドとの婚約破棄を願うのは、彼が嫌いだからじゃない。

好きだから、愛しているから、〝運命の恋人たち〟となったエルヴィラが相手でないと真の幸福を得られない。〝運命の恋人たち〟になっていなければファウスティーナだって婚約破棄は望まなかった。嘗ての自分を反面教師にして、今度こそはベルンハルドと結ばれたかった。

「叶わないのよ……運命の相手には」

一方通行な思いは叶わない。伝わらない。誰よりも知っている。

「……ううん、いけないいいけないい」

弱気になってはいけない。四日後、楽しみだった演劇は条件必須なシエルが来れなくなったので行けなくなり、代わりに両親とエルヴィラが行くこととなった。

夕食の席で事情を説明。お父様やお母様で行ってきてくださいと告げた。誘拐されている間、ずっと寝ずに探し続けていた二人の心労は計り知れない。お詫びを兼ねて是非演劇観賞に行ってほしい。

『感想を是非聞かせてくださいね』

『分かったよ。ありがとうね、ファナ』

『帰りに子供達にお土産を買ってきましょうか、旦那様』

『それはいい。後で何がいいか、三人共言っておくれ』

再び食事の手が進むと思いきや、黙って聞いていたエルヴィラが主張した。

『お母様！　わたしも行きたいです！』

チケットは三枚あり、エルヴィラが増えても人数的には問題はない。個人の気持ちから言うと二人に渡したのはお詫びと偶には夫婦水入らずで過ごしてほしいという細やかな親孝行から。ファウスティーナの意図を察していたケインが行きたいと声を上げるエルヴィラを窘めた。

『僕は構わないよ。リュドミーラは？』

『私も構いませんわ。でも、劇が始まったら長い時間席に座ってジッとしていないといけないのよ？』

『分かっています。でも、わたしも演劇を観てみたいです』

行くと決まった初日に、演劇の内容を食事の席でしていた時からエルヴィラが付いて行きたそうにしていたのを知っていた。自分も行きたいと発しなかったのは、既にチケットが完売した後で次回公演分も既に完売で、何時取れるか不透明なせい。今を逃したら二度と観られない可能性もある。了承してもらってエルヴィラは無邪気にはしゃいでいた。

夕食の席での出来事を回想していると扉がノックをされた。返事をした。リンスーが頼まれたホットミルクを持って部屋に来た。

リュンに誕生日プレゼントで貰った子豚のマグカップを受け取り、縁に口をつけ傾けた。ハチミツが入れられておりとても甘い。

「これを飲んだら寝るよ」

「それがようございます」

明日は書庫室に行って調べ物をする予定だ。なので、今日は早めに寝ようとホットミルクを飲み続けた。

一度あることは二度ある。

不意に自分を呼ぶ声がした気がし、意識が浮上したファウスティーナは重い瞼を開けた。寝惚けた眼で真っ暗な天井を眺めていると月の光が室内に差し込まれた。陽光とは異なる淡い光。

「やっほーお嬢様。起きてる?」

月光に照らされた薔薇の美しさたるや、人の表現力では語りえない。ぼんやりとした意識は、陽気な声によって瞬く間に覚醒した。今回も大きな声が出ないように深呼吸を繰り返した。

落ち着いたところでがくりと項垂れたファウスティーナは真夜中の訪問者に話しかけた。

「……聞いてもいいですか？」

「なに」

「うちの警備って容易に突破出来るものなのですか？」

「いいや？　全然。お嬢様が誘拐されたせいでとっても厳重。忍び込むのが面倒なくらい」

ならどうやって侵入しているのだ彼は。

「前にも言ったでしょう？　俺は女神様に好かれてるの」

「それです。女神様ってどっちの？」

「内緒」

「……」

知りたくなる情報程教えてもらえない。好奇心の強さに惹かれ、踏み込むと鉄壁の如く拒否し、欲しい物を与えない意地悪さに不満を露わにするも、不細工な顔と罵られ気持ちが萎んだ。人をその気にさせ、怒らせ、沈ませるのがとても上手だ。

ところで、とヴェレッドは急に真剣みの帯びた声で問うてきた。

「教えてほしいんだけど。シャルロット子爵夫人について」

「え」

「『テゾーロ座』と王都に入った時、お嬢様気にしてたでしょう？　今訳があって王様の命令で子爵夫人を調べているんだ。気になる理由を教えて？」

他の人には見えていない、自分だけにしか見えなかった黒い糸の話をして信じてもらえる自信がない。ファウスティーナの知る黒とは程遠い不気味な色を醸し出す糸の正体を知れるなら、と過る。

糸に連想されるのは運命の女神フォルトゥーナ。彼の女神が結ぶ糸によって人の、国や世界の運命は大きく左右される。思い切ってシャルロット子爵夫人の首に黒く太い糸が巻き付いていたと話した。

急にヴェレッドが顔色を変えたせいでただの糸ではないと確信し、信じてもらえたのだと安心した。

「司祭様に聞いたら良かったのですが……」

「シエル様に聞かなくて正解。その糸は、お先真っ暗な人間にしか巻かれない」

「お先真っ暗……黒だから？」

「ある意味ではね。どす黒い欲望に手を染めた人間は、黒い糸に巻き付かれるんだ。王様に報告しないとね」

「シャルロット子爵夫人はどんな罪を犯しているのですか？」

「内緒。って言いたいけど、お嬢様のお陰で確信に変わったお礼に少しだけ教えてあげる」

「ありがとうございます」

今年に入ってから平民街の病院に担ぎ込まれる患者の中に同じ症状を起こした者が続出した。普段は明るく、人当たりの良い性格で行動力のある人が次々に寝たきりになるという謎の病。一人の話じゃない、数十人にも及ぶ。国に生きる全ての民を守るのが上に立つ者の役目。治安を預かる騎士団からの情報を得たシリウスが内密に調査をさせた結果、ある貴族の名が浮上した。

――それがシャルロット子爵家。

シャルロット子爵家は爵位こそ低いが治めている領地は広大で、特にハーブといった植物の生産量が多い。品質も良く、味も美味しい為ファウスティーナが飲んでいるハーブティーに使用される材料もシャルロット家の領地で栽培されている。今代の当主は仕事人間で家庭を顧みない代わりに安定した領地運営を行っている。資金も豊富で浮ついた話も一切聞かない。

だが、これは子爵に限っただけで夫人はそうではない。

「家に帰らない夫に愛想を尽かしてるのか、毎日違う愛人を連れ込んでは好き勝手しているんだ」

「ああ……ま、まあ、よくある話ですね」

妻の務めは後継者を生むこと。仮面夫婦は珍しくない。両方に愛人がいることもある。子爵家には一人娘しかいないので婿養子を取る予定だとか。

両親の仲が良くて良かったとファウスティーナは安堵しつつ、良好でも子供に対する態度は違う。そこは一緒が良かった。勿論、子供達を平等に愛してくれる父寄りで。

「問題はここから。夫人が取っ替え引っ替えする愛人全員が謎の症状で病院に運ばれるんだ」

「え？」

「無気力症候群、とでも名付けようか。誰も彼も、一言も話さず目は虚で息をしているだけになる」

多くの人間が同じ時期に無気力症候群になるだろうか。可能性があるとすると流行り病、と浮かぶがそれなら被害は拡大する。数十人ではなく、何百何千単位となる。

残るは……

「……薬？」

ファウスティーナが紡いだ言葉にヴェレッドは「多分ね」と首を縦に振った。

「ハーブは、物によっては人体に悪影響を及ぼす物もある。シャルロット家はハーブの生産地。違法なハーブを育てているんじゃないかって調べたけど、引っかかる種類はなかったんだ。調査は難航中」

「そうだったのですか……」

自分に手伝えることは、と言うと頭を撫でられた。

「こういうのは大人の仕事。第一、君に関係ないでしょう」

「はい……」

「話した俺も悪いけど、忘れてよ。じゃあねお嬢様。お休み」

最初の時と同じく身体を後ろに押された。今日も瞼を閉じさせられ、温かい感触にあっという間に眠りの世界へ落ちていった。


――翌朝。


関係ないと言われてはいそうですかと引き下がるファウスティーナじゃない。否、前の自分だったらベルンハルドに無関係なので気にもしなかっただろう。

起床し、身支度を整え、朝食を終えるとすぐに書庫室に行った。植物図鑑が多く置いてある本棚へ真っ直ぐ向かう。高い場所にある本はリンスーに取ってもらい、先に自分で取った数冊の図鑑を持って椅子に座った。

(摂取すると人体に悪影響を及ぼす種類のハーブがどれだけあるか見つけよう)

子供の自分、特に事件とは全く関わりのないファウスティーナが調べても無駄。だが、あの黒い糸が気になって仕方ない。リンスーが残りの図鑑を置いたのを横目に、ファウスティーナは一文字一文字見逃さないよう集中力を高めて文字を追っていった。

一冊目はめぼしい内容がない為リンスーに本棚へ戻してもらう。二冊目、三冊目も欲しい情報がない。

「お嬢様。一体何をお調べになっているのですか？　目が疲れますでしょう？」

「うんっ、しょぼしょぼする」

「温かいタオルをお持ちしますので休憩してください」

「ありがとう」

ぶっ通しで文字を追いかけていたせいで目を酷使していた。瞬きも碌にしていなかったのか、乾燥して瞼を閉じるとしみて痛い。

リンスーが戻るまでこのままでいようとした時、不機嫌さを隠しもしない可憐な声がファウスティーナを呼ぶ。

目を開けると、膨れっ面（つら）のエルヴィラがドレスの裾を握り締め紅玉色の瞳を吊り上げて立っていた。朝食の席では何もなかった。エルヴィラの機嫌を損ねる真似はしていない。仮にしていたら、エルヴィラを溺愛する母リュドミーラからお叱りを受けて今書庫室にはいない。

「どうしたの？」

「何故昨日言って下さらなかったのですか⁉　ベルンハルド様に会いに行っていたなんて聞いてませんっ‼」

――リンスー。早く戻ってきて。

二十三　混ぜるな危険

昨日の外出理由を敢えてエルヴィラに伝えなかった。ベルンハルドに懸想するエルヴィラに言ってしまえば、当然会える機会が少ないので行きたいと叫んでいた。両親や兄、周りが口を閉ざしていたのに知れたのはどうして。発信元が何処か思案する。

先に挙げた通り、両親や兄が口を滑らすのは考え難い。次に周囲。ファウスティーナ専属侍女のリンスーは知ってて当たり前だけれど、エルヴィラに口を滑らせない。エルヴィラの専属侍女トリシャ。ファウスティーナ自身ベルンハルドの招待を受けたと話しておらず、他に話すとしたらリンスーだが二人とも口は硬い方。彼女も除外。ケイン付きの執事リュンも除外。残るは誰かと顔を浮かべても見当がつかない。

仕方なく本人に問うてみようと決めた。

「誰から聞いたの？」

「お母様です！　お姉様が昨日何処に行っていたかを訊ねたら王城だと教えられました」

まさかの母だった。

「お母様が王太子殿下に私が会いに行ったと言っていたの？」

「いいえ。ただ、王城に行ったとだけ。でも、ベルンハルド様に会いに行ったとしか考えられません！」

王太子の婚約者であるファウスティーナが王城に行くのは彼に会いに行くだけじゃない。王妃

直々の教育を受ける時だってある。王城へ行く＝ベルンハルドに会う、という計算式になっている
エルヴィラの頭がとても心配だ。
馬鹿正直にベルンハルドに会ったと言っても、下手に誤魔化しても癇癪を起こされ――最悪の場
合泣かれてしまう。気のせいか頭痛がしてきた。リンスーがまだ戻らない。早く戻って来てと念じ
ても戻らない。作業再開前にエルヴィラにずっと絡まれていては出来るものも出来なくなる。心を
冷たくして向き直った。
「仮に私が殿下に会ったとしても、エルヴィラにどんな関係があるの？」
「なっ」
「私は殿下の婚約者。将来夫となる殿下と交流を深めるのも立派な役目よ」
ベルンハルドが来たら毎回逃げていたのは何処の誰だったか。自分自身にツッコミを入れつつ、
事実を述べられ悔しげに頬を膨らませて瞳に涙を溜めるエルヴィラに話を続けた。
「殿下に会うのに一々エルヴィラの許可が必要なの？」
「そんな言い方あんまりではありませんかっ！　わたしは、ただ、ベルンハルド様に会いに行くの
なら一声かけてほしかっただけです……！」
「声をかけても連れては行けないわ。呼ばれた人しか行けないもの」
「っ～……！」
暗に呼ばれてもいないエルヴィラに来る資格はないと紡いだ。嫌いな勉強から逃げている割に嫌
味は伝わった。留められなかった雫がボロボロと流れていく。強い力で裾を握るせいでドレスが皺
になってしまっている。

ファウスティーナは自分のことながら呆れて拍手を叩きたくなった。前のようにはならないと決めても、こうやってエルヴィラを平気で泣かせられるのだ。泣き出す寸前のエルヴィラを見ても何の感情も浮かばない。……もしも、此処にベルンハルドがいたら、又は来たら、彼はどう行動を取るだろう。

『お前は何故そうやってエルヴィラ嬢を傷つけるんだ！　自分の妹だろう！』

『僕が誰と話そうが僕の勝手だ。お前に指図される筋合いはない！』

妹を邪険にし、平気で泣かせる最低な姉に映るだろう。前と全く同じ。

覚えている。最初を間違えてしまった為に嫌われ、好意を取り戻そうと必死にアプローチしている最中に必ず顔を出したエルヴィラを泣かせ、追い出した。ベルンハルドには余計嫌われた。その繰り返しを続けた末路が最後……この世からエルヴィラを消そうとしたが失敗し、公爵家を勘当された。勿論、その前にベルンハルドに婚約破棄をされた。

「ベルンハルド様が来たらいつも来なかったくせに！　今更婚約者面しないで下さいっ！　女神の生まれ変わりなだけでベルンハルド様の婚約者になれただけのくせに――!!」

好きな人に自分を知ってもらおうと、好きになってもらおうと必死になって何が悪いのか。最初を間違ったのはファウスティーナだが、訪れる度に両親の言い付けを破って部屋に現れ追い出されるエルヴィラにだって問題はあった。たったの一度さえ彼がファウスティーナの味方になってくれたことはなかった。

エルヴィラが大きな声で何かを叫んでいるが思考が別の方へいっているファウスティーナには届いていない。前のベルンハルドから向けられた態度を思い出すだけでどん底へ落とされ、二度と這い上がれなくなる暗い気持ちが心を覆って思考の沼から抜け出せなくなっている。

「聞いていますの⁉　お姉様！」

「──聞いてなくても聞こえるよ」

「──！」

底無し思考(ぬま)から強制的に引き上げられた直後、零度に達する冷水を大量にかけられたような酷寒が襲いかかった。エルヴィラの大声でも戻らなかった意識は、普段の無表情を通り越して冷徹とも取れる雰囲気を醸して存在感を増しているケインの声によって戻った。手に本を持っているのを見ると書庫室に戻しに来たと見える。来たらエルヴィラが何かを叫んでいて、相手が自分と知って間に入ってくれたのだろう。少し遅れて入りづらそうにタオルを持ったリンスーが現れた。おずおずと入りファウスティーナに温かいタオルを渡した。

「お嬢様、お待たせしました」

「う、うん。ありがとう」

冷たい空気が呼吸をして体内に入り、吐き出す時も冷たいまま。折角温めてくれたタオルも気のせいか急激に冷えていっている。

使おうか使わまいか悩む傍ら、ケインは表情を変えずエルヴィラにきつい口調で言い放った。

「要するに何？　呼ばれてもいない、特別親しい訳でもないのに、エルヴィラは王太子殿下に会いに行きたいの？　ついて行ってどうするの？　殿下とファナが仲良くしているのを眺めるだけになるんだよ」

「そ、それはっ。わたしもベルンハルド様と仲良くなりたくて……」

「エルヴィラと仲良くなったって意味ないでしょう。そんな馬鹿なこと言ってないで部屋に戻って淑女教育を受けなさい。ファナは殿下から逃げても、勉強からは逃げてないんだからエルヴィラもそこだけ見習いなさい」

貶されているのか、褒められているのか微妙で判断し辛い。険悪よりも良好な関係が理想だがエルヴィラとベルンハルドが必要以上に親しくなる必要はない。ファウスティーナは婚約者のままなのだから。ケインは静かに、だが確実に相手を手を伸ばしても掴めない底へ冷徹な声で叩き落とす。精神的ダメージが半端じゃない。ファウスティーナでも泣きそうになるのをエルヴィラが耐えらえる筈がなく。更に涙を流し始めたエルヴィラは走り去った。

やれやれと首を軽く振ったケインは顔を青ざめるファウスティーナの前に。

「で？　ファナは何をしてるの？」

「調べ物を……」

「ん？」

何冊か積まれている植物図鑑を見られ、不思議そうな目で図鑑からファウスティーナへ視線を変えられた。

「知りたい植物の特徴を言ってくれたら、俺が知ってるのなら教えられるよ」

動機が人体、特に精神に害を与える植物を探していると言えない。言えば、必ず思い至った経緯についても説明を求められる。真夜中の不法侵入者の彼の名を出したくない。出会って間もないが不思議と頼りになる人だと直感が言う。

内心ケインの手を借りられないのを泣きつつ、にこやかに笑って申し出を断った。特に深追いいされず、そう、とだけ発したケインは違う本棚へ行ってしまった。ホッと息を吐くと温くなったタオルを瞼に当てた。

「温め直して来ましょうか？」

「ううん。これでいいよ」

走り去ったエルヴィラが母を連れて来る可能性がある。温かいタオルで癒されている最中に来られるとファウスティーナは反撃の態勢が取りづらい。暫しタオルを当て、気が済んだらリンスーに返し再び図鑑と対峙した。

最後の一冊のページを見ていく最中、気になる植物を発見した。

エリザベスフラワーとエリザベートフラワー。名前が似ており、最近知った植物の名前。生産地は同じ南国。エリザベスフラワーを南国では大昔から天然の精神安定剤として使用しているとヴォルトは言っていた。エリザベートフラワーは疲労回復に効果があり、紅茶として飲まれるのが最適だと書かれている。

「探し物はあった？」

「あ、お兄様」

最初持っていた本とは別の本を片手にケインは戻り、食いいるようにページを見ていたファウスティーナの顔を覗き込んだ。

「エリザベスフラワーとエリザベートフラワー？　これを探してたの？」

「そうではありませんが名前が似ていて生産地も同じなので気になっただけです」

「そう」

「王都に戻る前、南の街で紅茶店に立ち寄った際にエリザベート茶があったんです」

「二つとも女性の名前の理由を知ってる？」

「エリザベスフラワーを発見した人とエリザベートフラワー茶を作った人が女性だったと聞いております」

「そうだよ。ただね」

この二つのフラワーは単体だと、有効な効果を発揮してくれる有り難い植物であるのは間違いない。しかし、更なる効果を期待して二つを組み合わせた飲み物を作ると大変危険だと判明された。

「詳しいことは未だ解明されてないけど、エリザベスフラワーとエリザベートフラワーで作った紅茶が大昔に一時期流行ったんだ。けど愛飲していた人達が次々に同じ中毒症状を発したんだ。以前までは活発に行動していたのに、急に無気力になって生きているだけの廃人になってしまったんだ」

「！」

ヴェレッドが話してくれたシャルロット子爵夫人の件と症状が酷似(こくじ)している。

「お兄様はその話をどこで知ったのですか？」

「南国の歴史を読んでいる時にね。メジャーな内容でもないし、遠く離れているから知っている人は少ないよ」

仮にシャルロット子爵夫人がこの二つを使って愛人を廃人にしてしまっているのなら、説明がつく。シャルロット子爵家は植物の生産を主な収入源としている。一度は調査したが結果は白。だが、巧妙な手口で隠している可能性だって十分にある。

（早速ヴェレッド様に……って、教会に手紙を送っても王様の命令で仕事をしてるって言ってたから、教会に届けても意味ないか）

今日の夜中、また来てくれるのを願うしかない。

「ありがとうございます、お兄様！　勉強になりました！」

「それはいいけど、一旦図鑑から離れて目を休憩させなよ。真っ赤になってる」

「はい！」

ファウスティーナはもう一度タオルを温めてきてとリンスーに頼んだ。エルヴィラが来る気配がないので気を抜いても大丈夫と判断した。部屋に戻ったケインを見送ると、書庫室には護衛の二人とファウスティーナだけとなる。

片方なら有効な効果を発揮するのに、両方を混ぜると危険な存在に成り代わる。名前が似ている、相容れない二つ。

（似ている要素はほぼないけど、ベルンハルド殿下を好きというところだけは私とエルヴィラは同じね）

二人が好きでもベルンハルドは一人しかいない。どちらかが引くしかない。

どうせ引くのはファウスティーナになる。ベルンハルドの、真なる幸福に必要なのがエルヴィラだから。何れ婚約者となり〝運命の恋人たち〟となれば、彼等の幸福は誰にも邪魔されない。

――傷つくのはどうせ自分だけ……。

二十四　天敵は、やっぱり来た

「お嬢様。どうぞ」

温めなおしたタオルをリンスーから受け取り、瞼の上に置いた。適温な温(ぬく)もりが酷使した筋肉を癒してくれる。温くなるまでこの心地良さを堪能しておきたいのに、運命の女神は時に意地悪な糸を引き寄せる。

　やはりというか、泣いて走り去った妹がそのまま何も行動を起こさない訳がなかった。未だ涙を流しつつ、味方にした母のドレスの後ろに隠れファウスティーナを睨んでいた。

　母リュドミーラがどんな訴えを聞かされたか想像に難(かた)くない。美しい顔(かんばせ)に似合わない険しさを纏っているのだから。

「ファウスティーナ。もっとエルヴィラに優しくしなさい。殿下に会いに行く日くらい、教えてあげていいでしょう」

　リュドミーラの台詞でエルヴィラに何を言われたか大体察した。王城に行く理由がベルンハルドに会うだけではない上、仮に会いに行く為としても態々エルヴィラに話す必要がない。これが仲良し姉妹だったら、会話の途中挟んでも良いが。

　現実はそうじゃない。ベルンハルドが来てからエルヴィラはファウスティーナを敵視し出した。元々、泣いた理由の殆どをファウスティーナのせいにして母に叱らせていたくらいだ。前の人生を思い出してからは、必要最低限のみ関わるよう努めている。

前の人生でも何度も思ったが、リュドミーラもベルンハルドも一欠片の疑問を抱いてほしい。エルヴィラが毎回毎回ファウスティーナに泣かされるのは可笑しいと。

エルヴィラが関わってこなければファウスティーナも割と平穏に過ごせた。

下手に刺激して説教を長引かせるのは愚者の行い。素直に謝罪すれば、リュドミーラは落ち着きエルヴィラを連れて行ってくれるだろう。

「分かりました。今度からは気を付けますわ」

「理解したのならいいわ。さあエルヴィラ、行きましょう」

「嫌です！」

エルヴィラは前に出てくるとリュドミーラを見上げた。

「お姉様が次ベルンハルド様に会う日を教えてくれるまで動きません！」

「ねえ」とファウスティーナは感情を押し殺した声で問うた。

「殿下が来る日を知ってエルヴィラは何をするの？」

「何をって……そ、それは……勿論ベルンハルド様に会う為です！」

「エルヴィラが会ってどうするの？　殿下は私に会いに来るのよ？　何処の国の王子が婚約者そっちのけで妹に会いに来るの？」

「ファウスティーナ！　もっと言い方を考えなさい！」

「お母様にも聞きますわ。お母様に妹がいた場合、お父様が折角会いに来てくれたのにそこに妹がいても許せるのですね」

「話をすり替えないで！」

優しく言っても理解しないなら、泣かせにいく口調で分からせないと迷惑を被るのはファウスティーナだけじゃない。前の自分がエルヴィラに憑依している件が現実味を帯びてきたファウスティーナにとって、断固としてでも分かってもらわないとならない。だが疑問が浮上する。何でもかんでも怒鳴り散らしたのはあるが事ある毎に泣いた覚えはない。エルヴィラの元から備わる泣き虫と前のファウスティーナの癇癪が融合してああなっているのでは？　とも捉えられる。

紫色のアザレアの髪飾りを貰い、昨日また身に着け高揚した気持ちも台無しだ。大変珍しく母がファウスティーナ好みのプレゼントを贈ってくれても、エルヴィラに泣きつかれると絶対に味方をする。やっぱり距離を取った方がお互い安全だと改めて認識した。

「そこまで言うのならお母様。エルヴィラを殿下の婚約者にするよう、お父様に申し出ればよろしいではありませんか」

「な、何を言うの⁉」

「エルヴィラは殿下を慕っていますし、私がエルヴィラを置いて殿下に会うのは駄目なのでしょう？」

「駄目とは言ってないわ！　ただ、殿下に会う日を教えてあげてもいいと」

「教えればエルヴィラは部屋にいろと言い付けられているのに側に来ますよ。それについては注意しないのですか？」

「だ、だから、私は」

「……もういいです。私からお父様に言っておきます。変更はまだ間に合いますし」

自分にそっくりなケインやエルヴィラを溺愛し、夫にそっくりなファウスティーナには度を超して厳しい。将来王妃になるに確実な娘に対し、厳しくするのは普通かもと思われるが範疇を超えている。エルヴィラをベルンハルドの婚約者にするように、と言った時エルヴィラは照れたように頬を赤らめた。彼女にとってベルンハルドは理想の王子様なのだ。前も今も。何かを言い訳しているリュドミーラの声を遮断して書庫室を出た。後ろから叫び声が届くがうるさいだけ。リンスーが追い着くと「お嬢様」と心配げに瞳を曇らせた。

「大丈夫ですか？」

「平気だよ。夕食の席でお父様に言うよ。その方がお母様も下手に言い訳出来ないだろうし」

「奥様はお嬢様の気持ちを全く汲んでくれません。エルヴィラお嬢様がおかしいと何故思わないのでしょう……」

「しょうがないよ。お母様は、自分にそっくりで可愛いエルヴィラが大事だもの」

最優先はエルヴィラ。

（ああ……去年の誕生日の記憶が蘇ってくる……）

気分が重くなると更に重くなる記憶を思い出し、これ以上は勘弁と軽く頭を振った。

部屋に戻ったファウスティーナはベッドに飛び込んだ。植物図鑑から収穫はなかったものの、ケインから得られた情報は大きい。最後にエルヴィラとリュドミーラの邪魔さえなければ完璧だった。

「夕食になったら起こして……」

「はい」

重い瞼を閉じた。

●○●○●○●

たっぷりとお昼寝をしたお陰で夜は全く眠くならなかった。

就寝時間になると暫く寝た振りをして真夜中の訪問者の登場を待った。今日こそは彼がどうやって部屋を訪れるのか。その瞬間を目撃するのだ。

「いつ来るかな～」

ワクワクしながら待っていると「……あのさあ」と呆れた声が飛んできた。吃驚して声の出所を確認しようと周囲に目をやると……ベッドの左隣にいた。椅子に座って、長い足を組んで声色と同じ感情を宿した瞳がファウスティーナを遠慮なく貫く。

「え……？　い、何時から？」

「内緒に決まってんでしょう。つうか、ちょっと前からいたのにお嬢様気付いてなかったの？」

「全然……」

少なくとも寝た振りをするまではいなかった。となると、寝た振りをしてから侵入したことになるが気配が全然なかった。改めて彼――ヴェレッドの神出鬼没振りに度肝を抜かれた。

「で？　態々起きて待ってるってことは、俺とお喋りしてくれるの？」

「うん。ヴェレッド様に伝えたいことがあって」

「なに」

シャルロット子爵夫人の件で、愛人達が謎の精神疾患に陥る原因にエリザベスフラワーとエリザ

ベートフラワーが関係していると話した。

ヴェレッドの表情から笑みが消えた。険しいとも言える真剣味が増した。脳裏に何故か過る前のベルンハルドの姿。だが、今は関係ないと強制削除。

「片方だけを摂取するなら問題はありませんがエリザベスフラワーとエリザベートフラワーを混ぜて摂取すると、無気力になってしまい廃人になる人が続出したのです」

「それ何時の話？　ってか、どうして知ってるの？」

「昔読んだ本に書いてました……。その本は、南国の歴史についての書物でして」

ケイン（他人）から得た情報だと出さず。人から得た情報をさも自分が発見した風を装うのは良心が痛むものの、ケインへ詮索（せんさく）されても困る。

説明を続け、黙って耳を傾けていたヴェレッドは終わると「なるほどねー」と納得するように呟いた。

「その二つの植物なら、生産されても変じゃない。実際作られているから」

（そっか……！　違法植物じゃないのだから、普通にあっても可笑しくない。隠す必要もなく、堂々としていられる）

南国から遠く離れたこの王国ではメジャーな出来事ではないから殆どの人はきっと知らない。残るは、シャルロット子爵夫人がどうやって製造法を知ったかだ。

「子爵夫人は南国に詳しい方なのですか？」

「さあね。ただ、今のお嬢様のお陰で調べる材料は増えた。ありがとうね」

「お役に立てて良かった」

まだ大事にはなっていないらしいが早く解決されるのを祈るばかり。

「さてと。有益な話をありがとう。今日はもう帰るよ」

椅子から立ったヴェレッドが毎度の如く、ファウスティーナの身体を後ろに押して瞼を手で覆ってきた。

「お休み」

不思議なもので、彼の声を聞くだけで眠気が誘われる。心地良い睡魔に身を委ねたファウスティーナはそのまま朝まで眠った。

――翌朝目を覚ますとリンスーが来るまでに間があった。ガクンとベッドの上で落ち込んだ。ヴェレッドがどうやって部屋に入るかを目撃したかったのに、向こうが何枚も上手(うわて)だった。無謀な真似はするなとの一種の警告でもあるのか。

今朝の食事は部屋で摂りたいとリンスーに頼もう。昨日の夕食の席でファウスティーナは本当に父シトリンに告げた。

『お父様。王太子殿下の婚約者を私からエルヴィラに変えることは出来ますか?』

『突然何を言い出すんだいファナ』

謎の高熱で二度倒れ、誘拐までされたファウスティーナが未だ王太子の婚約者であるのが奇跡に近い。良好な関係を築けているのに変更を申し出たファウスティーナに驚いたシトリンの隣、リュドミーラは慌てた様子で話の間に入った。

『止めなさいファウスティーナ!　お父様を困らせるのではありません!』

『はあ……』と溜め息を大きく吐いたのはケイン。

『どうせ、エルヴィラが殿下絡みのことでファナに突っ掛かった時、エルヴィラの言葉を鵜呑みにした母上がファナを叱ってこうなったのでしょう?』

すごい、当たっている。

『婚約者の変更なんて有り得ないですが、仮にエルヴィラが婚約者になるのなら当然今までファナが受けてきた王妃教育と淑女教育を一気に受けることになりますよ。今でさえ、勉強から逃げているエルヴィラに一日の殆どを厳しい教師と一緒に授業を受けられる度胸があるとは思いません』

『わ、わたしだってやろうと思えば……』

精神が仙人の領域に達しているケインの実年齢を疑ってしまうが、紛れもなく一歳上。もうすぐ九歳。九歳の少年が何処に行けば常人の域を超えた精神力を身に付けられるのか。今度ケインに常に冷静でいられるコツを伝授してもらいたい。

尤(もっと)も、それをさせるのならエルヴィラがいいだろうが。

一日二十四時間の内、半分以上を勉強に費やすことができるか。自分の好きなこと、したいこと全てを我慢して王妃教育を受けられるか。度胸があるか。チラリとエルヴィラを見るも、顔を青ざめ震えている。誰かを好きと言うのは簡単だが、立場があればあるだけ伴侶となる者の素質も問われる。

アエリアの話では、問題を抱えつつもエルヴィラは王太子妃となった。アエリアという、側妃(いけにえ)がいたから成り立った。

本気で婚約者変更となれば、と期待したものの……エルヴィラの様子を窺う限りでは……希望は薄い。

『ファナ。ファナもファナで一々相手にしないこと。いいね？』

『はい……』

一歳。

一歳の差で格の違いを見せ付けられ、ファウスティーナに反論の余地はない。

（お兄様の言い分も一理ある。前の私は毎回邪魔をするエルヴィラに怒鳴りつけてた。ああ、でも）

無視をしたらしたらで妹を虐めるのに加え、無視する性格最悪な女と嫌われる要素が増えるだけだった。

やって来たリンスーに朝の準備をされながら、朝食は部屋で摂りたい旨を伝えに行ってもらった。

「嫌なことは忘れよう！　もうすぐ教会に行くんだから」

天上人の如き美貌と慈愛に溢れた青い瞳のシエルがいる教会生活。婚約破棄を望むファウスティーナの味方になってくれるかは未知数でも、窮屈で厳しく理不尽な母と自分の思い通りにならないと泣き叫んで意地でも通そうとするエルヴィラから離れられるなら、早く来て欲しいと願う。

二十五　空っぽの勝ち

『アルカディア劇場』へ出発した三人を見送ったファウスティーナとケインは、各々の部屋に戻った。本来であればファウスティーナがシエルとヴェレッドと行く予定だったが、同行必須のシエルが行けなくなったことで両親とエルヴィラが行くこととなった。お出掛け用の装いをしてはしゃぐエルヴィラと愛おしそうに見つめるリュドミーラ。理想の母娘(おやこ)の光景を目(ま)の当たりにし、羨ましいと感じた。娘を愛おしく思うのは母親ならあって当然の感情だろう。ファウスティーナに限って、母は愛情を注がなかった。王妃になるのだから、特別な存在だから、優しくする必要がないのだと判断されたのだろう。

ケインに気遣われ、遊ぼうと提案されるも遠慮がちに断った。一歳上なのに、自分の何倍も先にいき常に冷静さを失わないケインがちょっと遊んだからって将来に響かない。ただ、自分のどうしようもない気持ちを知られるのが嫌だった。「そう？」と心配そうにされながら、沈んだ気持ちでファウスティーナは部屋に戻った。

——夕刻になる前に三人は帰宅した。出迎えに行く途中、ケインと会い一緒に玄関ホールに向かった。執事長に上着を預けたシトリンが「ただいま」と笑う。

「お帰りなさいませ」

「お帰りなさい。どうでした？　演劇は」

ケインが訊ねた。

お菓子の箱を侍女に渡したリュドミーラが答えてくれた。

「とても面白かったわ。チケットが完売してしまうのも無理ないわ。二人にお土産を買ったから、後で食べなさい」

「ありがとうございます」

「夕食後、頂きます」

行く直前まではしゃいでいたエルヴィラも満足げな様子だった。内心自分が行きたかったと落ち込むものの、満足ならそれはそれで良いと納得させた。

夕食後、お土産のお菓子を頂こうとリンスーに用意を頼んだ。王都で人気のケーキで、ファウスティーナは旬の果物がふんだんに載ったフルーツケーキ。ケインはビターなチョコレートケーキ。ケーキのお供は好物のオレンジジュース。早くリンスーが来ないかと待望していたら、突然の訪問者がいた。

エルヴィラである。

護衛騎士に言って部屋に入れさせると勝ち誇った笑みを見せつけてきた。

どうしたの？

「お姉様。身を滅ぼす前に早くベルンハルド様と婚約を解消してください」

「はい？」

突拍子もない発言をするのはファウスティーナだが、ファウスティーナをも上回るエルヴィラの発言に素っ頓狂（すっとんきょう）な声を上げげた。昨日ケインにこってり絞られたばかりなのに……。

不意に思い当たる要素が浮かんだ。

今日観に行った演劇。

「お姉様だって、あの劇のような悪役の末路を辿りたくないでしょう？」

「……」

やっぱり……と苦い気持ちが生まれた。

主人公の姉には、婚約者である王子様がいる。姉に虐められながらも、健気に生きる主人公に惹かれていく王子様との恋愛物語。簡単な内容しか知らない為、結末は予想でしか判断の仕様がないものの、エルヴィラの態度からすると悪役の姉が退場後、主人公と王子様は結ばれたのだろう。姉に虐められる主人公を自分に重ねたエルヴィラが先手必勝とばかりにこうやって牽制をしに来るのを見ると……父母の二人で行ってもらった方が最後まで平和に一日は終われた。

「物語の主人公になりたいなら、そういう行動は控えなさい。却って、エルヴィラが悪役に落ちるわよ？」

「っ！」

誇らしげな表情から一転、悔しげに顔を歪ませ、可憐な瞳に涙を覆い走り去って行った。

この後はどうせ、有る事無い事吹き込まれたリュドミーラがエルヴィラを伴って突撃しに来て、一方的にファウスティーナを糾弾(きょうだん)する未来しか浮かばない。

リンスーがケーキとオレンジジュースを運んで戻ってすぐ、予想通りの来襲を受けうんざりとした。

早くフワーリン公爵家主催のお茶会を終えて教会に行きたくなった。

二十六　早期解決した二つの事件

「良かったね、無事解決して」

押し付けられた仕事の完了を告げられて機嫌が良くなり満面の笑みで書類を放ったヴェレッド。

執務机に座るシリウスは冷たい相貌を崩さず、上機嫌な彼の隣に立つ麗しい男性に目をやった。

「『アルカディア劇場』でまさか事を運ばれそうになるなんて……おれも驚きでした。まあ、これ以上の潜入捜査がなくなってホッとはしてますけど」

シャルロット子爵夫人に掛けられていた疑惑。愛人を取っ替え引っ替えする度に、捨てられた愛人達が無気力になり生きているだけの廃人となってしまう件。何人もの人間を同じような状態に追い詰めるのには、必ず原因がある。事が大きくなる前に速やかに対処し、小さな灯火の内に消したかったシリウスの悩みの種は一つ消えた。

「小僧」とヴェレッドを呼んだ。

「どこで薬の情報を得た？」

シャルロット子爵夫人が愛人達に使った薬。エリザベスフラワーとエリザベートフラワーを調合して作られ精神に大きく影響する。片方だけ摂取するなら問題ないが二つを混ぜると危険な麻薬となる。昔、王国から遠く離れた南国で同じ中毒者が続出する事件が発生した。原因となったのがこの二つ。味も良く、飲むとリラックス効果が発揮されるからと愛飲されていたのに、起きたのが中毒騒動。事件以降、エリザベスフラワーとエリザベートフラワーを調合するのは禁止された。メジャーな内容じゃない為、王国で知っている者はいなかった。

「うん？　教えるわけないでしょう。王様だって、俺が素直に話すなんて思ってないでしょう？」

「……」

美しいのに、触れれば棘を刺して手を弾く魔性の薔薇。敵意とも違う、憎悪とも違う。気色を隠すように貼り付けられた愉快な嗤い。己の領域に一歩足を踏み入れようとしたら、気を許した相手以外を徹底的に排除する冷酷な男。シエルとは違う意味で常に仮面をつけるのはヴェレッドの生まれのせい。

瑠璃色の瞳がメルディアスへと移る。肩を竦められた。話してくれなかったようだ。

「はあ……」

ファウスティーナ誘拐事件、表舞台に上がらなかったシャルロット子爵夫人の件。どれもスピード解決した。喜ばしいことなのに胸に居座る違和感は消滅しない。夫人についてはヴェレッドを無理矢理投入して早期に終わった。

「女神に愛される故の幸運、か……」

誰に聞かせるわけでもない、無意識に漏らした言葉。不意に視線を感じ見上げたら、上機嫌から不機嫌に変わった表情に見下ろされていた。忘れていた。ヴェレッドは女神に好かれているのに、女神を嫌っている。ヴェレッドは何も言わず執務机から離れ扉に向かう。出て行く間際――

「そうだ。お嬢様が教会に行く日が近付いてるけど、シエル様が前倒ししてお嬢様を迎えに行かないように見張っててあげるから、王様は心配しなくていいよ」と言い残し帰って行った。

「はは。坊や君ああは言うけど、珍しく陛下の言うことを聞いたのはなんででしょう」

メルディアスの捜査を手伝えとシリウスに命じられた際、ぶうぶう文句は零しつつも拒否はしなかった。何時もなら誰がやるかと去って行くのに。

「では陛下。おれもそろそろ戻ります」

「ああ。ご苦労だったな」

一礼したメルディアスが去り、一人になったシリウスは背に凭れた。ファウスティーナが教会に行く前日にフワーリン公爵家のお茶会に出席する。早まった行動を取らないと断言はしない。シエルは時に思いがけない行動を起こす。

「釘を差しに行かねばならんか」

願っても叶わない小さな想い。父は同じ、母が違う弟との関係改善は絶望的数値に等しい。無理なら、せめて関われる何かがほしい。野放しにしたらシエルは……と考えた辺りで首を軽く振った。シエルを考えるだけで螺旋の思考にハマって抜け出せなくなる。

シリウスは天井を見上げ、静かに瞼を閉じたのだった。

二十七　フワーリン公爵家のお茶会へ

フワーリン公爵家主催のお茶会当日――

教会でお世話になると決まったのが十五日前。ファウスティーナが教会に移り住むのは明日。

私室の姿見の前でリンスーに髪を梳かれる。今日は、誕生日にベルンハルドから贈られた瑠璃色のリボンを使用する。前回の記憶のお陰で王子達がお忍びで来るのは知っていた。ケインから貰った本も何だかんだでまだ読めていない。

ケインは「読める時に読んだらいいよ」と言ってくれるが、内容が気になるので早く読みたい。

リンスーが瑠璃色のリボンをファウスティーナの空色の髪に結んだ。頭の天辺より少しずらした位置に結ばれたリボンを気に入ったのか、姿見の前でくるくる回ってみた。

「どう？」

「とてもお似合いですよ！」

「そっか」

　ドレスは青を基調としたリボンやフリルをふんだんにあしらったもの。姫袖のボレロにもリボンがある。白いタイツに靴はぺったんこで歩きやすいものを履いている。

　ファウスティーナ好みのシンプルなデザインじゃないのは、仕方ない。今回のドレスはリュドミーラと公爵家お抱えのデザイナーが考えて作った物。

　教会にお世話になると頷いた日の夕食は今でも鮮明に覚えている。リュドミーラに何故か執拗に理由を聞かれた。鬼気迫る迫力に逆に何も言えなくなったファウスティーナに更に迫るも、シトリンに落ち着くよう諭され冷静さを取り戻した。シトリンに言ったのと同じことをリュドミーラにも説明するが、納得いかない様子だった。既に話はシリウスとシエルの耳に届いているので、今更断るのも出来ない。

　デザインは可愛らしく、リュドミーラやエルヴィラ好みでも、色だけはファウスティーナの好きな青を基調としてもらった。

　ファウスティーナは回るのを止めて、じっと自身を見てみた。

「私には、エルヴィラが好きそうなドレスは似合わないわねえ」

「そんなことありません！　お嬢様はとても似合ってます！」

「ありがとうリンスー」

　リンスーがお世辞を言ってくれているのだと思っているファウスティーナ。

ファウスティーナが事実可愛くて似合っているから必死に伝わってほしくて力説するリンスーであった。

時計を見ると出発の時間が迫っていた。玄関ホールに行こうとファウスティーナはリンスーを促した。勿論、護衛役二人も来る。

教会には彼等は来ない。

教会に行くと告げた翌日、手土産に月に一度五個しか販売されない幻のアップルパイを持ってヴェレッドが訪れた。シエルの使いだと言って。幻のアップルパイに見事釣られたファウスティーナは、警戒する両親を後目にヴェレッドからアップルパイを受け取った。ファウスティーナと話をさせてほしいと言い出し、これはシエルの命令だと告げれば、両親が逆らえる筈がなかった。

庭園で見張り付の小さなお茶をした。

(お父様やお母様は、どうして過剰に司祭様を警戒するのかな。司祭様と仲良しなヴェレッド様にも無茶苦茶警戒するし……)

前回の記憶を辿っても思い当たる節(ふし)がない。そもそも、抜けている記憶が多いので仕方ない。

玄関ホールまで行くと準備を整えたケインがいた。側にはリュンもいる。

「お兄様。リュン」

「あ、お嬢様！　とても似合っていますよそのドレス！」

「ありがとうリュン。個人的には似合ってないと思うけど」

「いいえ！　似合っています！　お嬢様は、こういった可愛いデザインも似合います！　あ、勿論シンプルなデザインでも十分お似合いです！」

「ありがとうリンスー。お兄様、どうですか？」

ケインの前で一度くるりと回ってみた。

「似合ってるよ。殿下から贈られたリボン、ちゃんと使ってるんだね」

普段の無表情に近い顔で告げられるが、これがケインの通常なので落ち込まない。

「はい。折角ですし」

「そうしなよ。でないと、殿下が報われない」

ケインの服装は髪の色に合わせた黒い衣装。ヴィトケンシュタイン家の色である空色のスカーフをしている。

暫くするとエルヴィラの手を引いてリュドミーラが来た。社交界でもトップクラスの美貌を誇るリュドミーラは何を着ても輝いている。そんな母の血を濃く受け継いでいるエルヴィラは、花の妖精が具現化したような可憐な姿だった。リボンやフリルがふんだんにあしらわれているのはファウスティーナと同じだが、スカートが長い。ファウスティーナは動くのが好きなので膝が隠れるくらい。

エルヴィラの頭にはフリルがふんだんに施されたピンク色のヘッドドレスが着けられている。

(前のベルンハルド殿下がエルヴィラは花の妖精ってよく褒めてたっけ……当たってる)

「……」

前のベルンハルドとエルヴィラの仲睦まじい姿を思い出し、若干凹むファウスティーナ。

対しエルヴィラは、瑠璃色のリボンを頭に結んでいるファウスティーナへ頬を膨らませた。エルヴィラが欲しいとお願いしてもきっと貰えないベルンハルドからの誕生日プレゼント。

演劇観賞以降、また距離が開き、更にファウスティーナに対し敵対心が強くなった。

「奥様。馬車の準備が整いました」

「分かったわ。さあ子供達、行きますよ」

リュドミーラに促された子供達はそれぞれのテンポで玄関ホールを出た。正門前に停車している馬車にエルヴィラが先に乗り、次にファウスティーナ、ケイン、リュドミーラの順に乗った。ファウスティーナは隣のケインに話し掛けた。

「フワーリン公爵家のお茶会にラリス家は招待されてますよね？」

「可能性は高いと思うよ。ラリス侯爵家は公爵家と同等の力を持つ家だし、侯爵夫人は防衛の要である辺境伯家出身。呼ばない理由がない」

後は夫人同士が仲良しなのも大きい。

「ケインの言う通りよ」とリュドミーラが満足げに頷いた。

「フワーリン公爵家のご長男クラウド様には、まだ婚約者がいません。今回のお茶会は、謂わば将来フワーリン公爵家の跡継ぎであるクラウド様の婚約者を選ぶ場でもあるわ。当然、ケインの言う通りラリス侯爵家も呼ばれている筈よ」

「他には、同じ公爵位のフリージア家でしょうか？」

ファウスティーナの挙げた家には七歳の令嬢がいる。

「公爵家は勿論、侯爵家、伯爵家が呼ばれています。三人共、気を引き締めなさい」

「お兄様も婚約者を見つけたら良いのでは？」

「えい」

「あいたっ⁉」

ファウスティーナの余計な一言は、ケインから頭突き(ずつ)きを食らうこととなった。兄妹揃って石頭なので石頭同士の衝突は想像以上に痛い。痛い所を手で押さえながら、涙目でファウスティーナは食ってかかるも涼しい表情のケインに「うるさい」と一蹴された。

完全敗北となり、ショック音が付きそうな落ち込み方をした。

早くフワーリン公爵家に到着してほしいと祈りつつ、ヴェレッドが幻のアップルパイを土産に持参した日を思い出す。

ヴェレッドがファウスティーナに会いに来たのは、単にそれを届ける為じゃない。幻のアップルパイは、前々から予約していたのを今日購入出来ると連絡を貰って買っただけ。折角だからファウスティーナにお裾分けしただけと話していた。ファウスティーナに教会側で用意する物が何かを聞きに来たのだとか。

書面でも事足りるも幻のアップルパイを買う序でに寄っただけらしい。

『後日書面に書いて教会宛で郵送しますね』

『そう。じゃあ、早くしてね。あまり焦(じ)らさないでね』

『焦らす？』

『うん。でないと、俺は安らかな夜を迎えられないんだ……』

眠そうに小さな欠伸をしたヴェレッドに、また夜中シエルに起こされたのだと悟り、同情の眼を向けた。

『司祭様は夜眠れない人なのですか？』

『今だけだよ。普段は眠りの深い人だから、一度寝たら簡単には起きない。但し、こうやって夜中目を覚ますと人を起こす』

今度、朝まで寝られる秘訣をシエルに教えてあげようと決めたファウスティーナ。すると「着きましたよ」とリュドミーラが告げた。

窓を見た。

白亜の屋敷が特徴的なフワーリン公爵家に到着した。

二十八　好機を逃したのは王太子？

フワーリン公爵家には、長男のクラウド＝フワーリンと長女のルイーザ＝フワーリン二人がいる。クラウドはケインと同い年、ルイーザはエルヴィラと同い年。

王妃アリスと同じ蜂蜜色の金糸は、陽光を浴びると一層輝きが増す。瞳の色は、クラウドはフワーリン公爵夫人と同じ翡翠（ひすい）色、ルイーザはフワーリン公爵やアリスと同じ紫紺色の瞳。

お茶会はフワーリン公爵家の広大な庭園で行われることとなっている。招待客を迎える公爵夫人クリスタ＝フワーリン、クラウド、ルイーザに挨拶をし終えてファウスティーナはクラウドとルイーザの顔を思い出す。

お茶会は、王妃主催の時と同じで自由に移動が可能なビュッフェ形式のもの。オレンジジュースの入ったグラスを持って隅に移動したファウスティーナは自分以外の子達を眺めた。

付き添いである夫人達はサロンに集まって会話に花咲かせている。リュドミーラもいる。

（クラウド様とベルンハルド殿下、ルイーザ様とネージュ殿下で顔が似てるよね）

従兄弟なのだから似て当たり前か、とオレンジジュースを飲む。

ファウスティーナは隅の方にいるが、エルヴィラは仲良しなシーヴェン伯爵家令嬢のリナといて、ケインも仲良しな騎士団長の息子と会話をしている。

お茶会に殆ど行けないファウスティーナは、親しく話せる相手が殆どいないので一人である。前に、王太子の誕生日パーティーの際話していた侯爵令嬢も出席しているが、他の令嬢と話しているので自分が行って中断させてしまうのもどうかと思い此処に来た。

前回は、自分の悪い性格のせいで友人はいなかったのでぼっちは慣れている。

悲しい慣れである。

「ちょっと」

「！」

刺のある呼び方で呼ばれて見てみれば、不機嫌そうに眉を寄せるピンクゴールドに新緑色の瞳の美少女が口を尖(とが)らせていた。

「公爵令嬢の貴女がそんな隅にいてどうするのよ」

最後に会ってからそう日は経っていないのに随分久し振りな感覚がした。

髪の色に合わせて作られた子供らしいドレスに身を包むアエリアは、可愛い相貌には似合わない皺を眉間に作った。

「相変わらずね、そうやって一人でいるの」

「友達がいないからね」

「そういう意味じゃないわよ。まあ、貴女の場合仕方ないけれど」

「前は私の性格の悪さのせいだけど、今回は何もしてないのにね……」

「そうじゃないでしょう……」

呆れたように紡いだアエリアにファウスティーナは「ん？」と首を傾げた。

「気付かれないように周囲を見なさいよ。皆貴女を見てるわ」

言われて、オレンジジュースを飲む振りをしてそっと周囲を見た。皆思い思いの相手と会話をしているが、幾つもの眼がファウスティーナをチラチラと見ていた。

「無理もないわ。女神の生まれ変わりだなんだって言われる容姿だもの」

「それもあるわね。ただ、それとは別の理由があるのではなくて？」

「公爵令嬢が友達無しって思われてること？」

「違うわよ」

はあ、とやっぱり呆れた眼でファウスティーナを見やる。本気で分かってないのがファウスティーナらしい。

アエリアは給仕からブドウジュースのグラスを受け取った。

「あれから何か変わったことはあった？」

「あ、うん。アエリア様に聞きたいことがあったの」

「なによ」

「私、前に誘拐されたことってあるかな？」

「！」

アエリアの体が一瞬強張った。変化を見逃さなかったファウスティーナは「やっぱりあったんだ」と一人納得してオレンジジュースをまた一口含んだ。

「前の記憶を思い出したの？」

「いいえ。ただ、王妃様主催のお茶会の時がそうだったけど、起きたことが前にもあったことがあるのが多くて」

「……まさか」

小声でファウスティーナの耳元で誘拐に関するワードを囁くと頷かれてしまった。

十八日前誘拐されたのをアエリアになら話しても良いとファウスティーナなりに考えた。彼女は、自分と同じ唯一の前の記憶を持っている。情報は成るべく共有したい。

アエリアは驚きで声が出なかったものの、ブドウジュースで口内を潤して話し出した。出来る限り小声で。

「前の貴女が誘拐されたのは十七歳よ」

「え」

思ってもみなかった事実に今度はファウスティーナが驚く番となった。

てっきり八歳の誕生日当日だと思っていたのに、前回は十七歳とは。貴族学院に在籍している年齢だ。

「私（わたくし）も詳細を知っている訳じゃないけれど、確か、下校中の馬車が襲われて貴女は誘拐一味に攫われたの。それを王太子が助けに行ったわ」

「殿下が？」

有り得ないと首を振ってもアエリアは「事実よ」と発した。

「私が誘拐されたら、エルヴィラに危害を加える邪魔物がいなくなって清々しそうなのに……」

「さあ？　でも、結局貴女を最終的に保護したのは別の人よ」

「え？　そうなの？」

「ええ。王太子は助けに行ったけど、途中で誘拐犯の一人に殴られて気を失ってしまって、貴女を保護したのは貴女と一緒に捕まったって言っていた人よ」

何故か、ふと薔薇色の髪と瞳の彼が思い浮かんだ。どんな人か訊ねると教会の司祭と時々行動を共にしていた人と言われた。

やっぱり。

起きる歳が違っても、関わる人は同じなのか。だが、嫌われ度マックスの十七歳の時にベルンハルドが救出しに来たのが驚愕だ。

「嫌ってても、一応婚約者だから助けに来てくれた……のは考えすぎね。ひょっとして、誘拐一味に私が殺されたって期待して行ったんじゃ……」

「……いくらあのバカ王子でもそこまでロクでなしじゃないでしょう」

心当たりがまるでないファウスティーナが悩んでいる傍ら、ブドウジュースをまた飲んだアエリアは当時を思い出していた。

ファウスティーナは思い出したそうにしているが思い出さなくても良い気がする。誘拐された当時のファウスティーナとの婚約破棄をベルンハルドが断固として拒否したと、側妃として嫁いだアエリアはネージュに聞かされた。誘拐を機に嬉々として婚約破棄をしそうなのに。意外そうなアエリアにネージュはこう言った。

『兄上が何を考えているか知らないけど、そこから更に兄上とファウスティーナ嬢の関係は悪化した。一度だけ、聞いちゃってね。ファウスティーナ嬢が兄上にこれを機会にさっさと婚約者をエルヴィラ嬢に変えたらと。それを聞いた時の兄上の顔は傑作だったよ』

相当腹を立ててはいたらしいが。

ベルンハルドの寵愛を得ようとしたファウスティーナとベルンハルドとの婚約破棄を望むファウスティーナ。どちらが本当のファウスティーナなのか、時々アエリアにも分からなくなった。伊達にずっと競い合って、見続けていた訳じゃないのに。

「あの殿下がね……」

ファウスティーナはファウスティーナで意外な情報を入手して悩む。王家の体面を気にして？　なら、誘拐されただけで傷がついた令嬢を王太子妃にしておく筈がない。オレンジジュースを飲み干すとタイミング良く給仕が新しいオレンジジュースをくれた。

もしかしてだが、婚約破棄をするまではファウスティーナという婚約者がいないとエルヴィラと関わる理由がなくなると危惧して？　婚約者としての定期訪問の際もファウスティーナじゃなく、エルヴィラに会いに来ていた。可能性大だ。

「はあ……」

「なによ急に溜め息なんて。幸せが逃げるわよ」

「そんなことないよ。これでも幸せになるために頑張ってるもん」

「顔に幸せじゃないって書いてある」

「アエリア様に前にも誘拐されたって聞いて、思ったの。その時に婚約破棄されていれば、私はエルヴィラを殺すなんて馬鹿なことを考えずに済んだのにって」

「……」

「きっと、馬鹿な期待したのよ。誘拐されたら殿下が助けに来てくれて、婚約を継続すると宣言してくれたから。実際は、エルヴィラと関わる口実が欲しかっただけなのに」

「……何故そう思うの？」

「分かるわよ。婚約者として定期訪問があっても、殿下が常に会っていたのはエルヴィラ。隣にいたのもエルヴィラ。私はエルヴィラに会う為の餌だったもの」

　ベルンハルドに対する恋心は簡単には捨てられない。

　十一年間の刷り込みを消す方がずっと難しい。

　前の記憶を取り戻したからこそ語れる。

　アエリアに向き、ふわりと微笑んだ。

　ファウスティーナの微笑みはどんな宝石や花でも勝てない魅力がある。

　ファウスティーナが気になって視線を寄越す何人かの令息が顔を赤くした。

「……そう。あんなスカスカ娘の何処が良いのか分からないわ。私（わたくし）が男でもあんなのは御免よ」

「そうかな？　勉強は全然だけど、話し上手だし見た目は整ってる」

「だからスカスカなのよ。見目だけが良い令嬢なら、スカスカ娘じゃなくても沢山いたわ」

「うーん、私っていう悪女に虐められていた可哀想な妹って印象が強かったのも原因かな」

「それしかないわよ。せめてもの救いは、あのスカスカ娘が他の令息に色目を使わなかったことくらいかしら」

「使わないよ。エルヴィラと殿下は〝運命の恋人たち〟なんだから」

アエリアの表情が険しくなった。

「それ。いつから、あの二人がそう呼ばれるようになったか知ってる？」

「全然覚えてない。ただ、ネージュ殿下や周囲の人達が言っていたのを何となく覚えてる」

「そう……」

ねえ、とアエリアが声を発しかけた時だった——

「皆様」

招待客への挨拶を終えたクリスタが皆に聞こえるように声を張った。

「本日の特別ゲストが到着されました」

「キタ……」

ファウスティーナは緊張が増し、アエリアはげんなりとした様子で肩を落とした。

「ああ……確かいたわね」

クリスタが後ろを開けるように左に退くと、護衛の騎士に連れられた王子達がお忍びでお茶会へ参加した。

途端に色めきたつ令嬢達。

ファウスティーナはさっと更に隅へ寄った。アエリアも一緒に。

エルヴィラが何処か探す。リナと共に期待が込められた瞳でベルンハルドを見つめていた。

ベルンハルドとネージュが王子らしく、堂々とした振る舞いを披露するのを見、頬を紅潮とさせた。

ファウスティーナはというと、体の弱いネージュの顔色が良好なことに安堵した。ベルンハルドはネージュを気にしつつ、従兄弟であるクラウドの元へ一緒に行った。

「あ」

「はあ」

ファウスティーナ、アエリアの順に声を出した。

クラウドと親しげに話すベルンハルドとネージュの所へエルヴィラが突撃したではないか。

「予想通りの動きをしてくれるわね、貴女の妹は」

「あはは……だねえ」

「呑気に笑ってる場合じゃないでしょう」

「言われてもなあ……」

自分はファウスティーナに虐げられてる可哀想な主人公だと信じるエルヴィラは、理想の王子様であるベルンハルドに積極的で。ファウスティーナは一瞬目を疑った。

（あれって……）

ベルンハルドとエルヴィラの左手の小指に二人を結ぶように赤い糸があった。シャルロット子爵夫人に巻き付いていた黒い糸とは程遠い、艶やかな赤。人間の運は〝フォルトゥーナの糸〟によって結ばれた先に決められている。あの赤は運命によって結ばれているからでは？　と推測する。

ただ、とある疑問が浮かぶ。

糸の多さ。一本で足りるのに、何十本もの赤い糸で結ばれていた。

意識せずとも脳裏に映った映像。決してファウスティーナには見せてくれなかった蕩けそうな愛をエルヴィラに注ぐベルンハルド。額に、頬に口付けを受け、恥ずかしそうにしながらも幸福に満ち溢れたエルヴィラの面差し。

隣にいるのは自分だったのに、愛情ある瞳も口付けも……全部奪われた。

けれど、赤い糸の多さを目にし改めてベルンハルドとエルヴィラが〝運命の恋人たち〟であると突き付けられ、張り裂けそうな痛みが襲いかかった。

「ベルンハルド殿下は普通にエルヴィラと話してるし。……あれ？　クラウド様とネージュ殿下が距離を取ってる」

平静を装い会話を続けた。

ベルンハルドがエルヴィラの相手をしていると、微笑を浮かべたままのクラウドがネージュの手を引いて距離を取り始めた。きょとん顔のネージュを連れたクラウドが、周囲を見渡す。

パッチリと、翡翠色の瞳と合ったファウスティーナは「え」と零した。ネージュを連れてクラウドが此方に来る。

アエリアに目配せするも、アエリアも予想外だったらしく、首を振った。

クラウドはファウスティーナとアエリアの前まで来るとネージュの手を離した。

「やあ。ファウスティーナ様とアエリア様」

「は、はい、クラウド様」

「何故こんな隅にいらっしゃるのですか？」

「人の多い所が苦手なだけですわ」

「そうですか。ファウスティーナ様」

「はい」

フワーリン公爵家の血を引く人は、文字通りフワフワ感が漂う。

クラウドにもフワフワ感がある。

ふわりとした微笑みを見せた。

「もう少し、こっちに出て輪の中に入りましょう。こんな隅にいたら、折角のお茶も美味しくなくなりますよ」

「は、はい」

「アエリア様もです。さあ」

顔を引き攣らせるアエリアを心配しつつ、ファウスティーナはクラウドの案内でちょっとだけ前へ出た。

クラウドに連れて来られたネージュはアエリアに小声で話し掛けた。

「すごい顔」

「なりたくもなりますわよ」

「クラウド兄上に悪気はないよ。多分、エルヴィラ嬢に引っ付かれて動けなくなった兄上がファウスティーナを見つけやすいように移動させたいだけ」

「公にされていなくても、ファウスティーナが王太子殿下の婚約者という認識はありますのね」

「女神様の生まれ変わりだからね。ただ、この間のお茶会の件がある。隙あらば、ファウスティーナを押し退けて王太子の婚約者の地位に座りたいっていう令嬢は多い」

「後はその家ですわね」

「そうだね。にしても、エルヴィラ嬢に倣って他の令嬢達まで兄上に群がったら大変だから大人しくしててね」

「貴方こそ」

「ぼくは兄上が大好きだから困っているのを見過ごせないよ」

前のネージュを知っているからこそ抱く言葉がある。

「胡散臭いですわね」

二十九　名前通り掴めない

どうしたものかとファウスティーナは困った。主催側としては、招待客を隅の方にいさせられないと気に掛けて声を掛けてくれたのだろう。クラウドは他意のない微笑を浮かべている。チラッとアエリアを見ると、一緒に連れて来られたネージュと話している。必然的に話し相手はクラウドとなる。

抜け部分の多い前回の記憶を探るも、クラウドとどのように接していたかがない。

「ファウスティーナ様」

「は、はい」

こうしてクラウドがファウスティーナに話を振って、受け答えするしかない。

「ファウスティーナ様は、兄君や妹君と違ってあまりお茶会に出席されませんよね」

エルヴィラはリュドミーラ付きで色んなお茶会に参加する。ケインもエルヴィラ程じゃなくてもよくお茶会に参加している。但しファウスティーナに限ってあまり参加しない。

ファウスティーナ宛の招待がない訳じゃないがあまり外に出してもらえないのが現状。今は更に誘拐されたせいで屋敷内でも制限がある。

それも今日まで。明日になれば、教会から迎えの人が来る。必要な物は書面にして教会へ届けている。

クラウドの問いにどう答えようか一考する。

「こうやって普段から参加されても良いのでは？」

「私がというより、お茶会の参加はお母様が決定するので、私はお母様の決定に従うだけです」

「そうですか……」

クラウドの意図は兎も角。お茶会に参加するしないはリュドミーラが握っている。ファウスティーナがどうこう言っても仕方ない。心なしか、しょんぼりとされ小首を傾げた。

ふと、空を見上げた。今日は空色に白が漂っている。太陽は顔を出しているので天気は良い。

ファウスティーナは空からクラウドへまた視線を戻した。

「クラウド様はよく参加されるのですか？」

「え？　ええ。お母様が他家との交流に積極的ですのでルイーザとよく」

フワーリン公爵夫人クリスタについて、思い出したことがあるファウスティーナは思い切って訊ねてみた。

「公爵夫人は紅茶好きとお聞きしていますがクラウド様もお好きですか？」

「好きですよ。なんなら、オススメの紅茶を紹介しましょうか？」

「良いのですか？　是非！」

シエルから貰った甘い花の香りがする紅茶も絶品だが、他にも種類を知って楽しみたい。オレンジジュース以外にも好きな飲み物が出来た。後、教会に行ったらシエルに今日教えてもらった紅茶をオススメしたい。

期待に満ちた薄黄色の瞳は、本物のシトリンと比べても大差ない輝きを放つ。変わらない微笑を浮かべるクラウドにとあるテーブルに案内された。

……ネージュと何やら話していたアエリアは、呆れた眼をファウスティーナへやった。

「……変わらないわね」

「……」

「？」

黙(だんま)りなネージュを訝しげに見ると「はあ」と溜め息を吐かれた。

「あれが原因でもあったからね……」

「原因？」

「こっちの話。所で……」

ネージュは真ん中の方へ視線をやった。アエリアも釣られた。

エルヴィラと会話しているベルンハルドがいるが、視線がチラチラとファウスティーナとクラウドの方へいっている。

あの場から離れたいのだろうが、積極的に話し掛けてくるエルヴィラを無下にも出来ないでいる。

「……ちょっとだけ兄上が不憫になってきた」

「では、助けてさしあげたら？」

「ぼくより、君の方が悪役に向いてるじゃない」

「私が行ったら、私まで王太子に気があると思われるではありませんか」

ファウスティーナの体調が安定していないせいで次の婚約者候補にされ掛けている所に、困っているベルンハルドを助ければ王太子妃の座を狙っていると思われる。父ラリス侯爵が国王にアエリアを王太子の婚約者候補にはしないと断言してくれているが、まだまだ油断は許されない。

気の強い新緑色の瞳で凝視され、肩を竦めたネージュは歩き出した。

ファウスティーナとクラウドの方へ。

「え」

助けに行くのではないのかと言いかけたアエリアだった。

クラウドにあるテーブルに案内されたファウスティーナは置かれている数種類のティーポットに目が釘付けとなった。

「このテーブルには紅茶だけを置いてあります。お母様が子供でも飲みやすい紅茶を選別して」

「どれがどんな紅茶なのですか？」

ティーポットには、これといった目印がない。

「さあ」

「へ」

「飲んでみてのお楽しみで良いのではありませんか？」

「そ、そうなのですか？」

「はい」

そうなのか。

クラウドは控えていた侍女に紅茶を淹れるよう指示をした。

ネージュがやって来た。付いて来たアエリアはファウスティーナの横に並んだ。

「クラウド兄上」

「ネージュも飲む？」

「うん。後兄上にも」

「ああ、まだ捕まってるんだ」

「助けてあげてほしいな。クラウド兄上と違って、兄上はまだ慣れてないから。ぼくもどうすれば良いか分からないし」

「そう。ちょっとだけ待ってて」

未だエルヴィラと話しているのを捕まっていると表現されて、姉として恥ずかしくなった。ファウスティーナは二人を見た。クラウドはそう言うが別段ベルンハルドが嫌がっている風には見えない。王子なのだから、顔には出さないだろうが会話が弾んでいるのは、やっぱり楽しいからで。更に印象を強くする要因となっている赤い糸の存在も大きい。恐らく、ファウスティーナにしか見えていない。

「あのままでも良いと思いますけど……」

　ポロっと心の中の言葉が漏れた。

「……」

「……」

　侍女が淹れた紅茶を受け取ったクラウドは瞬きを繰り返した。ネージュも然り。

　可笑しな空気が漂い始め、自身の失言に気付いたファウスティーナは咄嗟に謝罪するもクラウドは元の微笑を浮かべた。

「ファウスティーナ様は妹思いなのですね」

「え」

「公にされていなくても、貴女が王太子の婚約者だと皆思ってる。でも、叔母……王妃殿下主催のお茶会で貴女が倒れたので、他家の貴族達は自分の娘を王太子の婚約者にと陛下に勧めています」

「は、はい」

「家が変わるくらいなら相手を変える。よくある事例だけど、あまりお勧めしません。妹君を思うなら止めてあげることも大事ですよ」

「……」

　柔らかな微笑とは反対の冷たい声。呆気に取られるファウスティーナにふわりと微笑むとクラウドは、紅茶を一旦テーブルに置いてネージュを連れてベルンハルドとエルヴィラの所へ行ってしまった。

　遠回しに姉なら妹をどうにかしろと批難された。ファウスティーナ自身は、前の記憶があるからこそ、ベルンハルドに相応しいのはエルヴィラと信じている。その為の行動は惜しまない。

「ま……間違えた……」

「……変ね」

「変？」

「私の覚えてる限りだけど、クラウド様ってあまり他人に興味を示す人じゃないのだけれど」

「そう、だったかな」

「王太子に誰が引っ付こうが全然気にしていなかったけど……」

ファウスティーナよりも覚えている記憶が多そうなアエリアが言うのなら、そうなのだろう。

「うーん……名前通り、掴めない人」

ふわふわと漂っていると見せながら、手を伸ばしても掴めないのは雲と同じであった。

——ネージュを連れてベルンハルドとエルヴィラの所へやって来たクラウド。ベルンハルドは
「クラウド」と微かに安堵した表情を浮かべた。

「お話し中ごめんね。エルヴィラ嬢、ベルを借りて行くよ」

微笑みながらも有無を言わせない威圧感がある。さっきまで楽しく会話をしていたエルヴィラは怯むも、やっと掴めた好機を逃したくない。一緒に行くと口を開く前に「ごめんねエルヴィラ嬢」とベルンハルドはクラウド達と行ってしまった。

一人残されたエルヴィラは頬を膨らませた。折角ベルンハルドを独り占めしていたのを邪魔されて。クラウドはファウスティーナとアエリアのいる場所まで戻った。ベルンハルドをそこへ連れて行きたかっただけなのだ。

距離が遠くて会話の内容は届かない。けど、ベルンハルドがファウスティーナの髪に結ばれたリボンに触れているのを見る辺り、誕生日プレゼントとして贈ったリボンの話をしている。

「……ずるい」

エルヴィラだって欲しいのに。

再来月にある誕生日、教会に行ったら絶対に司祭に祝福を授けてほしい。去年は何故か、司祭が多忙だからと助祭が祝福を授けた。両親、特にリュドミーラの顔色が真っ青だったのがどうしてかと不思議に思うも、そんなことはエルヴィラにしたら無関係。兄のケインも去年はエルヴィラと同じく助祭に祝福を授けてもらった。ファウスティーナだけ、司祭に祝福を授けてもらった。

女神の生まれ変わりだから特別。普通の容姿に生まれていれば良かったのにと、ベルンハルドとファウスティーナの婚約が結ばれてから思わない日はない。

「わたしも行かなくちゃ……！」

女神は気紛れに人々の願いを叶えてくれる時がある。誰よりも強い思いを込めて願えば、女神はきっとエルヴィラの願いを叶えてくれる。

ファウスティーナ達のいる所へエルヴィラは突撃した。

当然、皆の意識はエルヴィラに向く。

若干頬を赤らめながらも会話をしていたファウスティーナや嬉々とした様子だったベルンハルドも例外じゃない。

「エルヴィラ……？　どうしたの」

「お――」

「皆様」

お姉様と言い掛けたエルヴィラだったが、タイミング悪くクリスタの声が響いた。

「当家自慢のスイーツをご用意しました。クラウド」

「はい」

出鼻を挫かれたエルヴィラは口を閉ざしてしまい。クラウドに案内され始めた他の面々は行ってしまった。

「エルヴィラ？　行かないの？」

その場に突っ立ったままのエルヴィラはファウスティーナに声を掛けられると「……行きます」と項垂れながら歩き出した。

「……」

離れた場所からその光景を眺めていたケインは、何事も起こらなかったのでホッと安堵の息を吐き出したのであった。


――同じ頃、教会内にある司祭専用の部屋。

身体を椅子に縛られ、両手は動かせるようにと手錠を嵌められているのが一人いた。

外から届く神官達や助祭の声が面白くて、司祭――シエルの前に立つヴェレッドは肩を震わせていた。

「あ、はは！　皆必死だね。シエル様を外に出させない為に。色んな所から仕事を持って来させてる」

「彼等は私を何だと思っているのかな。私が一日前倒しをしてあの子を迎えに行くとでも?」

「思わなかったらシエル様を椅子に縛り付けたりしないし、俺を最後の砦にしない」

器用に何でも出来るシエルを部屋から出させない為に下の人達は奔走している。半年先の仕事でさえ早々に処理されたので、どんな小さな仕事でもいいから運べー! と誰かが叫んでいる。助祭辺りだろうとシエルはティーカップに手を伸ばした。

「手錠のせいで紅茶が飲みにくい。第一、手錠までする必要ある?」

「シエル様は器用だから。まあ、手錠をしてもどうせすぐに外されて部屋を出ちゃう。だから他の人達は必死に仕事を探してはシエル様に押し付けるの」

必死に探してもシエルはあっという間に処理してしまうので、どちらかと言えば走り回っている側が余計な労働力を使用しているようでならない。

左手で銀のナイフを器用に弄ぶヴェレッドは何を思ったか、シエルの背後に回って首筋に刃を当てた。

「なんだか面白そうな声がした」

「はあ……面倒臭いから、君がちゃんと相手してよ」

「えー?」

「えー、じゃない。嫌だったらすぐ……」

シエルの声を遮るように勢い扉が開いた。堂々たる姿でノックもなしに入った相手は奥の光景を見て固まった。慌てて追い掛けて来た新人神官も固まった。何せ、ヴェレッドがシエルの首筋に不敵な微笑みを浮かべながら銀のナイフを当てているのだから。

「……小僧」

急にやって来た相手――シリウスは、地の底を這うような怒気の含んだ声でヴェレッドを呼ぶ。追い掛けて来た神官が真っ青になってしまう。シエルはヴェレッドの頬を思い切り引っ張ってナイフを退かせ、面倒臭そうな顔でシリウスを迎えた。

「……来ると思っていましたよ」

三十　お約束はあった

犬猿の仲と呼ばれる者同士でさえ、対峙するだけで室内に殺気に満ちた重苦しい重圧を与えるだろうか。

去年から新入りとして働き始めた神官は、一言も喋らず睨み合ったまま微動だにしないこの国で一番面倒臭い異母兄弟の沈黙に耐えきれず倒れた。

お腹を押さえて。

後で胃薬を運ばせようと、神官の背中を擦ってあげたヴェレッド。会話はしていたがシリウスのある言葉でシエルの表情から貼り付けていた微笑が消え去ったのだ。ヴェレッドの左袖には、お気に入りの銀のナイフが仕込んである。もしもの時が来たら、シエルへの牽制の為に準備も出来ている。シリウスに投げても良いがシエルが怒るので投げない。

面倒臭そうに息を吐く。気配を殺して部屋を静かに出ようとしたが「ヴェレッド」とシエルに感付かれた。軽く舌打ちをすると含みのある笑みを向けられた。こういう時のシエルの微笑はとても恐ろしい。

恐ろしい程――綺麗だから。

「なに」

「何処へ行こうとしているのかな?」

「シエル様と王様の話がつまらないから先に抜けようかなって」

「だったら小僧。そこの神官を治療室へ運んでやれ」

「誰のせいで倒れてると思ってるの?」

「陛下が来るから」

「シエル様と王様のせいだよ。そうやって並ぶと母親が違っても血の繋がりを感じるね。似てるよ、二人とも」

含みのある深い微笑は、不機嫌な相貌へと変化した。嫌悪の滲んだ青に睨まれても、不敵な微笑みを崩さない。約一名、似ていると言われて若干嬉しそうなのがいるが敢えて触れない。

ヴェレッドは倒れた神官を抱き上げた。成人を迎えているのに低身長で体重も軽い。軽々と抱き上げると、シエルの制止を無視して司祭の部屋を出て行った。

治療室へ目指すヴェレッドは「あ」と思い出したように声を出した。

「シエル様椅子に縛り付けたままだった」

今日はフワーリン公爵家のお茶会当日。ファウスティーナを一日前倒しで迎えに行きそうな気配がしていたシエルを教会に留めようと、助祭や神官達は必死に仕事を探して処理させていた。動けないよう体を椅子に縛り、両手を不自由にする為に手錠を嵌めて。

そこへ連絡無しにシリウスが突撃した。

「まあ、いいや。どうせその気になったら、いつでも手錠は外せるんだから」

最初から細工をしてある。外そうと思えば簡単に外せる。

この後、治療室のベッドに神官を寝かせたヴェレッドの所へ、天上人の如き美貌で怒り心頭な様子のシエルが来た。

「ヴェレッド」

「王様は？」

「陛下にはお帰り頂いた。……さて、残るは君だよ」

世の令嬢や貴婦人が見たら卒倒するだろう美貌の背後にどす黒い何かを纏って距離を詰めて来た。

ヴェレッドはシエルが近付く度に後ろへ下がるも、シエルも同じ距離を詰める。

「えー」

「えー、じゃない」

「ねえシエル様。お嬢様は小さいアヒルが好きなんだって」

「……」

微笑みを浮かべたまま距離を縮めていたシエルの足が止まった。

「公爵様に誕生日プレゼントでアヒルのぬいぐるみを強請ってた。スイーツは『エテルノ』のアップルパイが好きで、貴族御用達だと『ヌオーヴォ』のフルーツタルトが大好物」

「知ってるよ全部」

「だと思った」

大きく一歩を踏み出したシエルが一気に距離を詰めた。

ヴェレッドは咄嗟に左に避けたが遅かった。

シエルの右手がヴェレッドの左襟足を握った。

手加減なしに引き寄せられる。

「あまりおいたが過ぎると、君相手でも容赦しないよ？」

「えー」

「えー、じゃない」

「王様が来るってことは、それだけシエル様が浮かれるって把握していたからじゃない。俺に八つ当たりしないでよ」

右手に力が入れられぐしゃりと髪が軋む。手入れするの大変なのに、と嘆息するヴェレッドは、もう暫く怒りが沈静化するまで時間がかかると連続で嘆息したのであった。

――フワーリン公爵家のお茶会にて。
フワーリン公爵夫人クリスタは、当家お勧めのスイーツとして領地の名産品であるリンゴをふんだんに使用した品を数種類用意した。美しいスイーツに目が釘付けとなっているのは令嬢達が多い。
甘い物が好きな令息も目を輝かせている。

ファウスティーナも漏れなく瞳が輝いている。スイーツが大好物なので。

いつの間にか近くに来たケインに振り向いた。

「とても美味しそうですねお兄様！」

「そうだね。ファナは甘い物に目がないね」

「はい！　私だって女の子ですから！」

「普段おっちょこちょいで稀に間抜けなことするのに」

「此処で貶さなくても良いではありませんか……！」

「しょうがないよ。ファナだし」

「どういう意味ですか⁉」

何処へ行っても変わらないやり取りにガックリとしつつも、何気ないやり取りが出来る幸福が身に染みた。前のように勘当されれば、この何気ないやり取りでさえ出来なくなる。

「……羨ましい」

「ベル？　どうしたの？」

「う、ううん！　何でもないよ」

素の姿をファウスティーナに見せてもらえるケインが羨ましくて仕方ないベルンハルド。家族だから見せているのもある。婚約者でも壁を越えるにはまだまだ時間も交流も少ない。何度か向けてもらえても、ケインと比べると圧倒的に数が少ない。

数種類のスイーツの内、リンゴを使ったシュークリームをクラウドに勧められた。

「ベルが食べて美味しいと思ったら、ファウスティーナ様に言ってあげたらいいよ」

「そうする」

シュークリームを置いた取り皿をクラウドから受け取り、デザートフォークを入れた。

「でもさファナ。一昨日、紅茶に砂糖十個も入れて飲んでいたでしょう？　あれは駄目だよ。太る以前に病気になる」

「分かってます。月一程度に留めます」

「駄目。危ないから数ヶ月に一回。ファナがリュン一押しの子豚になってもいいなら飲めばいいよ」

「なりませんよ！　お兄様は私に子豚になってほしいのですか⁉」

「案外可愛いと思うよ。ファナがなったら」

「……」

誉められているのか、貶されているのか、相変わらず線引きが難しい。この兄だけは。ケインはファウスティーナの鼻を押した。「ぶう、ぶう」とジト目で押される度に豚の鳴き声を発する。普段無表情に近いケインがちょっとだけ楽しそうに笑っている。

「けど、あんな砂糖漬けの紅茶は偶にしか飲まないこと」

「どうしても飲みたくなったら運動でもします」

「ああ、それがいいよ。体は動かさなきゃ」

「……」

ファウスティーナとケインの会話が楽しそうで、丁度シュークリームを食べ終えたベルンハルドはシュークリームを置いた取り皿を二皿持ってそっちへ行った。「ファウスティーナ、ケイン」と声を掛けた。

「クラウドがお勧めしてくれたリンゴを使ったシュークリームだって。美味しかったから、二人も食べるといいよ」

「ありがとうございます」

「ありがとうございます殿下」

ベルンハルドから取り皿を受け取り、載っていたデザートフォークでシュークリームを一口サイズに切った。生地の生クリームから芳醇なリンゴの香りが漂う。早速ファウスティーナは食べた。口一杯に広がるリンゴの味に頬を綻ばせた。

「とても美味しいです！」

「そっか。良かった」

「フワーリン公爵家は確か、貴族向けと平民向けでスイーツ店を幾つか展開していましたね」

「私が前に誕生日プレゼントでリンスーに買って来てもらったアップルパイのお店『エテルノ』もフワーリン家のスイーツ店ですよね」

「そうだよ」

「僕も城でよく食べるよ。公爵夫人が元々無類のスイーツ好きで、領地の名産であるリンゴを効率良く使える方法は無いかと模索している時に貴族と平民、どちらでも楽しめるスイーツ店を考えたと聞いた」

平民向けの値段はお手頃だが品質に抜かりはない。貴族向けも然り。貴族向けの場合、食材の費用が必然的に高くなる。

美味しそうに、綺麗な動作でシュークリームを食べるファウスティーナ。ぎこちなく、固い笑顔より、自然に浮かべる笑顔の方が何倍も可愛い。何より、今日は誕生日プレゼントとして贈った瑠璃色のリボンを身に着けてくれている。空色の髪にピッタリで安堵したのと同時に、何故か恥ずかしさが込み上がった。

「？」――見つめ続けたせいで視線を感じたらしいファウスティーナが怪訝な眼でベルンハルドへ向いた。ハッとなったベルンハルドは、顔が熱くなっているのに気付く。何を言おうか困っていると急にファウスティーナの顔が険しくなった。ケインもそう。

二人同時に「「殿下！」」と発せられた。何事かと後ろを振り向こうとした。ら、ファウスティーナとケインにそれぞれ腕を引っ張られ前へ引き寄せられた。

「あ」

どさり、と音が鳴った。振り向くと、少し距離のある方にエルヴィラが前のめりで倒れていて。ベルンハルドのいた場所に芝生に投げ出されたリンゴのゼリーが落ちていた。

「なんでこうなるの……」

ガックリと肩を落としたファウスティーナの隣、ケインは両手で顔を覆った。

「期待を裏切らないよねホント……」

ファウスティーナに続いての台詞かはあれだが、末の妹の行動に兄姉が頭を抱えているのは明白である。

三十一　弱者は庇護欲をそそられる

（なんでこうなるの……）

　ファウスティーナ自身が何もしなくても、エルヴィラには必ず災難が降りかかるらしい。運勢が悪いのか、呪いを掛けられているのか。取り敢えず、転んだエルヴィラに駆け寄ったファウスティーナは彼女を起こした。芝生の上だったので泥の汚れも怪我もない。少々草がついただけ。手で草を払い、手を貸してエルヴィラを立たせた。

「怪我は？　足を捻ったりしてない？」

「い、いいえ」

　嘘を吐いている風でもない。ふう、と息を吐いたファウスティーナは次にある方へ目を向けた。その間、ケインはゼリーがベルンハルドに掛かっていないか念の為確認していた。首を振るベルンハルドに安堵し、謝罪をしてエルヴィラの傍に寄った。

「エルヴィラ」

「お、お兄様っ、わたし」

「エルヴィラがドジを起こした、なんて言わないよ。今回はね」

　黒髪をぽんぽん撫でてやるとファウスティーナと同じ方を向いた。

「な、なんですの。私が何か？」

　ファウスティーナとケインが先程、険しい顔付きになったのはエルヴィラが前のめりに転んだ挙げ句リンゴのゼリーがベルンハルドの所へ飛んで来た、からじゃない。それもあるが、最たる理由は二人の視線の先にいる令嬢。

同じ公爵位、フリージア家令嬢のジュリエッタ。

ファウスティーナは一瞬だがしっかりと見た。ベルンハルドの所へ早足で来ていたエルヴィラに足を引っ掛け転ばせたのを。嘲笑うようにクスクス笑い合うジュリエッタや取り巻きに綺麗に微笑んだ。

背後から漂う黒い雰囲気はどうやって発生させているのか。微笑みを向けられているジュリエッタ達は顔を真っ青に染めていた。

「いえ。私の見間違えでなければ、エルヴィラが来ている所へジュリエッタ様が態々片足を出していたのを見てしまったので。よろしければ、理由をお聞かせ願えないかと」

「私が転ばせたとでも言うの⁉」

「私の見間違えでしたら謝りますわ。でも、片足をエルヴィラが来る方へ突き出したのは事実でしょう？　ジュリエッタ様にどのようなお考えがあってそのようなことをしたのか気になって」

「彼女が転んだ時私が近くにいたからって言い掛かりも甚だしいわよ！　第一、図々しく王太子殿下に纏わりついているのが悪いのよ！　だから私が思い知らせてあげようとしただけよ！」

転ばせたことは認めなくてもこの発言でジュリエッタがエルヴィラに悪意を抱いているのは証言された。更に喋らせる為にファウスティーナも続けた。

「此度のお茶会は、子世代の交流を目的としたフワーリン公爵夫人によるお茶会です。確かにエルヴィラは王太子殿下に対し、少々馴れ馴れしい態度ではあったと思います。ですが、此処は貴重な交流の場です。王太子殿下や王子殿下、更に普段はお会い出来ない家の方々と会話をすることが悪いことなのでしょうか？」

「私が言いたいのは、貴女の妹君が王太子殿下に馴れ馴れしいことが問題だと言っているのよ！貴女だって今認めたじゃない！」

ジュリエッタは恐らくベルンハルドに近付きたくても、一人隣をキープしてベルンハルドと話し続けていたエルヴィラを妬ましく感じ足を引っ掛け転ばせた。ファウスティーナの思惑通り、殆ど罪を認めたと同然だ。

止めを刺そうとすると、ファウスティーナの前にベルンハルドが一歩前に出た。

「フリージア嬢」

「お、王太子殿下……」

ジュリエッタもベルンハルドに恋する少女の一人なのだろう。明らかな嫌悪の滲んだ瑠璃色の瞳で見られ畏縮している。

「っ……」

自分には向けられていない。今回エルヴィラに危害を加えていないから。

向けられていなくても、前の記憶にある同じ瞳を思い出して身震いを起こした。冷たい瑠璃に浮かぶ嫌悪。好いている相手に心底嫌われた絶望をファウスティーナはよく知っている。涙目で少々体を震わせてベルンハルドを見つめるジュリエッタに同情するも、場所とやり方を間違えた彼女の落ち度だと第三者の目線で眺める。

「ファウスティーナの言う通り、このお茶会は普段交流出来ない子供達の為に開かれたお茶会でもある。それをこんな形で台無しにするなんて、フワーリン公爵家に対する侮辱でもあれば、フリージア公爵家に泥を塗るも同然だよ」

「わ、私はただ……！」

「それと、僕が誰と話そうが僕の勝手だよ。フリージア嬢が気にする必要が何処にあったの？　僕はエルヴィラ嬢以外にも、ファウスティーナやケイン、クラウドやラリス嬢とも会話をしたよ」

「……」

やるならエルヴィラだけじゃなく、ベルンハルドと会話をした全員にちょっかいを掛ければ良い。実際にやる度胸があるかどうかは別として。

一緒に笑っていた取り巻きもジュリエッタから距離を取って他人事のように眺めている。取り巻きというのは、強い相手に群がって弱い者が影響力を使って強がるだけ。多分だが前のファウスティーナにはいなかった。

一人取り残され、真っ青で立つのがやっとなジュリエッタへ主催側であるクラウドが近寄り、何事かを囁く。縋るような瞳をクラウドへやるが反応されず、ふらふらとした足取りでベルンハルドの前に立つと謝罪をした。

そして、クラウドはジュリエッタを使用人に託した。会場からいなくなると、気を取り直してお茶会を楽しんで下さいと発した。

小さくはなくても無駄に大きくならずに済んでファウスティーナはホッとした。前の自分は、フワーリン公爵家のお茶会で何をやらかしたか全然覚えてないが同じような騒ぎを起こしているに違いない。自分よりも詳しく覚えているアエリアがいる。聞きに行く前に「殿下」と頭を下げた。

「ありがとうございます。本当なら私が……」

「ファウスティーナが言うよりも、僕から言った方が早く収まると思ってしただけだよ。ファウスティーナが気にする必要はないよ」

　こう抱いてしまう。

　先程の場面を見て。

　意地悪な令嬢と虐められる令嬢。

　こういう場合、虐められる令嬢に皆同情し、正義感の強い者なら手を差し伸べ放ってはおけなくなる。意地悪な令嬢は周囲から糾弾され、徹底的に排除される。エルヴィラが可愛く、放って置ける筈がない。

　ベルンハルドはエルヴィラの所へ行くだろうと、また頭を下げたファウスティーナはアエリアを探した。

「？」

　ネージュと話している。自分が行って中断させるのも億劫だから止めておこう。困った。ケインはまだエルヴィラといる。そうなると一人になるしかない。隅の方へ行こうとすると――

「ファウスティーナ」とベルンハルドに呼び止められた。

　近付くと声量を抑え気味に「父上から聞いたんだ」と切り出された。

「今日のお茶会が終わったら教会に行くんだよね」

「あ……はい」

　両親やエルヴィラの三人が代わりに演劇観賞に行った数日後、貰った感想を教えるべくベルンハルドに会いに行った際、教会で暫く生活することが決まったと告げた。出発する日までは敢えて伝えなかった。

「そっか……。じゃあ、ファウスティーナに会いに教会まで行けば良いのか」

「え」

うっかりしていた。

公爵邸じゃなくてもベルンハルドが教会までファウスティーナに会いに来るのは変じゃない。婚約者がそこにいるから。

王都から教会へは、馬車で飛ばしても時間は掛かる。

「殿下の負担になってしまいますよ」

「どうして？　頻度は減るけど僕は全然気にしないよ。それにファウスティーナだけじゃなく、叔父上もいるしね」

成る程。ベルンハルドは叔父シエルを慕っている。年に一度、誕生日の日にしか会えない叔父に会える口実を作れる。これを逃したくないのだろう。ファウスティーナ本人もシエルは接しやすい。

ベルンハルドの気持ちが分かってしまう。

ベルンハルドは更に声量を抑えた。

「叔父上は物知りで忙しくても時間を作って遊んでくれる。あと、……父上と違って怖そうじゃないから話しやすいんだ。これ内緒にしてよ？」

意外な一面を垣間見た気がする。ファウスティーナが最後に覚えている彼は十八歳。今目の前にいる彼は八歳。違って当然だ。子供の内緒話をするのがくすぐったくて、温かい。「ふふ」と笑みを零し、はい、と頷いた。

「殿下の気持ち分かります。司祭様優しいですから」

「うん。あーでも」

「？」

「ファウスティーナには更に優しそうに見える」

「そうですか？　他の方と同じだと思いますけれど」

「ううん。僕やネージュと接する時とファウスティーナに接する時の笑い方が全然違う」

ファウスティーナは思い出してみる。

天上人の如き美貌のシエルを。あの美しい微笑みは誰に対しても同じような気がする。が、ベルンハルドがそう見えるなら、明日会う時注意して観察しようと決めた。

ベルンハルドはファウスティーナの手を握り、皆の所へ行こうと歩き出した。前触れもない行動なのでファウスティーナは逃げられず。

（もう何も起こりませんように……！）

無事にお茶会が終わるのを願った。

――離れた場所でアエリアと会話をしているネージュが不意に「ふふっ」と笑った。不気味なものを見る眼でアエリアに見られ、ごめんと一言謝った。

「怖いですわよ」

「だからごめん。つい思い出し笑いしちゃった」

「先程のあれですか？」

「うん。ファウスティーナはきっと、フリージア嬢のやったことは前に自分がやったと思ったかなって」

「そうですわね。実際は何もしていませんが」

「うん。フワーリン公爵家のお茶会にファウスティーナは参加してないから」

「私は貴族学院に入学してからしか、詳しくは存じませんが前の彼女が参加していなかったのは何故？」

「叔父上だよ」

前のファウスティーナが不参加だったのは、公爵家での扱いを見かねたシエルが一度無理矢理ファウスティーナを引き取ったから。

「これはぼくも後から聞いたけどね、公爵、特に公爵夫人がファウスティーナを返せってお茶会が終わった後叔父上に迫ったんだって」

「あの母親はそうまでしてストレス発散したかったのかしら……」

どうしようもないと呆れ気味に言い放つアエリアに「違うよ」とネージュは否定した。

「ケインが言ってた。公爵夫人はアレでファウスティーナを大事にしてたって。王太子妃、王妃になる子だから厳しくて当然だっていつも言ってたって。ケインが庇うのも限界があったんだよ」

「公爵は？」

「公爵が庇ったって、公爵夫人に甘々だから。それに、却って逆効果だって言ってた。話が耳に届いた父上が公爵夫妻には厳重注意して、叔父上にはファウスティーナを返させたんだ」

無理矢理。更に嫌われるのに。

それでも態度を改めなかった公爵夫人はファウスティーナに恨みでもあるのかと勘繰るが、本心から、ファウスティーナの為に一切の優しさを与えなかっただけだった。

何度見捨てたら？　とケインに告げても、あんなのでも親であるからと首を縦に振らなかった。

但し、その内勝手に消えると淡々とした表情で告げられた。

ネージュの紫紺色の瞳は、ベルンハルドに手を握られクラウドの所へ行ったファウスティーナに向けられた。

鮮明な記憶なんて思い出さなくて良い。自分の為、ベルンハルドの為と婚約破棄を望み、行動したらいい。

――ねえ、兄上

『好きだった？　愛していたと今更どの口が言っているんだか』

『馬鹿な兄上。そんな兄上がぼくは大好きだよ。だって、最後はこうやって必ず兄上はぼくにくれるんだ』

捨てたものは拾い直したらいけない。

捨てられた側は、捨てた側を一生許さない。

「そんな兄上でも……ぼくは大好きだよ。だから、ファウスティーナだけじゃなく、兄上にも幸せになってほしいんだ」

――これは紛れもない、ぼくの心からの願いだよ

三十二　帰りの道中

　ジュリエッタがエルヴィラにちょっかいを出した以外は、その後何も起こらず。取り敢えずは無事に終わったお茶会にファウスティーナは安堵した。アエリア以外の他家の令嬢とは、あまり会話出来なかったが、まあこんなものだろうと納得する。

　サロンに集まって会話に花咲かせていただろう夫人達が庭園に来た。お茶会も終わり。ファウスティーナ達三兄妹はリュドミーラの元へ集まった。すると──

「エルヴィラっ」

　小さめで悲痛な声を発したリュドミーラは、目線をエルヴィラと合うようにしゃがんで小さな頬を両手で包んだ。

「聞いたわ。酷い目に遭ったのね」

「お母様……っ」

　ジュリエッタに足を引っ掛けられ転ばされたことを聞かされたのだろう。被害に遭った娘を思う母親の姿と母に慰められ涙目で「はいっ」と泣くのを堪える娘の姿は、周囲の同情を引くには十分な力がある。ファウスティーナは視線を動かし、探していた人達を見つけた。フリージア公爵夫人とジュリエッタだ。表立って騒ぐ真似はしないが、顔を真っ赤にして怒りで震えているフリージア公爵夫人を見るに、公爵邸に戻ったらきついお叱りがあると窺える。ジュリエッタもそれに怯えて顔を青くして震えていた。

先に手を出したジュリエッタが悪い。エルヴィラは何もしていないのだから。ただ、とファウスティーナは思う。

（ジュリエッタ様は行動に出てしまったけど、ゼリーを持って王太子殿下の所へ走るエルヴィラが元々悪いのだけれどね）

最初からベルンハルドの隣をキープしてずっと話し続けていた、嫉妬もあるだろうが。他にもエルヴィラを快く思わない令嬢はいる。アエリアのように、前の記憶を持っているせいな人もいるが。今ここでエルヴィラにも非があるとリュドミーラに進言すれば、責められるのはファウスティーナ。

ベルンハルドの為にも、エルヴィラの為にも、今彼女にまともになってもらわないと二人は幸せにはなれない。多数の〝運命の糸〟で結ばれていても。

前はずっと悪役だったのだ。どうせ何時か婚約破棄するのだから、今の内に悪役になってもいい。

深呼吸をし、いざ行こうと足を踏み出した時。「ファウスティーナ様」と後ろから呼ばれた。

振り向くとアエリアがいた。

「アエリア様」

「今日は……まあまあ楽しかったですわね」

「あ……うん……そうだね」

家族から少し距離を取って会話をする。

アエリアの曖昧な表現は途中のアレを指しての台詞だ。

「そういえば、今日はヒースグリフ様とキースグリフ様は参加されていないのですか？」

基本的にアエリアと双子の兄達はセットで参加するイメージがあったが今日はいなかったのを疑問に感じていた。アエリアは何でもないように、少し前から母方祖父母の辺境伯家に泊まりに行っていると教えられた。

「覚えていらっしゃらない？　お母様の生家である辺境伯家は、お母様のお兄様が継いでいるけれど子供がいないの。お兄様達のどちらかは、養子になって辺境伯家を継ぐ予定なのよ」

「覚えてるよ」

「前の私は王太子妃を目指していたけれど、今回は侯爵家を継ぐことを目指すわ」

「アエリア様が？」

女性で爵位を賜る人物は極めて少ない。それも高位貴族になればなる程。今の時代、女性ながら爵位を賜っているのは一人だけ。ファウスティーナ達三兄妹にしたら遠い親戚に当たる人物。

「本当にアエリア様が女侯爵になったら、これで王国には女侯爵が二人になるのね」

「なれるかはこれからよ。本来ならヒースお兄様かキースお兄様どちらかが家を継いで、私は他家に嫁ぐ筈だったものをいきなり後継者争いに名乗りを上げたのだから」

「ラリス侯爵は何と言っているの？」

「娘に甘いと言っても、やはり難色を示されているわ。でもまあ、ライバルである筈のお兄様達は喜んでいるし、お母様も目指すからには全力でやりなさいと背中を押してくれているもの。上を目指すだけよ」

「私も殿下と婚約破棄してからの身の振り方を真剣に考えないといけないな……」

「貴女は……いえ、何でもないわ」

物事はハッキリ言わないと気が済まない質のアエリアが口を濁した。珍しい物を見た。遠くの方からラリス侯爵夫人がアエリアを呼んでいる。優雅に礼をしてみせたアエリアと別れたファウスティーナは、待っていてくれたリュドミーラ達の所まで早足で向かった。

（ヴェレッド様は平民の生活に詳しそうだし、司祭様は物知りって聞くし、それに見張りの目もないから教会で平民の人達の生活をしっかりと見て、生活出来るようにしよう！）

「嬉しそうだね。アエリア嬢と楽しいお話でもした？」

ケインの隣に並んで馬車まで目指す。

「はい。アエリア様は侯爵家を継ぐと決めたそうです」

「へえ？　ラリス家には、ヒースグリフ様とキースグリフ様がいるのに？」

「兄君達は応援派のようですよ」

「……あの双子ならそういう反応するよね」

小声で何かを言っているケインを訝しげに呼んだら「何でもないよ」と誤魔化された。

「ラリス侯爵夫人も応援派みたいです」

「反対派は侯爵だけか。そこは普通の反応だろうね」

「ですが、アエリア様なら立派な女侯爵になれると思います」

「ファナはアエリア嬢と会ってまだ日も浅いのに、随分と親しいものの言い方をするね」

「え……、そ、そんなことないですっ。アエリア様からはそういった雰囲気といいますか自信といいますか、感じられるのです」

「そう」

それ以上は深く追及されず、ふう、と安心した。ヴィトケンシュタイン公爵家の馬車に近付くと、御者が扉を開いた。ケインが先に乗ってファウスティーナ、エルヴィラの順番に乗り込むと最後にリュドミーラが乗った。

馬の鳴き声と共に馬車は動き出した。

外の光景を眺めるのが好きなファウスティーナに気を遣ってケインが窓側の席を譲ってくれたので遠慮なく外を眺める。

——最後にクリスタ達の見送りを受けてフワーリン公爵邸を出発した馬車は、順調に帰路を走っていた。

明日には教会へ行く。朝から迎えの馬車が来ると聞かされているので今夜は早く眠ろうと決めた直後、お姉様、とエルヴィラに呼ばれた。前を向いたファウスティーナは、頬を膨らませて怒っているアピールをしているエルヴィラに首を傾げた。

「どうしたの？」

「お姉様は明日教会へ行くのでしょう？　でしたら、もう二度と家に帰って来ないで下さい！」

「エルヴィラ⁉　何を言うの⁉」

突然のエルヴィラの帰宅拒否発言に真っ先に驚いたのはリュドミーラ。予想していたのとは違っていたのでファウスティーナはフリーズ。目だけ何とか動かしケインをチラ見すると、すぐに前を向いた。

見てはいけないものを見てしまったので。

「だってお母様！　教会へ行く令嬢は、どの人も問題があるからお家を出された方ばかりだって聞きました！　お姉様もそうだから教会へ行くのでしょう？」

「違うわエルヴィラ！　ファウスティーナは、その……特殊な事情があるのよ。それにね、ラ・ルオータ・デッラ教会は普通の修道院と違って問題行動を起こした令嬢を送る場所ではないの」

王国が崇拝する姉妹神フォルトゥーナとリンナモラートを祀る為に建てられた教会は、建国当時から神聖視されている場所。教会に属する神官は主に高い教養を得た貴族ばかり。そこに低位も高位も関係ない。絶対条件として、平民と貴族どちらも平等に接せられる人物じゃないとまず入れない。教会の責任者である司祭は、代々王族関係者が担う。現在は王弟シエルが司祭の役目を担っている。

問題を起こした令嬢だけじゃなく、様々な問題を抱えた女性を受け入れるのが修道院。

問題のある子供なら行儀見習いの為行かされるがファウスティーナの場合は、彼女自身が女神の生まれ変わりの為に姉妹神についてより深く学ぶ為に行くだけ。父シトリンの話だと、貴族学院入学までは教会で学ぶと決められた。

エルヴィラの年齢ならまだラ・ルオータ・デッラ教会と修道院の違いを教えられるのは早いのか。ファウスティーナは五歳くらいから既に家庭教師から教わっているが、それは王太子の婚約者であり、女神の生まれ変わりだからと考えている。

必死にエルヴィラに説明しているリュドミーラを、冷たい瞳で見つめる——睨んでいると言っても間違いではないケインから冷気を感じるのは気のせいじゃない。チラチラ見ていると視線に感付かれ、どうしたのと声を掛けられた。

お兄様は知っていましたか、と嘘を言った。

「知ってるよ。俺は五歳くらいに教わったから。我が家は教会とも関係が深いから、教会のことも早くから教わっているんだ」

「じゃあ、私と同じですね」

お互い、未来の公爵と王妃。

未来が決められている二人は知識をこうやって共有していく。

「母上」温度が著しく戻った瞳でケインが母を呼んだ。

「ファナが教会へ行くことになるので、母上もエルヴィラの教育に力を入れる良い機会なのでは？」

「あんまりです、お兄様！　わたしだって、毎日必死に勉強を頑張っているのに……！」

「そう。なら、ジュリエッタ嬢に足を引っ掛けられた理由もちゃんと分かってるよね？」

「え」

鳩が豆鉄砲を食らったような顔をしたエルヴィラにケインは溜め息を吐いて。何でもない、とファウスティーナに話を振った。いきなり話し相手にされて慌てつつも、対応した。

三十三　お迎え一

教会へ行く当日——
何時もより三十分は早起きして、身支度を整えたファウスティーナはくるりとリンスーの前で回った。今日は青色のワンピースを選んだ。大きな白い鍔（つば）の帽子を被り、もう一度回った。何度回っても同じだが気分が良い。天気は快晴、息苦しい生活から解放される。父や兄、リンスーといった仲良しな使用人達と離れるのは寂しいが自分が選んだ道だ。後悔はない。

リンスーから見てもはしゃいでいると伝わっているのだろう、苦笑しつつ「帽子が落ちますよ」と頭からずれた帽子を直した。

「ありがとう。そうだ、月に一回は手紙を書くから返事ちょうだいね」

「もちろんです！　お嬢様からのお手紙楽しみに待っていますね」

「うん」

嬉しげに笑みを見せれば、リンスーも笑ってくれた。

時計を見たリンスーに促され部屋を出た。

玄関ホールに行くと迎え人は既に来ていた。

「やあ、ファウスティーナ様」

「司祭様」

白と青を基調とした高貴な衣装を身に纏う、銀髪の男性が柔らかくファウスティーナに微笑んだ。天上人の如き美貌は、更に磨きが掛かって眩しい程の美しさを醸し出していた。とても上機嫌なのは何故なんだろうと疑問に思いつつ、にこりと微笑まれてファウスティーナも釣られて微笑み返した。

「王弟殿下はあんなにも美しい方だったのね……」「眩しい……」「存在自体がもう罪な人……」気のせいか何処からか使用人達の声がするがスルーに限る。ファウスティーナが足下まで行き、綺麗なカーテシーを披露すると目線が合うようしゃがまれた。

「これからお世話になります」

「そう畏まらなくていい。楽にしなさい」

「ふわあ……、……あのさ、帰っていい？」

「人の会話を邪魔しないの」

欠伸の横槍を入れた相手をシエルがジト眼で睨む先には、柱に凭れて眠そうに再度欠伸をしたヴェレッドがいて。非常に眠そうだ。

会ったら言おうと決めていたことがあった。

「司祭様」

「何かな？　ファウスティーナ様」

「眠る前にハーブティーを飲むとよく眠れるそうですよ。あと、ホットミルクも効果的です！」

「？」

「？　？」

前にヴェレッドがシエルに夜中叩き起こされて眠れないと愚痴っていたので、ファウスティーナは夜眠れる方法を本で探したり、リンスーに聞いて探していた。誰でも簡単に実践出来る快眠作戦を自信たっぷりに伝えるも、肝心のシエルには首を傾げられたので自身もうん？　となった。

「ああ……そういうこと」と一人納得したシエルに頭を撫でられた。立ち上がり、後ろを向いたシエルの表情は窺えない。ヴェレッドは面倒臭そうにまた欠伸をし、此方に来た。

「なんて顔向けるの」

「君の気のせいだよ。さて、私は公爵夫妻と話があるから必要な荷物を運ばせて」

「もう終わってるよ」

ファウスティーナが持って行くのは着替えと装飾品、本、お気に入りの小物やシトリンに誕生日プレゼントで欲しがったコールダックのぬいぐるみ。荷物はリンスーに身支度を整えられている間にも運び込まれていた。その他に必要な物は全て以前書面に書いて教会に送られており、向こうで準備されている。

公爵夫妻と名前が出て気付いたが、両親が見送りにいないのだ。エルヴィラやケインも。ファウスティーナはシエルを見上げた。

「お父様達とどのようなお話をされるのですか?」

「気になるかい?」

「ちょっとだけ」

シエルの話題が出ると過剰に反応する両親を不審に感じずにはいられない。

「ふふ……いつか教えてあげるよ。でも今は内緒にしておこう。私もそこまで鬼じゃないよ」

「司祭様がですか? とても優しいのに」

「優しいから善人とは限らないよ。厳しいから悪人とも限らない。その定義に当てはまらない相手を……何人か知ってはいるけどね」

帽子を取られ、大きな手が頭に乗った。とても暖かくて、優しい手。何度か撫でられると、帽子を戻され呼びに来た執事長に連れて行かれた。残されたファウスティーナはヴェレッドを見上げた。

「ヴェレッド様は行かないの?」

「うん？　うん。今日のシエル様はとっても上機嫌だからね。不機嫌になることはないよ」

「確かに……。司祭様、どんな嬉しいことが？」

「内緒。自分で考えなよ。何でも教えてもらえると思ったら大間違い」

「……」

　言っている言葉は正しいが些か悔しい。むくれて見せるとニヤニヤとした笑みを浮かべられ、しゃがまれ頬を掴まれた。

「ははっ、変な顔。子供の顔ってもちもちしてて触り心地いいよね」

　太っていると言いたいのかと、非難の意を込めた瞳で見返した。

「太ってはないよ？　でもさ、鶏の足みたいなガリガリよりある程度ふくよかな方が男は好きなんだよ？　健康的で」

「ひゃるほろ」

　世の女性は細身を好む人が多い。特に令嬢は。体型を保ち、美しくあろうとする意欲はすごい。将来、自分より家格が上の相手と縁談を結ぶ為容姿を磨く。太るのを嫌がる為か、明らかに不健康なまでに痩せている人もいた。前の記憶でも何人かいた。あれはあれで大丈夫なのかと、心配になったほど。

　ヴェレッドが手を離した。仕返しのつもりでヴェレッドの頬を掴んだファウスティーナは衝撃を受けた。

「……!!」

（す、すべすべ……!!）

女性よりもすべすべした肌だった。凝視すると、ハリ、ツヤ、肌のきめ細かさ、どれも男性なのに高レベルで。シミもない、日焼けをしたこともないだろう白い肌。

どのような食生活をしたら維持が可能なのか。ということは、である。ヴェレッド以上の美貌の持ち主であるシエルはこれ以上であるからして……。

「……司祭様とお父様達のお話が終わるまで、庭園を見に行きます？」

「俺はどっちでもいいよ。お嬢様が決めたらいい」

「……でしたら、行きましょう。我が家自慢の庭をお見せしますわ」

教会での生活で身に付けたいのは、平民達の暮らしぶり、生活技術。最終目標は貴族学院入学までの婚約破棄。

そこにプラスで美肌維持のコツを教えてもらおう。

ファウスティーナはヴェレッドを庭へ案内しようと先を歩き始めた。ヴェレッドも付いて来る。途中ケインと遭遇した。驚いた様子のケインに問うと邸内を歩いていたのをビックリされただけだった。

「お兄様はお見送りには来てくれないのですか？」

「先に、父上達と司祭様の話があるからって言われてね。終わったら呼んでもらう予定だったよ」

「そうだったのですね。エルヴィラもですか？」

「勿論だよ。ファナは庭に向かってるの？」

「はい。案内しようと思いまして」

あのまま玄関ホールにいたままでも退屈。付いて歩くヴェレッドは眠そうだが足取りはしっかりしている。薄い反応でヴェレッドを見上げた後、再びファウスティーナに視線を変えたケインは帽子越しからそっと頭をポンポン撫でた。

「そう。話が終わったら、ファナのことを呼びに来るから、あまり奥には行かないこと」

「はい」

　会話を終えるとケインは奥の方へ行ってしまった。こっちだよ、とファウスティーナは庭まで案内した。季節によって咲く花は違ってくる。庭師が丹精込めて育てた花を眺めるのが大好きだったが、当分の間はお預けとなると寂しい気持ちがあった。子供と大人。歩幅が必然と違ってくる。ファウスティーナの歩幅に合わせてヴェレッドは歩いてくれる。

　何でも教えてもらえると思ったら大間違い。先程ヴェレッドに言われた台詞、聞かないと分からない話だってやっぱりある。

「司祭様とお父様達はどんな話をされているのでしょうか?」

　答えてくれないのを分かりながらも訊いてしまった。

「……さあ。俺には関係ないから興味ない」

「そうですか……」

　今度は本人の興味の問題だった。

「気になる?」

「ま、まあ、多少は」

「ひょっとしてさ、シエル様の名前出したら公爵夫妻の様子が変わるから?」

「え、分かりますか?」

「うん。ふふ、向こうの気持ちは分からないでもないけどさ、自業自得だよ」

「よく分かりませんがお父様達と司祭様は仲が悪いのですか？」

「仲が悪いというか、シエル様に嫌われているというか」

誰に対しても優しそうなあのシエルに嫌われている？

一体何をしてしまったのだろうか。これ以上の詮索は、自分が踏み込んではいけない気がしてファウスティーナは訊かなかった。

——シエルと公爵夫妻の話が終わったのは、それから十五分後だった。

三十四　お迎え二

シエルと両親の話し合いはそれから暫くして終わった。知らせに来た侍女を先頭に玄関ホールへ赴くと、とてもスッキリとした晴れ晴れな表情をしているシエルと青白い表情をして立っているのがやっとな母を支える父がいた。目をパチクリさせて固まるファウスティーナの横、ご愁傷様と言いたげな目を夫妻に向けたヴェレッドはシエルの方へ行ってしまった。

ケインやエルヴィラも呼ばれたのだろう、既に玄関ホールに来ていた。

残されたファウスティーナは、取り敢えず両親の所へ行った。

「お、お父様、お母様。司祭様とのお話は終わったのですか？」

「あ、ああ。終わったよ」

「お母様はどう、されたのですか？　顔色が優れないようですが……」

冷戦状態が続いているとは言え、心配はする。

「ファ、ファナは気にしなくていいよ。今日は少し貧血気味だったからそれでね」

尚更、立っているより部屋に戻って休んだ方が良いのではと進言するも、見送りだけはすると譲らず。一体何を話したのか。両親に聞いても教えてもらえなさそうなので、心配しつつシエルの所へ行った。

「司祭様」

「やあ、ファウスティーナ様。長引かせてすまなかったね。そろそろ出発しよう」

「その前に、お父様達とどんなお話をされたのですか？」

「気になるかい？」

「はい」

優しいのに含みが深いのは何故？

ファウスティーナを見下ろす青の奥に、黒い影が一瞬だけ走った。

ファウスティーナがきょとんと見上げていれば、ふふ、と笑って「内緒」と人差し指を口許(くちもと)に当てた。

「大人の秘密のお話だから。子供の君にはまだ早い」

「……」

不服そうな顔をするとまた笑われた。

「そうだね。一つだけ言えるなら、君の安全を厳重にしてくれと頼まれたくらい、かな」

公爵令嬢、王太子の婚約者、女神の生まれ変わり。

三つの要素を兼ね備えたファウスティーナがまた誘拐される危険性はある。今回は無事だったとしても、仮に次回があった際そうだとは言い切れない。成る程、と納得した。だが、四六時中見張りがいる息苦しい監視生活は嫌だ。呼吸が儘ならない水中にいる気分に陥ってしまう。

不服な態度から、不安を出すとシエルに突然抱き上げられた。いきなりだったので咄嗟に前に出た手をシエルの首に縋りつくように回した。

「そう怖がらなくても大丈夫。教会は私がいるから一応警備の面は厳重だから、然う然う悪さをする輩は来ない」

「そうだよお嬢様。第一、シエル様昔やんちゃだったから並大抵の奴じゃ返り討ちに遇うから、逆に狙われ難くなってるんだ。シエル様の側が安全だよ」

「そこ、余計なこと言わない」

「はーいはい」

「やんちゃ……?」

綺麗で優しいシエルが昔はやんちゃだった……。昔のやんちゃだったそうなシエルを想像してみた。

何も浮かばなかった。

眉を八の字にして困ったと言いたげなファウスティーナを、これまた困ったと言いたげなシエルが見下ろす。

「ヴェレッドの言葉は真に受けなくていいよ。面白がって、話に尾ひれをつけるの好きだから」

「うん。面白いからね」

「そういう所は――君は父親に似たね」

「……」

シエルが言った言葉に、途端に機嫌を悪くした。絶対零度の眼差しを食らってもシエルは微笑を崩さず、余裕の態度を貫く。向けられていないのに蛇に睨まれた蛙の如く固まったファウスティーナは、背中を撫でられ緊張を解した。

シエルから視線を逸らしたヴェレッドは「はあ、なんか飽きてきた。早く行こうよ」と玄関ホールを出て馬車まで行った。

「怒らせたかな」

「十分怒ってたと思います……」

「そう？　でもまあ、ああやって飽きたってことは、そんなには怒ってないのだよ」

「そ、そうなんですか？」

「うん。さてと、ではね公爵」

抱っこされたまま家族の方へ向いたファウスティーナは、先程の睨み合いで怖がったのが自分だけじゃなく安心した。リュドミーラは更に青くなり、シトリンは困惑とし、エルヴィラは震えてケインに引っ付いていて。ケインは……

「じゃあね、ファナ。羽目を外し過ぎておやつを食べ過ぎないようにね。後、夜更かしして朝起きれなくて迷惑かけないようにね。それとおっちょこちょいなことはしないこと」

通常運転だった。

言っていることが兄じゃなく、母親っぽいのがまたケインらしい。変わらなさすぎるケインに強い安心感と寂しさが募った。

「お兄様と他人だったら、私お兄様に必死にアプローチしてました」

「いきなりアホなこと言わないの。それと、おっちょこちょいな女性はファナだけで十分だよ」

笑いを堪えるシエルに抱っこされたまま、お別れの言葉も殆どなく玄関ホールを出た。外の見送りは最後のお別れみたいで嫌なので、今回は無しにしてと告げた。最後のケインの台詞からして、好みの女性が落ち着きのある女性だと知れた。知ってどうする訳じゃない。数少ないケインの好みを知れて、妹として嬉しいだけ。数少ない家族の味方だった人の好みを知りたくなるのは自然なこと。

馬車に向かっている最中もシエルは肩を震わせていた。司祭様？　と呼ぶと「ああ、ごめん」と謝られるが声まで震えている。笑いを堪える為に。

「君が予想外なこと言うからっ」

「お兄様は私やエルヴィラには辛辣だし毒舌ですけれど、とても良いお兄様ですから」

「そう、君が言うのならそうなのだろうね」

「お兄様にはまだ婚約者がいませんが、どんな人でもお兄様ならきっと良い関係を築けます。妹の私が言うのですから」

「君は兄君をとても信頼しているのだね」

「はい」

「公爵や夫人と比べるとどちらが信頼出来る？」

「お父様達とですか？」

考えたこともない。父は父、兄は兄。そう答えるとシエルは「そう」と優しい微笑のまま、それ以上は何も言わなかった。

正門前に停車してある馬車が見えてきた。ファウスティーナはシエルの背越しにある屋敷を見つめた。

ずっと生活し続けてきた公爵邸から期間限定の教会生活。どんな暮らしになるだろうか。

（目指すは殿下との婚約破棄……！　それと家を出てからの平民としての生活！　教会は、平民の人達とも接する機会が多いからきっとヒントになることが沢山あるよね！）

心の中で頑張るぞ、と声を大にして叫んだ。

馬車に近付くとかなり若い神官の青年が扉を開けてくれた。中には、先に戻っていたヴェレッドが一席丸々利用して寝ていた。やれやれ、と苦笑したシエルは空いている席にファウスティーナを窓側の奥へ座らせた。寝顔ですら綺麗だなんて……美を追求する世の女性達に、是非美の秘訣を教えてあげてほしい。そのままシエルも乗車するかと思いきや、神官と会話を始めた。

「このまま教会へ戻りますか？」

「その前に小腹が空いてくるだろうから、どこかへ寄ろう。あ、それと紅茶店に寄って紅茶のお代わりを貰わないと」

「ティーポットを持って紅茶を下さいって頼むお客さんは、司祭様くらいですよ」

「いいじゃないの。追加料金だって払ってる」

「……司祭様がそんなことするから、却って店の人は恐縮するんですよ。ご自分が教会の司祭である前に、王弟であるということを忘れないで下さい」

「はーいはい。ジュード君というらしい。ジュード君は真面目だねえ」

神官はジュード君というらしい。珍しい黒髪に鳶色の瞳の、低身長で童顔。年齢は幾つなのだろうと考えていると、寝ていた筈のヴェレッドが小さな欠伸をしながら起きた。起きてもう一度欠伸をした。

「ふわあ……。……うん？　なに、揉めてるの？」

「ジュード君が真面目だねえって話をしてるだけ」

「司祭様は何でも出来るのに少し自由過ぎます」

「少し所じゃないんだけど」

「何か言った？」

「いいえ。それより、出発するならさっさと出発しようよ。教会まで遠いんだし」

「それもそうだ。紅茶店や他の店に寄って教会に戻ろう」

「もう……」

「……」

自由過ぎるシエル、気まぐれなヴェレッド、真面目で苦労性なジュード君。

個性豊かな面子がいる教会暮らし。

しかし、屋敷でも個性豊かな兄や妹、母がいたので今更である。

諦めた溜め息を吐いたジュードの頭をシエルが撫でた。成人してます！　と怒ったジュードはシエルを馬車に押し込めて扉を閉めた。

馬車が動き出した。

「パンを買うなら甘いのがいい」

テーブルに置いてあった硝子瓶から固いクッキーを取り出して食べているヴェレッドが言う。

クッキーを貰ったファウスティーナも食べている。

「君当分甘いの禁止。程々にしなさい」

「えー」

「えー、じゃない。近い将来体を悪くするよ」

「ならないよ。無駄に丈夫だから。知ってるでしょう？」

「そうだったかな」

「砂糖の摂り過ぎはやっぱり体に悪いですよ」

「なにもならないよ。とっても、丈夫に出来てるから」

意味深な台詞を紡ぐ時に見せるニヤニヤとした表情。

ファウスティーナに彼の真意を当てるだけの材料は全くない。シエルに助けを求める視線を送っても、頬を撫でられるだけ。

これ以上の会話は無理だろうと悟り、窓越しに外を眺めた。

移り行く景色を最近見る機会が多くなったが今日以降は減るだろう。

こんなことを考えてしまう。

（前の時にも、こうして教会に預けられたことってあったのかな？）

女神を知る為という名目で前回も教会に預けられたのではないかと、記憶を探るが思い出せなかった。ひょっとすると、今までの事柄からないのではなく、覚えていないだけの可能性だってある。

自分が公爵家から離れ、教会で暮らすことで少しでもエルヴィラがマシになるようにと願わずにはいられない。リュドミーラも今までファウスティーナに目を向けていた分をエルヴィラに向けてほしい。今エルヴィラを王太子の婚約者になるに相応しい令嬢にしないと、前回の時のアエリアのように誰かが尻拭いをしないといけなくなる。

ただ、数度意識不明で倒れても、誘拐されても、頑なにベルンハルドとの婚約を破棄されない有り様なので此方もどうにかしないといけない。ベルンハルドと婚約破棄をしたがっているとヴェレッド経由でシエルに知られている。まだ理由を聞かれてはないが何れ聞いてくる。

(前の記憶を持ってるから！　……なんて言える訳ないから、私じゃ兎に角ベルンハルド殿下の婚約者には相応しくないと力説しなくちゃ！　司祭様を味方にして、絶対に婚約破棄をして、ベルンハルド殿下とエルヴィラをくっ付けなきゃ！　そうしたら、殿下は〝運命の恋人〟であるエルヴィラと結ばれて幸せになれる)

まるでこれが自分の使命だと言わんばかりに張り切るファウスティーナは、街の停留場に降りたシエルに差し出された手を上機嫌に握ったのだった。

三十五　呪い

――ファウスティーナを抱いたシエルが玄関ホールを出て行くと、張り詰めていたものが崩壊したのか、足に力を無くしたリュドミーラが座り込みそうになったのを、慌ててシトリンは支えた。心配したエルヴィラが駆け寄ると安心させるように黒髪を撫でた。

「大丈夫よ、今日は貧血気味だったから……」

「でしたら早くお部屋に戻りましょう。具合が悪いのなら、態々お姉様の見送りをする必要も無かったのでは」

「エルヴィラ、何てことを言うんだい」

たった一人家を離れ遠い別の場所で暮らすこととなった姉に対する言葉じゃないと、父にキツく叱られ、涙目になって母に抱き付いた。

「だ、だってっ、本当のことではありませんかっ」

「一番心細い思いをしているのはファナの方なんだよ。僕達はそれを安心させる為に見送る必要があった。それをエルヴィラ、君は」

「旦那様っ、あまりエルヴィラを怒らないであげてください。体調管理の出来ていない私の責任です」

「でもねリュドミーラ……」

「……」

誰にも聞こえない程度の溜め息を吐いたケインは、そっとこの場から離れた。
どうせあの後、母に弱い父は押し切られてエルヴィラを叱れずに終わる。分かり切っている未来を見ている程、退屈でもなければ暇でもない。
「今までのファナが教会に保護されたのは十一歳の時。五回目でやっと違う展開になってくれた」
理由は全部同じ。
王妃教育を受け、帰りにベルンハルドへ会いに行った時に酷い言葉の暴力を受けた。人通りの少ない場所で泣いている所を嫌々登城しないといけなかったシエルが見つけて強制的に保護した。
貴族学院入学まで教会にいて、以降は屋敷に戻された。
部屋に戻り、人払いをしたケインは「ははっ」と乾いた笑いを零した。
「ファナに入れ知恵したのは司祭様だ」
家族との接し方
ベルンハルドとの接し方
周囲との接し方
自分がするべき振る舞い方
それら全ての入れ知恵をしたのはシエルだ。
洗脳されたんじゃない。ファウスティーナは自分から進んで知恵を求めた。求められたシエルは提供しただけ。
どうしたら家から出られるか
どうしたらベルンハルドとの婚約を破棄出来るか

どうしたら、ベルンハルドに償えるかと。

「殿下をずっと苦しめてきたのなら、嫌われていても幸せになれるように手伝いたい、か」

一生消えない傷を負わされたのに、そもそもの原因は自分自身が駄目だったのだという結論にファウスティーナは至った。そこでシエルが提案したのだ。ベルンハルドを本当の愛する人と結ばせてやればいいと。

「殿下とエルヴィラが〝運命の恋人たち〟と言われるようになったのは、司祭様の入れ知恵と実際に実行したファナの力。これを今知るのは俺とネージュ殿下だけ」

また、実際に運命の相手がエルヴィラだと判明した時の様子も鮮明に覚えている。四度も見ているのだから。忘れる方が難しい。

「殿下は、どの時も呆然として姉妹神の絵画を見上げていたっけ。エルヴィラは泣いて喜んで殿下に引っ付いて。ファナは……」

ファウスティーナは……そう、俯いて、体を震わせていた。周囲の誰もが怒りに身を震わせていると思っただろう。何も言わずに出て行ったファウスティーナを追ったケインは声を大にして違うと叫びたくなった。

実際は誰もいない場所で大喜びしていた。計画通りベルンハルドの運命の相手がエルヴィラになって。

「運命の相手が自分じゃなく、大事に守ってきたエルヴィラだから即婚約破棄になって、新しい婚約者はエルヴィラになるって信じてたファナもお馬鹿だったけど、自分一人幸福に浸って肝心の殿下の反応をちゃんと見ていなかったエルヴィラも大概だった。……はあ」

――どの人生でも、手の掛かる妹達だよ
勉強机に座ったケインは引き出しから一枚の便箋を取り出した。何も書いていない、真っ白な便箋にペンを走らせる。無言のまま書き進め、終えると綺麗に折った。

「今で五度目。ファナが今までと違う今回がチャンスなんだ。

――邪魔しないでね……」

真っ赤な紅玉がドロドロとした黒に染まった瞳で相手の名前を紡いだ。

呪いでも掛けそうなおぞましい声色で。

婚約破棄をした令嬢は我慢を止めました　2

*本作は「小説家になろう」（https://syosetu.com/）に掲載されていた作品を、大幅に加筆修正したものとなります。
*この作品はフィクションです。実在の人物・団体・事件・地名・名称等とは一切関係ありません。

2021年7月20日　第一刷発行

著者 …… 棗
©NATSUME/Frontier Works Inc.
イラスト …… 萩原 凛
発行者 …… 辻 政英
発行所 …… 株式会社フロンティアワークス
〒170-0013　東京都豊島区東池袋3-22-17
東池袋セントラルプレイス5F
営業　TEL 03-5957-1030　FAX 03-5957-1533
アリアンローズ公式サイト　https://arianrose.jp/
フォーマットデザイン …… ウエダデザイン室
装丁デザイン …… 鈴木 勉（BELL'S GRAPHICS）
印刷所 …… シナノ書籍印刷株式会社